~魔王軍
最凶の獣人
だったけど、
可愛い愛娘が
できたので農園で
のんびり暮らそう
と思います~
獣人の
異世界
子育て
スローライフ
Author 邑上主水 Illustrator 西E田

ソウザ 32歳
エスピナ村に
住む元冒険者。
獣人に対して
憎しみを
抱いている
バイツ 21歳
最凶の人狼。
見た目が怖くて
無愛想だが、
困っている人を
見過ごせない
メノン 6歳
人間の幼女。
好奇心旺盛で
バイツの
もかもか尻尾が
大好き

ダイール
38歳
王宮を警護する
宮廷魔導師。
頭が切れて
姑息で狡猾
ヤスミン
21歳
魔王軍時代の
バイツの上司。
好戦的だが実は
ウブなエロ乙女
フィオ 25歳
エスピナ村の村長。
頑張り屋だが
ドジでポンコツ
Character
キャラクター

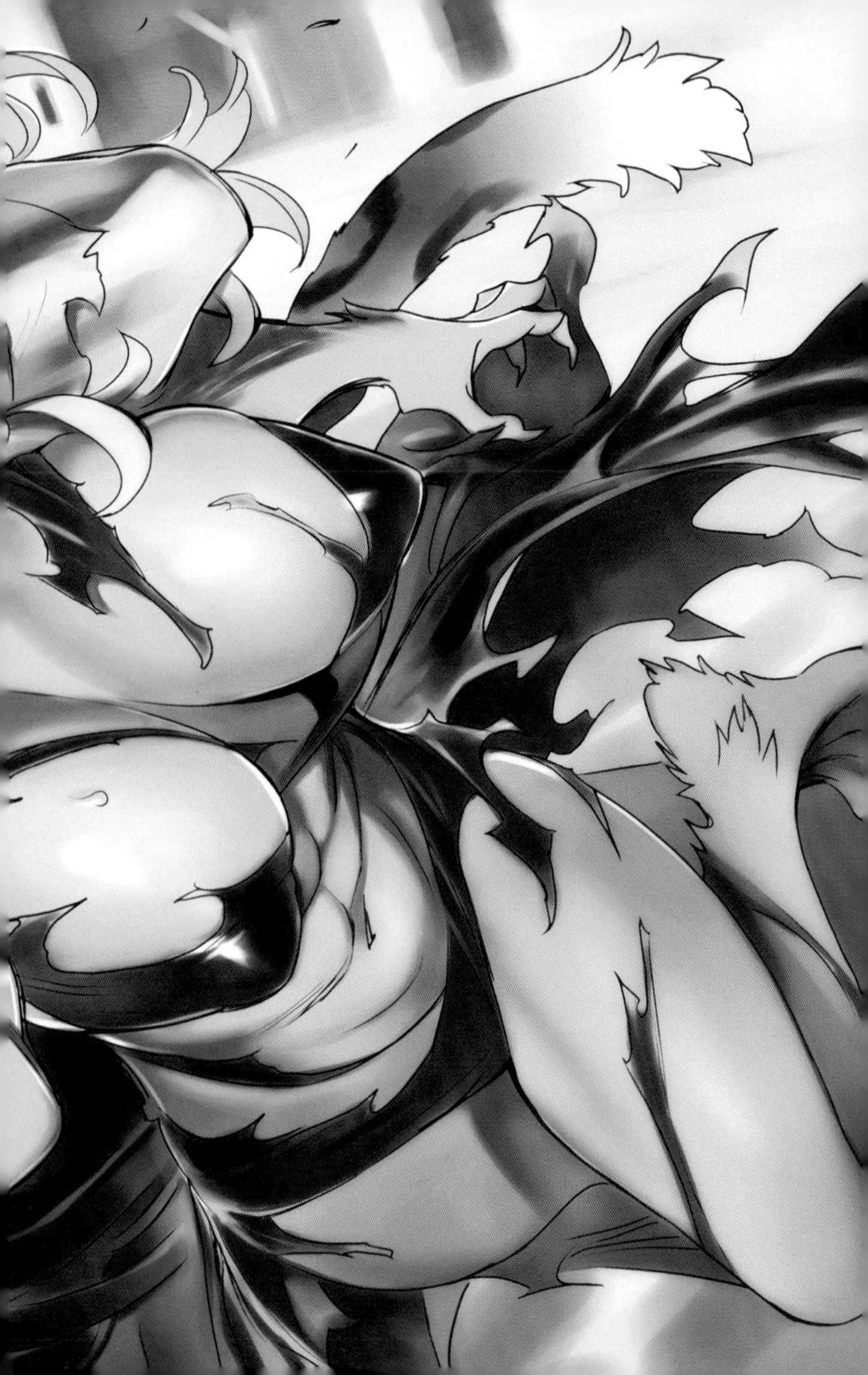

「ああ、もうダメじゃ……
ヌシのその殺意に満ちた声……
聞いてるだけで、アソコが濡れてしまうっ！」

「そうだ。私はクレスタ。
生神女《しょうしんじょ》ルシアナの子にして、
蒙《もう》を啓《ひら》く者——」

CONTENTS

Tensei Shita Saikyojujin No Isekai
Kosodate Slow Life

転生した最凶獣人の異世界子育てスローライフ

～魔王軍最凶の獣人だったけど、可愛い愛娘ができたので農園でのんびり暮らそうと思います～

邑上主水

Jノベルライト文庫

〔イラスト〕西E田

プロローグ

――魔王領ガイゼンブルグ。

かつて「百年王国」と讃《たた》えられていた地にそびえ立つ魔王城の一室に、ふたりの男がいた。

重厚な漆黒の鎧《よろい》に身を包み、頭から羊のような曲がった角を持つ悪魔のような見た目の男――。

彼の名はドリオドール。

魔王近衛《このえ》軍団長を務《つと》める、「人あらざる者」のひとりだ。

「……人間の娘を飼っているそうだな、バイツ？」

そんなドリオドールが目の前にいるもうひとりの男に声をかけた。

異質な見た目のドリオドールとは真逆の、どこからどう見ても人間そのものの見た目。

短髪黒髪。中肉中背。

右目に大きな傷があるくらいでこれといって特徴はなく、その表情には感情すら見えない。

そんな彼も、ドリオドールと同じ「人あらざる者」のひとりだった。

「ああ」

バイツと呼ばれた男は淡白に答えるが、その胸中《きょうちゅう》は異論を唱えたくて仕方がなかった。

人間の娘を飼っている――。

その表現には、多少齟齬《そご》がある。数日前に陥落《かんらく》させたロイエンシュタットという町で偶然助け、一時的に保護しているだけなのだ。

この後、任務か何かで人間の町に潜入するついでに、親族か引き取り手を探して手放す予定。

まぁ、いつになるかはわからないが。

というか、少女を保護したことは軍団長にすら秘密にしているのに、どうしてこの男が知っているのだろう。

「……フン。あっさりと認めるのだな」

「多少語弊《ごへい》はあるが、事実だからな」

バイツの口から再び放たれた淡白な返事に、場の空気が張り詰める。

ドリオドールのプライドを傷つけてしまったかと、バイツは考えた。

この男のことだ。魔王の側近たる近衛軍団長の自分に生意気な口を利《き》くなど、万死に値する――なんて考えているかもしれない。

その証拠に、ドリオドールの眉間がピクピクと痙攣《けいれん》しているし。

「ならば、今すぐその娘を殺せ」

「殺す？　なぜだ？」

バイツは首を傾《かし》げた。

「別に殺す必要はないだろう。相手は無害な子供だ」

「この世界から人間どもを駆逐《くちく》するのが我々の使命だ。相手が子供だとしても生かしてはおけん。いつ何時《なんどき》、魔王様の脅威になるとも限らんからな」

何を言ってるんだこいつは。

あの小さな女の子が、魔王の脅威になる？

寝言は寝て言ったほうが良いぞ。

「良いかバイツ、これは魔王様を警護する近衛軍団長としての命令だ。即刻、その娘を殺せ。さもなければ……魔王軍から追放されることになるぞ」

「追放？　そんな権限、あんたにあるのか？」

「私は軍の秩序維持を魔王様より命じられている。私が追放すると言えば、貴様は即刻、魔王軍から除隊されることになる」

「……」

口をつぐむバイツ。

だが、追放をちらつかせるオリオドールに恐れをなしたというわけではない。喜びを表情に出すまいと、必死に抑えていたのだ。

バイツには魔王軍を追放されることなんてどうでも良かった。

ずっと追い求めていたものがあると信じて魔王軍に加入したものの、それがここには無いとわかってしまったからだ。

そのうち軍を辞《や》めようと考えていたバイツにとって、追放という話は逆に渡りに船だった。

「……フン、生意気な獣人め。ようやく身の程を知ったか？」

ドリオドールが見下すように笑う。

「貴様のような愚鈍《ぐどん》な獣人が、魔王様の庇護《ひご》無しに生きられるわけがあるまい。軍を放《ほう》逐《ちく》されれば、人間どもになぶり殺されるのが自明の理というものだ」

魔王が人あらざる者たちを引き連れて人間に戦争をしかける前から、バイツのような獣人は人々から忌み嫌われる存在だった。

戦争がはじまって風当たりがさらに強くなった今、魔王の庇護《ひご》を受けていない獣人がどんな目にあうかは想像に難《かた》くない。

——だが、それは戦う術《すべ》を持たない獣人の話。

魔王軍第三軍団「戮力なる獣王《フロッカー・ビースト》」の副団長を務め、「狼の顔を持つ悪魔《ウルブヘジン》」の二つ名を持つ最凶の人狼バイツにとっては、なんら脅威になるものではなかった。

「もう一度だけチャンスをやろう」

ドリオドールは続ける。

「魔王軍を追放されたくなければ、その人間の娘を殺せ」

「……わかった」

バイツはため息のような声を漏らす。

「じゃあ、あんたに言われた通り、魔王軍を辞めさせてもらう」

薄ら笑みを浮かべていたドリオドールの表情が、驚愕《きょうがく》の色に染まる。

一方のバイツは喜色満面。

追放だって？

ふん、結構なことだ。

むしろ喜んで受け入れようじゃないか。

これでようやく魔王軍を辞めて——かねてからの夢だったのんびりスローライフを送ることができる。

最凶の人狼たるバイツが魔王軍に求めていたもの。

それは、血湧き肉躍《おど》る戦いでも名声でも金でもなく、「平穏」——。

そう。彼は殺伐《さつばつ》としたこの世界で平穏を求め、人あらざる者にとっての国家公務員たる魔王軍に加入していたのだ。

軍に参加したばかりの頃は良かった。

給料は多いし、適当に人間の街を滅ぼせば休みも貰《もら》える。

人間と殺し合うことには多少気が引ける部分はあったが、誰かに蔑《さげす》まれることも、住《すみ》処《か》を追われることもない平穏な生活があった。

だが、副団長になるほどの名を上げて状況は一変した。

上に立つ者の責任を背負わされ、自由が制限されるだけではなく周囲からのやっかみも酷《ひど》くなった。

このドリオドールという男がその先鋒《せんぽう》。

ストレスまみれの生活をするくらいなら、人間に追われていたほうがまだマシだ。

「フン！　後で吠え面《づら》をかくなよバイツ！　泣いて謝ろうとも、貴様のような輩《やから》には、二度とこの地を踏ませんからな！」

「ああ、わかった。魔王様によろしく伝えといてくれ」

魔王。

その名前にバイツは、ふと思い耽《ふけ》る。

魔王軍を離れることには何の躊躇《ちゅうちょ》もないが、気がかりなことがあるとするなら、魔王の趣味だった「庭園いじり」に協力できなくなることだ。

あの魔王のことだ「バイツがいなくなるなんて聞いてない」と怒りそうだが、恨むのなら軍団長に許可も取らずに追放したドリオドールを恨んでほしい。

鼻歌交じりで部屋を後にするバイツ。

魔王城の廊下から見えるガイゼンブルグの空は、バイツの胸中を代弁しているかのように晴れやかだった。

第一章　最凶の獣人、人間の少女と新生活をはじめる

「バイツ～、歩くの疲れた～」

陽光差し込む森の中、舗装《ほそう》されていない街道をトボトボと歩く少女がくたびれた声で言った。

見た目は六歳くらい。

オレンジのショートボブに、くりっとした大きな目。緑のワンピースの上に少しだけサイズが大きいぶかぶかのジャケットを羽織《はお》っている。

「大丈夫だメノン。あと少し歩いたら休憩だ」

彼女の隣を歩いている、バイツと呼ばれた男が無表情で答えた。

黒の短髪、牙のような鋭い目。

さらに黒いリュックに黒いパンツ、紺の外套《がいとう》と全身黒尽《づ》くめの姿だ。

ただでさえ恐ろしげな雰囲気なのに、無愛想な表情と右目の傷が彼の怖さを倍増させている。

だが、そんな強面《こわもて》バイツに臆《おく》することなく、少女メノンは続ける。

「無理ぃ～。これ以上歩くとメノンの棒が足になっちゃう～」

「棒が足」

それを言うなら、逆じゃないか？

――と、バイツはツッコミを入れそうになったが、言葉の代わりに両手をメノンの前に差し出した。

「じゃあ、抱っこするか？」

「ううん」

首を横に振るメノン。

流石《さすが》にそこまでされたくはないか。

六歳と言えど立派なレディ。出会ってまだひと月も経《た》っていないし、赤の他人に抱っこなんてされたくはないのだろう。

そう思ったバイツだったが――。

「おんぶが良い」

どうやらお好みはそっちだったらしい。

マジでこの娘はなんなんだ。

バイツは大きくため息を吐く。

出会ったときからやけに距離が近いなとは思っていたが、おんぶをせがんでいる相手が誰なのかわかっているのだろうか。

見た目は人間と変わらないが、その実、人間を滅ぼそうとしている「人あらざる者」なんだぞ。

完全武装した騎士五十人をひとりで撃退したこともあるし、陥落させた砦《とりで》は片手では済まない。

泣く子も黙る「狼の顔《ウルブ》を持つ悪魔《ヘジン》」――そう呼ばれていたはずなのに。

「ねぇねぇバイツ、はやくおんぶしてよ」

メノンは別の意味で今にも泣き出しそうな顔。

しかし、とぴょんぴょんと飛び跳《は》ねながらおんぶをせがんでくるメノンを見てバイツは思う。

こうなってしまった責任は自分にもある。

彼女と出会ってからひと月の間、恐ろしい獣人としての顔を全く見せていなかったのだ。

特殊能力で半獣の「人狼」の姿になることができるが、彼女を瓦礫《がれき》の中から助けたとき以降、その姿は見せていない。

メノンに見せていたのは、料理を作る姿だったり、掃除《そうじ》をしている姿だったり、一緒にお風呂に入ったりと、まるで保護者のような顔ばかり。

メノンと旅をするのは、彼女の引き取り手が見つかるまでの一時的なもの。

いわば、迷子の子供を保護しているのと同義。

なので、なるべくそういう恐い顔は見せずにいたのだが、そろそろしっかりと教えるべきなのかもしれない。

相手はたやすく自分の命を奪うことができる危険な「人狼」であると――。

「……」

だが、物欲しそうにこちらを見るメノンの姿が目に映った瞬間、バイツは背を向けて腰を曲げ、おんぶの受け入れ体勢を取ってしまった。

「えへへ、ありがと」

メノンは少しだけ恥ずかしそうな笑顔を見せたあと、ピョンと背中に飛びつく。

色々と言い訳を考えたバイツだったが、こう結論づけることにした。

メノンに獣人の恐ろしさを教えるのは、また今度にしよう、と。

「ねぇねぇ、バイツ？」

「なんだ？」

「また『もかもか』させて？」

お姫様からの追加注文。

バイツは言われるがまま、自分の腰に意識を集中させる。

すると、ズボンの腰の部分がもぞもぞと動き出し、獣の尻尾《しっぽ》がぴょこっと顔を覗かせた。

「あはっ！　もかもか！」

メノンは嬉しそうに破顔すると、ふわふわの尻尾に顔を埋めた。

部分的な人狼化能力。

本来なら腕の一部や足の一部を変化させ、戦闘を有利に運ぶための能力なのだが、最近はこういうことにしか使ってない。

「もかもか、もかもか」

ぐりぐり。くんかくんか。

メノンはご満悦な様子で顔を尻尾にこすりつける。

正直なところ、めちゃくちゃくすぐったいのでやめてほしいのだが、メノンはこの尻尾がお気に入りで、寝る前も「もかもか」を要求してくる。

子供にキラキラとした目で懇願され、断る非情さをバイツは持ち合わせていなかった。

仲間からウルブヘジンと呼ばれ、恐れられていた人狼なのに。

尻尾を抱きしめたまま寝るせいで、毎朝メノンの顔は尻尾の毛だらけになるのだが、それは気にならないらしい。

ちなみにメノンが言う「もかもか」というのは、「もふもふ」のことだ。

「バイツって、なんで全部もかもかにならないの？」

「全部？　全身ってことか？」

「うん。はじめてバイツに会ったときみたいな、全部もかもかが良いな」

「あれはまた今度な」

今度、厳しさを教えるときに見せてやる。

――とはいえ、おいそれと完全人狼化することはできないから、そのうちな。

魔王領ならまだしも、人間の世界で人狼化すれば騒ぎになる。

正直、人間に騒がれたところで痛くも痒《かゆ》くもないが、魔王の庇護を離れて人間世界で生きる以上、余計な騒ぎは起こさないに限る。

騒ぎの混乱でメノンとはぐれてしまったら大変なことになるし。

森に住む危険な動物や魔獣に見つかればあっという間に餌食《えじき》になってしまうだろうし、人間に見つかっても奴隷商に売られてしまうかもしれない。

子供がひとりで生きるには、この世界は厳しすぎる。

だからこそ、あの町でメノンを見つけたとき、つい手を差し伸べてしまったのだ。

バイツは静かにメノンと出会ったときのことを思い馳《は》せる。

彼女を見つけたのは、魔王領ガイゼンブルグの北に位置する国、キンダーハイム大公国の町を陥落させたときだった。

瓦礫《がれき》の中でメノンはひとり泣いていた。

魔王軍の攻撃で親を殺されたか、はぐれたか。

正直なところ、人間の町や村が焼かれるのを見てもなんとも思わない。

これまで人間に何度も嫌な思いをさせられてきたからだ。

だが、子供は別。

種族は違えど、子供は可愛い。

昔から子供は大好きだった。

遠い昔。自分がまだこの世界に生を受ける前——。

出かけた先の複合施設や駅で、迷子の子供を見つけるたびに声をかけていた。

時には誘拐犯に間違われて警備員を呼ばれたりしたけれど、親と再会したときの嬉しそうな顔が見たくて、いつも手を差し伸べていた。

「……どうしたのバイツ？」

と、メノンの声。

「なんだか、楽しそう」

その言葉でバイツは自分が笑顔になっていたことに気づく。

「ちょっと昔のことを思い出していただけだ」

「昔？　バイツの子供の頃？　生意気だった？」

「何だその質問」

失礼すぎるだろ。

やっぱりこいつには、今すぐ人狼の恐ろしさを教えてやるべきかもしれない。

「思い出していたのは、もっと前のことだ」

「前？　子供の頃よりも前ってこと？」

「そうだな」

バイツはそこで話を終わらせる。

説明したところで理解されるわけがない。相手が子供だからというわけじゃなく、こんな話を信じてくれるヤツがいるわけがないのだ。

人狼としてこの世界に生を受ける前は、別の世界に生きていただなんて。

そう。魔王軍の幹部にしてウルブヘジンという異名《いみょう》を持っていた最凶人狼のバイツは

——転生者であった。

＋＋＋

地方公務員。

それが生前《せいぜん》のバイツこと、倍然孝之《ばいぜんたかゆき》の職業だった。

地方の田舎で育ち、当たり障《さわ》りのない学校を出て、そう生きるのが当たり前だと言わんばかりに上京することなく町の役場に就職した。

友達もおらず、酒もタバコも女もやらない。

趣味と言えば借りていた市民農園で野菜づくりをすることくらい。

文字通りの草食系男子だった。

そんな倍然孝之は四十歳で急死し、この剣と魔法のファンタジー世界に転生してきた。

——草食系とは真逆の、超肉食系である「人狼」として。

人狼。人あらざる者の正式名称である「亜人」に属する獣人の一種だ。

普段は人間と大差ない姿をしているが、半獣の姿に変身し身体能力を向上させるという特殊能力を持っている。

そんな半獣の人狼として生を受けたバイツだったが、その性格は以前と変わらず草食系のままだった。

人狼の里で家族と暮らしていたときも他人との争いは極力避け、余計なトラブルに巻き込まれないように無口で無愛想を貫き通す。

趣味は生前と同じく畑いじり。

嫌なことがあっても、土を耕《たがや》し作物を育て、収穫した美味しい野菜を食べていれば大抵のことは忘れられた。

文字通りの肉食系である仲間からは奇異の目で見られていたが、平穏、平和、安寧《あんねい》というのがバイツのモットーだった。

将来はどこかの農村で、ひとりのんびり畑をやりながら暮らしたい。

それがバイツのささやかな夢だったが、獣人を取り巻く環境がそれを許してはくれなかった。

獣人は個々の能力は優れているが、個体数が極端に少ない。

故《ゆえ》に、数で勝《まさ》る人間——特に世界最大の宗教「母なる大地の聖徒《エレサクソン》」教から呪われた種族と迫害を受け続けていた。

その影響で、バイツが住んでいた人狼の里も「人狼討伐隊」なる傭兵団により燃やされ、家族は行方不明になり、バイツは放浪の旅に出ざるを得なくなった。

そして、新たな「平穏の地」を求めて世界各地を転々とする中で、バイツの耳に入ったのが亜人たちを束ねているという魔王の存在。

そう。亜人の「国家公務員」たる魔王軍だ。

それを知ったとき、バイツは「これこそ俺が求めていたものでは」と歓喜した。

生前に勤めていた役場は楽な職場ではなかったが、求める平穏な生活があった。

部署が特殊だったのか、ほぼ毎日定時で退庁できたし休日は趣味に時間を費やすことができた。

生き急ぐこともなく、ライバルを蹴落とすこともない。

平穏で平和な日々。

異世界に転生して、あの生活はもう二度と手に入らないと思っていたのだけれど、魔王軍に入ればその願いが叶うかもしれない。

しかし、勘違いも甚《はなは》だしかった。

魔王軍は国家公務員には間違いないのだが軍隊なのだ。

それも、金と出世欲にまみれた、文字通りの魑魅魍魎《ちみもうりょう》がひしめく魔境。

いわば、魔王軍ならぬ魔境軍。

そこにバイツが求めていた平穏なんてものはなく、こうして保護した少女と再び放浪の旅をはじめることになった——というわけだ。

「……バイツ、何か聞こえるよ」

思いふけっていたバイツの耳にメノンの声が飛び込んできた。

また変なことを言い出したな。

軽く辟易《へきえき》してしまうバイツだったが、念のためクンクンと周囲の臭いを嗅いでみると、かすかに獣臭を感じた。

これは狼の臭い。

今、自分たちがいるのは街道。

そこに狼がいる理由は、ひとつしかない。

「この先で旅人か商人が狼に襲われているのかもしれないな」

旅人や商人の死因で一番多いのが、森の中で狼に襲われることなのだ。

金があれば護衛を頼むことがあるが、余裕がない者は神に祈って通り抜けるしかない。

「助ける？」

メノンが尋ねてくる。バイツは首を横に振った。

「いや、余計なトラブルは避ける」

「でも、可哀想《かわいそう》」

「人間を助けたら、食事にありつけなくなる狼も可哀想だろ」

この世界は弱肉強食。

弱者は強者の餌になるのがルールなのだ。

「まぁ、運が悪かったと諦めるしかないな」

「逆だよ。バイツが通りかかったのは、運がいい」

フンスと鼻を鳴らすメノン。

「だってバイツはヒーローだもん。悪いヤツはバイツの爪でイチモモダンジ」

「……それを言うなら一網《いちもう》打尽《だじん》、な」

そんな難しい言葉、どこで覚えてくるのやら。

しかし、と森の奥へと続く街道を望みながらバイツは思う
少し困ったことになった。

メノンにそこまで言われて無視するのは、少々気まずい。

それに弱肉強食だなんだと偉そうに言ったものの、元人間ゆえか襲われている人を見捨てるというのも気分が悪い。

仕方ない。こっちが獣人だということを隠して助けてやるか。

「わかった。助ければいいんだろ」

「わ！　やっぱりバイツかっこいい！」

「とりあえず背中から降りてくれ」

「それはかっこよくない！」

落とされまいと、背中にギュッとしがみつくメノン。

「まさかお前、おんぶしたまま助けろってことか？」

「うん。それがいい」

「……」

閉口。別に構わないが、巻き込まれて怪我《けが》をしても知らんぞ。

「舌を噛むなよ」

「あい！」

メノンを背負ったまま、バイツは走り出す。

両足だけ人狼化しようかと思ったが、人間に見られる可能性を考えてやめておいた。

最悪、相手がただの狼だったら「もう一つの能力」でなんとかできるし。

と、荷馬車が停まっているのが見えた。

その周りに数匹の狼。

やはり予想通りの状況。

襲われているなら走り抜ければいいのにとバイツは思ったが、地面に横たわっている馬を見て、その考えは間違いだったと気づく。

なるほど。先に馬をやられたのか。

足から奪うとは、なんと賢い狼だろう。

もしかすると、知能が高い「魔獣」なのかもしれないな。

「そ、そこの御方っ！」

馬車の側で剣を振っていた男が声を張り上げた。

「ど、どうかお助けくださいっ！　馬車には大事な荷物と家族が――」

彼の視線がバイツに向いた瞬間、狼が男に飛びかかった。

まずい――。

バイツは咄嗟《とっさ》に両足を部分人狼化させて脚力を上げ、馬車へと走った。

狼が男の首に食らいつく寸前、体当たりで狼を弾き飛ばす。

「……ギャウッ⁉」

狼から悲鳴のような鳴き声が上がる。

だが、器用に空中でくるっと身を翻《ひるがえ》して地面に着地した。

この動き、やはりただの狼ではない。

「あ、あ、ありがとうございますっ！」

剣を振っていた男が、声を震わせながら頭をさげてきた。

少々ふっくらとした体格の商人ぽい男だ。

年齢は三十歳位だろうか。自分より一回りは上に見える。

「荷台に上がって隠れていてください。それと、絶対にこっちを見ないように」

「は、はいっ！」

慌てて荷台に上がる男。

狼たちは標的を男からバイツへと変え、ジリジリと距離を詰めてくる。
『オマエ、ジュウジン、ニオイスル』
ひときわ大きい狼が言った。
こいつがリーダーか。バイツは警戒の色を強める。
人間の言葉を理解しているということは、魔獣と見て間違いないだろう。
魔獣は自分たちのような亜人に近い存在だ。
獣と人の間の子が獣人だとすれば、悪魔と獣の間の子が魔獣。
魔王軍第三軍にも数多くの魔獣がいて、彼らを引き連れて戦っていた。
だから、できれば穏便《おんびん》に済ませたい。
「お前たちに危害を加えたくない。このまま帰ってくれないか」
『イヤダ。オマエ、コロス。オレサマガ、マルカジリ』
グルル、と喉を鳴らす魔獣。
あっさりと交渉決裂。
言葉は理解できるが、思ったより知能は低いらしい。
獣に近い野良《のら》魔獣、といったところか。
「ガウウゥッ！」
リーダー格の大きな狼がバイツへと飛びかかった。
「振り落とされるなよ、メノン」

「……あいっ」

背中のメノンに声をかけた瞬間、バイッツの右手の血管がボコボコと蠢《うごめ》き出し、瞬く間に漆黒の体毛に覆われる。

その指先には、刃物のような鋭い爪。

だが、バイッツは爪を使わずに拳《こぶし》を握りしめる。

前腕筋《ぜんわんきん》が隆起し、筋が走る。

バイッツは飛びかかってきた狼の顎《あご》に、部分人狼化した右拳を叩き込んだ。

「……ギャン⁉」

骨が砕ける音と共に、狼の悲鳴が聞こえた。

空中を壊れた人形のように舞った狼は、そのまま地面に落下する。

ピクリとも動かなくなる狼。

それを見て、他の狼たちの足がピタリと止まった。

「これ以上危害を加えたくない。今すぐ去れ」

『……ッ』

狼たちはしばし倒れたリーダーとバイッツを交互に見たが、すぐに森の中へと消えていった。

「……か、かっこいいっ！」

背中のメノンがピョコッと顔を覗かせる。

「バイツすごい、すごいっ！　一発で狼、やっつけた！」

相当興奮したのか、メノンは「しゅんしゅん！　バシバシ！」と手を振り回してバイツのマネをしはじめる。

そういえば、こんなふうに戦うところを見るのは初めての経験か。

というより、そろそろ降りてほしいのだが——まぁ、興奮して走り回られても面倒なのでそのままにしておくか。

しかし、と道に倒れる魔獣を見てバイツは思う。

あの魔獣には悪いが、一体の犠牲だけで事態が収拾してよかった。

魔獣は言わば、遠い親戚のようなもの。

危害を加えようとするなら戦うしかないが、できれば殺し合いたくない。

「……あ、あのう」

震える男の声が馬車から聞こえた。

ふとそちらを見ると、商人の男が顔面蒼白《そうはく》でこちらを見ていた。

「だ、だ、大丈夫なので？」

「……はい。もう安全です」

「お、狼は？」

「追い払いました。見たところ、他にはいなさそうですね」

「お、おおおおっ！」

男は慌てて荷馬車から飛び降りると、一目散にバイツの元にやってきて抱きついてきた。

「あ、ありがとうございますっ！　あなたは私たちの命の恩人ですっ！」

「あ、ちょっと……」

突然ハグをされて目を白黒させるバイツ。

そんなバイツの目に、荷台で不安げにこちらを見ている女性の姿が映った。彼女がこの男の家族なのだろう。

バイツはそっと女性に声をかける。

「怪我はないですか？」

「は、はい。ありがとうございます」

女性が深々と頭を下げる。

ぱっと見たところ、ふたりに怪我はなさそうだが、荷台の一部が破損《はそん》して農作物が散乱しているのが見えた。

「……荷がやられましたか」

「ええ。でも、一部だけですし、命を盗《と》られなかっただけ儲けものですよ」

男が笑みを浮かべる。

笑うと目尻が下がって、なんとも愛嬌《あいきょう》がある顔だ。

「しかし、これまで何度もここを通っているんですが、昼間から狼が出るなんてはじめての経験です」

「あいつらはただの狼じゃありません。魔獣です」

「ま……まま、魔獣っ⁉」

男の顔から一瞬で笑顔が消えた。

「と、ということは、魔王の軍勢の？」

「いえ、あいつらは野生の魔獣でしょう。戦い方に知性を感じませんでした」

「そうですか……良かった」

ほっとしたような顔をする男。

その反応を見る限り、魔獣と遭遇《そうぐう》するのははじめての経験なのだろう。

魔王が亜人を引き連れて人間に戦争をしかけたのが数年前。

魔王軍は人間たちが「百年王国」と呼んでいた歴史ある国「ガイゼンブルグ」をわずか二日で陥落させ、今や世界の三分の一を手中に治めている。

そんな彼らが主戦場としているのは北方や東方の国で、バイツたちがいる西方の「グラスデン王国」とは国境付近で小競《こぜ》り合いをしている程度だった。

「そういえば自己紹介がまだでしたね」

男が恭《うやうや》しく頭を垂れる。

「私はカインズ。そっちは妻のベネッサです」

「バイツです。こっちはメノン」

そう紹介すると、背中からひょっこりとメノンが顔を覗かせた。

それを見て、カインズが顔をほころばせる。

「はじめましてメノンちゃん。いやはや、可愛い娘さんですね」

「……え？　メノンはバイツの子供じゃないよ？」

「え？　そうなの？」

「うん。だって、メノンはメノンだもん」

「……？」

カインズが説明を求めるような視線を向けてきたが、バイツは小さく肩を竦《すく》めることしかできなかった。

だって、意味わからんし。

雰囲気でなんとなく察したのか、カインズが話題を変える。

「それで、バイツさんたちはどうしてこんな所に？」

「実はひと月ほど前に、住んでいた町を追い出されてしまいまして。それで、メノンと一緒に安全な場所に移住しようと考えてこちらに」

「なるほど。戦火を逃れてきたんですね」

「そういうところですね」

「小さなお子さんを連れての旅は大変でしょう。どうです？　私たちと一緒にエスピナ村に行きませんか？」

「エスピナ村？」

「この先にある農村ですよ。実は馬車の荷もそこに運ぶ予定だったんです。本当なら助けていただいたお礼に馬車でお送りしたいところなのですが……」

カインズが道に倒れている馬に視線を送った。

荷台を引いていた馬は完全に事切れている。

他に馬はいなさそうだし、馬車を動かすのは不可能だろう。

「わかりました。それでは俺が荷を運びましょう」

「……え？」

「荷をここに捨てるわけにもいかないでしょう？　俺が運びますよ。カインズさんは村までの道を案内してください」

獣人だとバレるリスクを考えると、彼らと一緒に行くのはやめたほうがいいが、警戒されずに村に入ることができるかもしれない。

そのメリットは大きい。

「どうでしょうか？」

「え？　あ、ええっと、もちろん運んでいただけるのは有り難《あ》《がた》いのですが……どうやって？」

「荷台を引っ張ります」

「はい？」

カインズが素《す》っ頓狂《とんきょう》な声をあげた。

「いやいや、無理ですって！　流石に人の手で動かせる重さじゃ――」

言葉で説明するより実際に見せたほうが良いと、バイツは部分人狼化して梶棒《かじぼう》――荷台の前方に出た長い柄――を手に取って軽く引っ張った。

狼に襲われた影響か、荷台は激しく軋《きし》んだが、すぐに車輪が回りだした。

「う、ウソでしょ……荷台が動いた……」

「この程度なら問題ありませんよ。早く荷台に乗ってください。魔獣が戻って来る前に出発します」

「は、はいっ」

魔獣という言葉に恐れをなしたのだろう。

カインズはギョッとして、慌てて荷台に飛び乗った。

「メノンも荷台がいい？」

「いや、お前は背中でいい」

余計なことを言われたら面倒だからな。

だが、そんなバイツの懸念などわかるわけがなく、メノンは嬉しそうにバイツの背中に顔をこすりつける。

「お子さんを担いだまま荷台を引っ張れるなんて、凄《すご》いお方だ」

感心したようにカインズが言った。

「もしかしてバイツさんは、名のある騎士団にいらっしゃったとか？」

「騎士団には所属していませんでしたが、傭兵的なことは少々」

「ああ、どうりで」

ははぁ、と納得した声を漏らすカインズ。

どうやらカインズには獣人であることはバレていないようだ。

獣人は人間と大差ないが、詳しい者が見ると一発でわかってしまう。

差が顕著《けんちょ》なのは「瞳」だ。

獣人の瞳孔《どうこう》は獣のそれに近く、鋭く尖っている。

とはいえ、疑ってかからなければ気づかない程度の違いなので、獣人と疑われるようなことをしなければ大丈夫。

なのだが——。

「おじさん。バイツはもかもかなんだよ？」

「……っ⁉」

突拍子もないメノンの暴露《ばくろ》に、バイツは転倒しそうになってしまった。

メノンのやつ、いきなり何を言い出すんだ。

「……ん？　もかもか？」

しかし、カインズは小さく首を傾《かし》げただけだった。

どうやら「もかもか」が理解できなかったらしい。

バイツは背中に向かってそっと小さな声で囁《ささや》く。

「いいかメノン、俺がもかもかだということは絶対口にするな」

「え？　どうして？」

「どうしてもだ。秘密が守れないなら……もうもかもかしてやらないぞ」

「……はうっ！」

メノンはギョッと目を見張った後、わなわなと震え出した。

「わ、わかった！　メノン、バイツがもかもかなの秘密にする！　トップシークレット！」

「そうしてくれ。あと、声がでかい」

見てみろ。荷台でカインズが変な顔をしているじゃないか。

しかし、と荷台を引っ張りながらバイツは思う。

メノンはまだ幼いが、こちらの説明をちゃんと理解してくれるのは助かる。生前の経験だと、六歳くらいの子供は自由奔放《じゆうほんぽう》というか、言いつけを無視してめちゃくちゃする子供が多かった。

もしかすると、メノンは頭がいいのかもしれないな。

魔王領にいたときも「家でお留守番していろ」と言い聞かせたら、ちゃんと大人しく待っていたし。

「……ふふ」

そんなメノンを見て、荷台のベネッサが笑顔を覗かせる。

「メノンちゃんはバイツさんの言うことを聞いて、本当にいい子ね」

「そうなの。メノンっていい子だから、バイツがもかもかなの秘密にするんだ。秘密にできたら、またもかもかしていいんだって」

「そうなんだ。良かったわねぇ」

「えへへ～」

にんまりと笑うメノン。

荷台がほんわかとした空気に包まれる。

ベネッサもカインズも、メノンの可愛さにデレデレの様子。

だが、彼女らの会話を聞いていたバイツだけは、目が点になるくらいに呆れ返っていた。

前言撤回。

メノンのやつ、とてつもないアホだ。

こいつはやはり、年相応の子供だな。

+++

街道を歩くこと一時間ほど。

到着したエスピナ村を見て、バイツは舌を巻いてしまった。

巨大な湖を取り囲むように広がる農地と、幾棟もの大小さまざまの家屋《かおく》。

炉が付いている家屋は鍛冶《かじ》屋だろう。

周囲は森に囲まれていて、鉄鉱石が産出できそうな山は近くには見当たらない。ということは、商人を通じて外部から定期的に買い付けているのだろう。

生活必需品ではない鉄鉱石に回す資金があるということは、相当裕福な村である証拠。

「意外でしょう？」

荷台から顔を覗かせたカインズが自慢げに言う。

「ここパシフィカ辺境伯領は、グラスデン王国の中で魔王領から一番離れていますからね。だからここまで発展しているんですよ」

魔王領の西に位置するグラスデン王国は小国郡で構成されている国で、東西南北四つの領土と、中央に位置する国王直轄領の五つに分かれている。

今バイツたちがいる「パシフィカ辺境伯領」はグラスデンの西側で、魔王軍と小競り合いが続いている「アリシア伯爵領」は東側にあたる。

「しかし、ここまで発展していると野盗たちが押し寄せてきそうですが」

「野盗どもの対処は彼らがやっているんです」

カインズが指差したのは、立派な見張り台。

敷地内には丸太を使った見張り台がいくつも設けてあり、重装備の衛兵が立っていた。

騎士が着る全身を守るフルプレートメイルとまではいかないが、しっかりとした胸当てに、手には長槍を持っている。

装備だけではなく、全身から手練《てだれ》のニオイがする。

「エスピナ村は引退した冒険者たちによって造られた村なんです。なので、そこらへんの町を落とすより難しいみたいですよ」

「なるほど、そういうことですか」

冒険者とは平たく言えば民間の傭兵のことだ。

魔獣退治から夫婦喧嘩の仲裁《ちゅうさい》まで、金を払えばありとあらゆるトラブルを解決してくれる。

だが、金次第では犯罪まがいのことまで平然とやるので、悪い噂が絶えないという一面もあった。

そんな冒険者によって造られたのなら、金と暴力が支配するスラムになりそうだが
——村を見るかぎりそんな雰囲気はない。

村を治めている人物が、相当な実力者なのだろうか。

村の中心部へと続く道に、監視塔で守られた立派な門が作られていた。

門を通る際に衛兵に止められたが、荷台から声をかけたカインズを見て、門を開けてくれた。

うん。やはりカインズたちを助けて正解だったな。

そのまま門を通り過ぎて、広場へとやってきた。

「それでは私たちは村長さんに用事があるのでここで」

カインズと妻のベネッサは荷台から降りると、恭《うやうや》しく頭を下げた。

「バイツさん、色々とありがとうございました。私たちもしばらく村に滞在するつもりなので、何か困ったことがありましたら是非《ぜひ》お声がけください。村の人たちとは顔見知りなのでお力になれると思います」

「ありがとうございます。それは助かります」

獣人だとバレれなくても村の外からやってきた人間は警戒されることがある。協力者がいるのは非常にありがたい。

「よし。行くぞメノン」

「あいっ」

元気よく挙手したメノンが、トテトテと荷台から降りてくる。

メノンはしばらくバイツの背中にいたが、ベネッサに声をかけられて荷台に上っていたのだ。

「じゃあね、メノンちゃん」

「うん、またね！　お菓子ありがと！」

ニコニコ顔のメノンが、ベネッサとタッチする。

菓子？　一体何のことだろう。

カインズたちがいなくなってから、そっとメノンに尋ねた。

「……で？　菓子ってなんだ？」

「おばちゃんがくれた。小さくて甘いの。美味しかった」

「小さくて甘い菓子……」

この世界にある菓子といえば蜂蜜を固めた「蜂蜜菓子」くらいしかないが、結構な高級品だ。

やけに大人しいと思っていたら、そんなもの貰っていたのか。

「もしかしてバイツも食べたかった？」

「いや。甘いのはあまり好きじゃない」

「そっか。どんまいバイツ。次はちゃんとはんぶんこしてあげるから。落ち込むな」

「いやだから俺は……まぁ、いいや」

説明するのが面倒になってきたので、広場を見渡しながらこれからのことを考えることにした。

魔王領を出てからずっと野宿《のじゅく》だったからしばらくゆっくりしたいところだが、まずは今後の予定をメノンと話し合う必要がある。

こうして成り行きで一緒に生活しているが、今後のことは何も決めていないのだ。

まずは宿を探してから、腰を据えて話し合うか。

「よし。とりあえず宿を探すぞ」

「ねぇ、バイツ」

メノンがチョイチョイとバイツの外套《がいとう》を引っ張る。

「ん？　どうした？」

「お腹空いた」

「……」

ため息をひとつ。

お前、さっき蜂蜜菓子、食べてたんだろ。

その小さな体を動かすのに、そんなに食料はいらんだろうに。

飯は後だ――と言いかけたバイツだったが、メノンに潤んだ瞳で見つめられ、その言葉をグッと飲み込んでしまった。

予定変更。

まずは酒場だ。

＋＋＋

少し前までは、酒場は貨幣が集まる大きな町にあるもの、というのが常識だったが、鉄製農具が普及したことで状況は大きく変わった。

生産力が向上したことで余剰作物を貨幣化する動きが出始め、小さな農村にも貨幣が集まるようになったのだ。

エスピナ村に酒場があるのも、そういう理由だろう。

その証拠に、これから昼食を取ろうと考えているのか、訪れた酒場は村人たちで賑《にぎ》わっていた。

お世辞《せじ》にも広いとは言えない店内には、いくつかテーブル席が設けられていてほとんど満席状態。

どうしようかと入り口で悩んでいると、給仕の女性がやってきて窓際の席に案内された。

「ええっと……イノシシ肉のローストと、ニシンの塩焼き。あとは葡萄《ぶどう》酒をお願いします」

「あいよ」

さばさばとした雰囲気で、給仕の女性が答える。

酒場で注文を取るより、戦場で剣を取るほうが似合ってそうな雰囲気だ。

そんな給仕が、チラリとバイツの隣に座るメノンを見やる。

「ついでにそっちのお嬢ちゃんにヤギミルクはどうだい？　サービスするよ」

「ヤギミルク⁉」

メノンがテーブルに両手をついたまま、ぴょんぴょんと飛び跳ねはじめた。行儀よくしろと注意してから、給仕に尋ねる。

「サービスとは気前が良いですね」

「可愛いお客さんにはサービスしろっていうのがウチの信条でね」

「良い信条だ。それでは、ヤギミルクもお願いします」

「はいよ。それじゃあ、少々お待ちを」

給仕はメノンの頭を軽く撫でて、颯爽《さっそう》と立ち去っていく。

カウンター越しに調理場にいる男に注文を伝えてから、別のテーブルへ。

結構忙しそうにしているが、給仕は彼女ひとりのようだ。

「ふふふ～ん」

ふと気づけば、メノンが鼻歌交じりで楽しそうに足をパタパタとさせていた。

随分と上機嫌だが、そんなにヤギミルクが好きだったのか？

メノンとは、もう長年連れ添っているような雰囲気だが、出会ってまだひと月ほどしか経っていない。

なので、何が好きで何が嫌いなのかもよく知らない。

今後のためにも、ヤギミルクのことは頭の片隅に残しておいたほうが良いかもしれないな。

「ところでメノン。料理が来る前に、これからのことについて話しておきたいのだが良いか？」

「あいっ」

実に良い返事。うん。まごうことなき上機嫌だ。

「とりあえずはしばらくこの村に滞在する。ここを拠点にして、お前の引き取り手を探すつもりだ」

「ヒキトリテ？」

「メノンを引き取ってくれる人間のことだ。例えば、お前の身内とか」

「ママとパパを探すってこと？」

「いや、両親ではない……のだが」

バイツはつい言葉を濁してしまった。

両親が健在なら、彼らのもとに戻してやるのが一番だ。

だが、メノンを保護した町、ロイエンシュタットの惨状を見る限り、生きてはいないだろうとバイツは考えていた。

ロイエンシュタットはキンダーハイム有数の城塞《じょうさい》都市だったが、町に潜入したバイツによって内部から瓦解《がかい》し、わずか一夜にして陥落した。

作戦の指揮官であったバイツによって「市民には手出し無用」という通達が出されていたが、一部で虐殺が行われたという報告が上がっていた。

違反した兵士はバイツの手により「厳正な処分」が下されたが、メノンの両親が犠牲になった可能性は高かった。

「俺が言ってるのは、もう少し遠い親戚だな。例えば母親の兄弟とか」

「ママのお兄ちゃん？」

「そうだ。もしいなかったら、孤児院に引き取ってもらうことになるかもしれない」

「孤児院」

メノンの顔に、スッと陰が落ちる。

「……メノン、バイツとずっと一緒がいい。孤児院はいやだ」

「気持ちはわかる。だが、ずっと一緒にはいられない」

「なんで？　もかもかの町でずっとバイツと一緒にいたよ？」

もかもかの町？

一体なんのことだろうとしばし考え、魔王領のことだと気づく。

住んでいた家の近くに獣人の宿舎があったし、道行く獣人たちを家の中から見ていたので「もかもかの町」になったのだろう。

「あの町で一緒だったのは一時的なものだ」

「バイツはメノンと一緒、イヤなの？」

「そんなことはない。だが、俺は獣人でお前は人間だ。住む世界が全く違う。ずっと一緒にはいられない」

現代以上にこの世界は人種差別が激しい。

魔王領では人間であるメノンが迫害を受け、人間の世界では獣人であるバイツが白い目で見られる。

獣人と人間が一緒にいられる場所など、この世界には存在しないのだ。

「……」

だが、理解できなかったのか、メノンは口をへの字に歪《ゆが》め、今にも泣き出しそうな顔になった。

それを見て、胸が詰まってしまうバイツ。

そういう顔、結構心に来るからやめてほしい。

「と、とにかくだな。親戚がどこに住んでいるか、覚えていないか？」

「わかんないもん」

ついにメノンの瞳から、ぽろぽろと涙がこぼれ始める。

「わかってても、バイツには教えてあげないもん」

「お、おい……」

バイツは頭を抱えたくなってしまった。

なんだかいじめているような雰囲気だが、メノンと別れたくて引き取り手を探そうとしているわけではないのだ。

引き取り手を探すのは、メノンのことを思えばこそ。

——だが、それを理解するにはメノンはまだ幼すぎるのかもしれない。

「わかった。わかったよ」

諦めたと言いたげに、両手を広げてバイツは続ける。

「しばらくは一緒にいる。だから、なんだ。その……もう泣くな」

「……ホント？」

「ああホントだ。一緒にいるから、メノンのことを色々と教えてくれ」

「わかった！　いっぱい教えてあげる！」

スイッチが入ったかのように、陰鬱《いんうつ》だったメノンの顔が一瞬で明るくなる。

文字通り、眩《まぶ》しいくらいの笑顔。

畜生《ちくしょう》。可愛いな。

「それでそれで？　バイツはメノンの何が知りたいの？」

「あ～、そうだな。メノンの故郷って、俺と出会ったあの町なのか？」

「違うよ。あの町には知らないおじさんに連れてこられたの」

「知らないおじさん？」

「そう。おじさん、キラキラキラした服を着てた」

キラキラ。高価な服ってことだろう。

裕福な身なりの見知らぬ男――。

「……まさか、奴隷商か？」

ありえる、とバイツは思った。

この世界では金に困った両親が一番下の子供を売るなんてことが日常茶飯事《にちじょうさはんじ》に起きる。

酒代欲しさに子供を手放すクズ野郎も少なくない。

メノンもそんな理由で売られたのだろうか。

しかし、奴隷商にメノンを売ったのなら、彼女の両親は生きている可能性があるな。

まぁ、その両親の元に戻してやるのが良いかどうかは別問題だが。

「あの町に連れて来られる前は、どこに住んでいた？」

「ちょっと寒いところ」

「そこには何があった？」

「ん～、おっきな建物？」

大きな建造物があるということは、比較的大きな町ということだろう。

ロイエンシュタットも相当大きいが、あそこより巨大な都市と言えば――キンダーハイムの首都くらいしかない。

しかし、メノンが首都で暮らしていたとはちょっと考えにくい。

首都暮らしができるのは、ある程度の金を持った富裕層か聖職者くらいなのだ。

それに子供の目からすれば、あらゆる建物が巨大建造物に見えてしまうだろうし、それだけで特定するのは難しいかもしれない。

何かメノンの故郷を特定できるようなものはないだろうか。

バイツはしばし記憶を辿《たど》る。

メノンを保護したとき、彼女は身一つで瓦礫の中にいた。

身元を特定できるような荷物は持っていなかったし、着ていた服はボロボロだったので捨ててしまった。

残っているものと言ったら――。

「……あ、そういえば、ペンダントを持っていたよな？」

バイツはふと思い出す。

メノンは町で保護したときから、肌身離さず小さなペンダントをつけていた。大切なものなのだろうと思って、あえて触れていなかったが。

「これのこと？」

メノンが服の下から白く輝くペンダントを覗かせる。

「そうだ。そのペンダントはどうしたんだ？」

「ママに貰ったの。見る？」

「いいのか？」

「バイツならいいよ」

躊躇なくペンダントを差し出すメノン。

バイツは少々困惑してしまった。

母親に貰ったものなら、こんな軽々しく他人に渡さないほうが良いと思うが。

「……見たらすぐ返すからな」

「あい」

ペンダントをそっと開く。

中に家族に関するものが入っていればと思っていたが、これといって何も入っていなかった。

ただ、内側に妙な装飾が施《ほどこ》されているだけ。

蓮《はす》の花と鷹《たか》の紋章。

キンダーハイムの紋章かと思ったが、違う気がする。

どこかで見たような気がするけど、どこだったか。

しばらく記憶を辿るバイツだったがどうしても思い出せず、もう一度ペンダントを確認してからメノンに返した。

「それを貰ったとき、母親に何か言われたか？」

「ん～、よく覚えてない」

「そうか」

しかし、母親から渡されたということはメノンの出生と何かしらの関係があるということだろう。

その紋章の正体から調べていけば、メノンの故郷や親戚にたどり着けるかもしれない。

「はい、お待ち遠様」

などと考えていると、給仕が両手に料理を持って戻ってきた。

「イノシシ肉のローストにニシンの塩焼き。葡萄酒に……ヤギミルクね」

「うわぁ！　美味しそう！」

メノンの顔にパッと笑顔の花が咲く。

「ねぇねぇバイツ！　食べていい⁉」

「ああ、いいぞ」

そう答えるとメノンはどれから食べようかとしばらく迷って、ヤギミルクがたっぷりと入ったコップを両手で摑んだ。

「ねぇ、旦那《だんな》？」

給仕の声。ちらりと見ると、彼女は少しだけ気まずそうにこちらを見ていた。

「見ない顔だけど、旅の方かい？」

「ええ、そうですが？」

「どっから来たの？　タタン？　それともロッセン？」

どうやらこちらのことを怪しんでいるらしい。

獣人だと疑われていないだけありがたいが、妙な勘ぐりをされても面倒だ。ここは素直に状況を話しておくべきか。

「東のアリシア伯爵領から来ました」

「アリシア？　ってことは……もしかして魔王軍に追われて？」

「故郷を焼かれてしまいまして。それで、戦火が届いていないパシフィカに」

「そりゃあ気の毒だったね」

給仕はバツが悪そうに頭を掻く。

東のアリシア伯爵領は、グラスデン王国軍と魔王軍が小競り合いを繰り返している最前線だ。大規模な衝突まではいっていないが、いくつかの町や村が戦場になっているとバイツは聞いたことがあった。

「じゃあ、しばらくはエスピナに？」

「可能ならばそうしたいですね。他に行くあても無いですから」

「だったらいっそ、ここに移住したらどう？　丁度《ちょうど》入植者を募集してるみたいだしさ」

給仕が顎《あご》で酒場の端にある掲示板を指した。

そこにでかでかと出ていたのは「入植者募集」の張り紙。

入植者――つまりここに住んで働いてくれる人間を募集しているらしい。

「いいんですか？」

「得体の知れない人間を誘っても平気なのかって？　まぁ、あたしが判断することじゃないけど、こんな可愛い子と一緒なら、ウチの村長も大歓迎だと思うけどね」

給仕は一心不乱にヤギミルクを飲んでいるメノンを見て、優しそうな笑顔を覗かせた。

予想外の展開だ。

ひと月ほど滞在できれば御《おん》の字だと思っていたが、永住できるのならこちらとしてもありがたい。

ここなら求めていた「平穏」が得られるかもしれないし、腰を据えてメノンの故郷を探すこともできる。

まぁ、メノンが賛成してくれれば、の話だが。

「どうだメノン？　しばらくここで暮らすか？」

そう尋ねると、メノンはごきゅごきゅとヤギミルクを飲み干して、「ぷはぁ！」と豪快にコップをテーブルに叩きつけた。

「あいっ！　バイツと一緒にここに住むますっ！」

悩む様子もなく、元気よく言い放つメノン。

その口の周りは、ヤギミルクで真っ白になっていた。

一方のバイツは困惑顔。

めちゃくちゃ軽いなオイ。

今後の生活を左右する大事な話なのに、そんな適当に決めていいのか？

「あっはっは、良い返事だね」

給仕が楽しそうにケラケラと笑った。

「お嬢ちゃんのこと、すごく気に入ったよ」

「あいっ！　メノンもここのヤギミルク、気に入った！」

バイツの心配を笑い飛ばすように、笑顔でコップを掲げるメノン。

それを見てバイツは「余計な心配だったか」と苦笑いを浮かべるのだった。

へと向かった。

＋＋＋

掲示板に貼られていた入植者募集の告知に倣《なら》い、バイツたちは丘の上にある村長の家へと向かった。

そこで面談を行い、認可がおりれば村人として迎え入れてくれるという。

募集の告知によれば、村人には家と農地が割り当てられるらしい。

つまり、割り当てられた農地で農作物を作り、一定量を村に納める義務が発生するということだろう。

それを見て、バイツの心は躍《おど》った。

生前や獣人の里で暮らしていたときにやっていた畑いじり。それの延長線上にある「農園スローライフ」が手に入るかもしれない。

義務は発生してしまうが、農園生活は正《まさ》に自分が求めていたものだ。

「バイツ、上機嫌?」

手を繋いで一緒に歩いていたメノンが首をかしげた。

「まぁな。ようやく平穏な生活が手に入りそうなんだ」

「へーおん?」

「のんびり静かに暮らすって意味だ。スローライフとも言う」

「るろーらいふ、か」

「スローライフ、な」

できればもう流浪《るろう》なんてしたくない。

すれ違う村の人間に奇異の目を向けられながら到着した村長の家は、他の家と同じくなんとも質素なものだった。

違いがあるとすれば、雀《すずめ》の額程度の庭があることくらい。

その小さな庭に木剣が何本か置かれていた。剣の練習で使うものだ。

「たのもう～」

メノンが実に物騒《ぶっそう》な言葉を放ちながら戸を叩く。

すかさずメノンの首根っこを捕まえて引っ込めさせた。

お前はいきなりトラブルを生もうとすな。

気を取り直して戸を叩こうとしたが、その前に勢いよく扉が放たれた。

「……あうっ」

バイツに首の根っこを掴まれたまま、ぷら～んとぶら下がっているメノン。彼女がうめき声を上げたのは、苦しかったからというわけではない。

扉の向こうから現れたのが、バイツよりもふた回りほど体が大きい熊のような大男だったからだ。

腕はバイツの太ももほどあって、体のあちこちに古傷が残っている。

いかにも歴戦の強者《つわもの》といった風貌《ふうぼう》だ。

その大男が、ギロリとバイツを睨みつける。

「誰だ、お前？」

「酒場の入植者募集の張り紙を見ました。ここが村長さんの家だと聞いたのですが」

「……ああ、入植希望者か」

刃のように鋭かった男の目が、少しだけ見開かれる。

もしかすると驚いたのかもしれない。それほど入植希望者は珍しいということなのだろうか？

「こっちだ。ついてこい」

男は顎で家の奥を指し、すたすたと歩いていく。

流れる不穏な空気に、バイツはしばし立ち尽くしてしまった。

そういえば、ここの村を造った人間は元冒険者だと言っていた。

冒険者の中には、獣人の特徴を理解している者も多い。教会からの依頼で獣人狩りに駆り出されることもあるからだ。

入植者募集の告知につい飛びついてしまったが、軽率《けいそつ》だったか？

「とはいえ、このまま帰るのもな」

顔を見られてしまったし、ここで帰ったら逆に怪しまれてしまう。

仕方ない。話だけ聞いてみるか。

もし獣人だとバレたら、メノンを抱えて逃げればいいしな。

そう考えたバイツは、メノンの手を引き、男の後についていく。

家に入って最初に目に映ったのは、壁にかけられたタペストリーだった。

あれは「冒険者ギルド」の旗。

冒険者の仕事を仲介するのが冒険者ギルドという組織なのだが、そこの旗を与えられるということは、ギルドの顔だったことを意味する。

つまり、この村を造った元冒険者は相当な手練だったのだろう。

こぢんまりとしているが、綺麗に整理されている部屋には幾人かの男がいた。

テーブルに四人、壁際にひとり。

それと、ちょっと場違い感がある若い女性がテーブルにひとり。

どの男が村長なのだろう。全員が屈強そうな風貌をしているが。

「……え？　入植希望者？」

と、先程の男が女性に耳打ちをしているのが見えた。

「本当に？」

「はい。そう言っています」

「え、あ、わ……」

女性はおろおろとしながら席を立ち、ぱたぱたと駆け寄ってきた。

「は、は、はじめまして」

女性は髪の毛をしきりに正してから、ぺこりと頭を垂《た》れる。

「わっ、私が……ここ、この村の長を務めさせていただいております……フィオと申します」

「……えっ」

ギョッとしてしまった。

村長？　この子が？

「あ、あの、エッ、エスピナ村への入植希望ということで……あ、ありがとうございます。とっ、とりあえず、お名前をお伺いしても？」

「あ、えと、俺はバイツです。こっちはメノン。ほら、挨拶しろ」

「……はうっ」

足にしがみついていたメノンが「こ、こんにつは」と恐る恐る顔を覗かせる。

なんだか新鮮な反応だった。

いつもは傍若無人っぷりを発揮しているが、見知らぬ相手には年相応の反応をするらしい。

いつもこれくらい大人しかったらいいのだが。

しかし、とバイツはフィオと名乗った女性を見て思う。

新鮮と言えば、村長が女性だなんて驚きだ。

女性というだけで珍しいのに、おまけにとてつもなく若い。

年齢は二十代前半……といったところだろうか。

絹のようにきらめいているブラウンのロングヘアに、透き通った肌。

着ている服はシフトと呼ばれる特段派手さはない一般的なシャツだが、何だか妙に気品がある。

どう見ても農作業をしているようには思えない。

城に住んでいるほうが似合っていそうな雰囲気だ。

「お、驚きますよね？」

フィオが恐縮するように言う。

「まさか村の長《おさ》が、私みたいな可愛くて若い女だなんて……あはは」

「……」

反応に困ってしまった。

この子、自分で可愛いって言ったよ。

いや、お世辞抜きで可愛いんだけどさ。

「す、少しだけ驚きました。ですが、ただ若いだけではないことは雰囲気でわかります」

「えっ？」

フィオがギョッとする。

「ど、どういう意味ですか？」

「それです」

バイツは、フィオの右手を指した。

「その手のタコは家事をやってできるものではありません」

「これ、は……ええっと、畑作業でできたものだと思いますよ？　ドジな私でも、鍬《くわ》くらいは持てますし」

あ、ドジなんだ。なんだかそんな雰囲気はしていたけど。

「見たところ、そのタコは薬指と小指の部分にだけできています。それは剣を扱う者が作る『剣ダコ』です」

剣術に疎《うと》い者が鍬を持つ場合は手のひら全体で掴むが、剣術に精通している人間は無意識で薬指と小指で掴む。

そのため、自然と薬指と小指の付け根だけにタコができるのだ。

「……お、驚きました。よくご存知《ぞんじ》ですね」

フィオが目をパチパチと瞬かせる。

「もしかしてバイツさんも武芸に精通されている方なんですか？」

「武芸というより、少しだけ軍に所属していたことがありまして」

「……軍？」

と、反応したのはフィオではなく壁際にいた男だった。

体格はバイツと同じ中肉中背。

白髪に浅黒い肌。印象的なのは、刃のように鋭い眼光だ。

体はさほど大きくないが、ただならぬ雰囲気をバイツは感じ取っていた。

この男も元冒険者だろう。

もしかすると、ギルドの旗を与えられたのはこの男かもしれない。

「どこの軍だ？」

白髪の男が続けて尋ねてくる。

「隣のアリシアですよ。半月ほど前に諸事情で除隊しまして、こうしてメノンと戦火を逃れてパシフィカに」

「ほう？　魔王軍との小競り合いが続いているアリシアから逃げてきたのか？」

「そうです」

「小競り合いが続いているせいで兵士の数が足らず、町の乞食《こじき》どもにも剣を持たせていると聞くが、すんなり除隊できたのだな？」

疑われている、とバイツは直感した。

閉鎖的な農村に住む人間だったら、隣の領地の状況に疎いはずだと高をくくっていたが、やぶ蛇だったたか。

「あ、の、えっと」

静まり返った部屋に、フィオの震える声が浮かんだ。

「ア、アリシアの状況はなんとなく伺っています。小さな子供を連れての旅はさぞ大変だったでしょう」

「貴様、獣人だな」

「そうそう、ソウザが言う通り、獣人だったらさらに大変なこと……ふぇ？」

フィオがぐるんと首を捻って壁の男──ソウザを見る。

「じゅ、獣人⁉　バ、バ、バイツさんがですか⁉」

「そうですよフィオ様。その男の目には獣人の特徴があります」

「ほ、本当、なのですか？」

怯えたような視線を向けられ、バイツは言葉に詰まってしまった。

やはり獣人の特徴を知っている人間がいたか。

できれば認めたくないが、ここでさらにウソをつけば余計に疑われてしまうかもしれない。

穏便に済ますために、正直に答えるべきか。

「……そうです。彼が言う通り、俺は魔王軍に所属していた獣人です」

「まおっ⁉」

フィオが素っ頓狂な声をあげる。

瞬間、テーブルに腰掛けていた男たちが一斉に立ち上がった。

「フィオ様から離れろ、獣人！」

武器を構える男たち。

部屋に立ち込める、一触即発の空気。

メノンはバイツの足にしがみつき、声も出ないくらいに怯えていた。

「争うつもりはありません」

バイツは両手を上げてフィオと距離を置く。

すぐさまソウザがフィオを守るようにバイツとの間に入った。

「ここに来た目的は何だ？　貴様、魔王軍の斥候《せっこう》か？」

「軍を離れて戦火から逃れるためにパシフィカに来たというのは事実です。住める場所を見つけてから、メノンの親族を探そうと」

「……親族？」

ひょい、とフィオがソウザの後ろから顔を覗かせる。

「ということは、メノンちゃんは」

「はい。彼女は獣人ではなく人間です」

「……」

フィオはじっと黙り込み、何やら考え始める。

「……メノンちゃんとはどちらで？」

「フィオ様」

この男に関わるなと言いたげにソウザが割って入るが、フィオは気にする様子もなく続ける。

「メノンちゃんはバイツさんのお子さんというわけではないんですよね？」

「はい。彼女はロイエンシュタットで保護しました」

「先日、魔王軍に落とされた町ですね。どうしてバイツさんは魔王軍をお辞めに？」

「辞めたというより追放されたという表現が正しいです。上からメノンを殺すか、魔王軍を去るかの選択を迫られたので、この子を選びました」

「はっ」

ソウザが鼻で笑う。

「人間を選んだだと？　どうせ奴隷商にでも売って小銭を稼ぐつもりだろう」

「ちょ、ちょっとソウザ、あなた、さっきから失礼なことばっかり――」

「フィオ様！」

「ひゃっ⁉」

突然ソウザにずずいっと詰め寄られて、フィオが悲鳴をあげた。

「な、何、ですか？」

「獣人の言葉などに真剣に耳を傾ける必要はありません。ここに現れたのも、きっと企《たくら》みがあってのことでしょう。すぐに我らが斬《き》り捨てますのでお下がりください」

「き、斬り捨て⁉　まま、待ってください、バイツさんの話をもっとちゃんと聞いて――」

「こいつの話には全く信憑性《しんぴょうせい》がありません。信じるだけ無駄です」

ソウザはジロリとバイツを睨みつける。

「……何か証拠のひとつでもあれば、話は別なのだがな？」

「生憎《あいにく》、ひとつもありませんね」

「フン。だろうな」

ソウザは音もなく剣を抜き、その切っ先をバイツの喉元に突きつける。

無駄のない動き。やはり相当の手練だ。

しかし、ここでやるつもりなのか？

騒ぎになる可能性は考えていたが、これは予想外の展開だ。

やろうと思えば一瞬でここを血の海に変えることもできるが、メノンの手前、手荒な真似はやめておきたい。

想定どおり、人狼化して逃げるが吉か。

そう考えたバイツが、変身のために全身に力を入れた。

と、そのとき、誰かがバイツの前に飛び出してきた。

「……バッ、バイツはウソなんてつかないよ！」

足にしがみついていたメノンだ。

「だ、だって、メノンがお願いしたらすぐにおんぶしてくれるし、ええっと……そう！　尻尾で『もかもか』してくれるもん！」

「……もかもか？」

聞き慣れない言葉だったのか、フィオが首をかしげる。

「もかもかって、何？」

「バイツの尻尾ってふわふわで、顔を埋めると『もかもか』できるんだよ！」

「ふわふわの尻尾……」

フィオの視線がすすっとバイツの腰に吸い寄せられる。

それを見て、バイツは「ああ」と理解した。

どうやらこの娘もメノンと同じくもふもふ好きらしい。

「……フン」

だが、そんなフィオを気にする様子もなく、ソウザが仁王《におう》立ちしているメノンに言い放つ。

「そんな話、何の根拠にもならんわ！」

「がーん！」

オーバーリアクション気味にのけぞるメノン。

うん、確かに何の根拠にもならない話だったな。助けてくれたのは嬉しかったけど。

「フィオ様、お下がりください。斬り捨てるのが無理ならば、ここから追い出します」

「ま、待ってくださいソウザ。まだバイツさんとの話は終わっていません」

「終わっています。それとも、この獣人の移住を認めるとでも？」

「そっ、そういうわけではありませんが」

フィオが言葉に詰まる。

その顔は至極《しごく》悩んでいるように見えた。

こちらの話が事実だと証明できるものがない以上、魔王軍の斥候である可能性を拭《ぬぐ》いきれないのだろう。

しかし、即座に「出て行け」と言わないのは、メノンを連れているからか。

森には危険な獣や魔獣がいるし、盗賊団が出没することもある。

暗くなればその危険性は更に増す。子供のメノンが出歩くには危険極まりない。

「わ、わかりました」

しばし黙考したフィオが、静かに切り出す。

「申し訳ありませんが、バイツさんの話を証明できるものが何もない以上、おふたりを村にお迎えすることはできません」

ですが——そう付け加え、フィオは続ける。

「今すぐ出て行きなさいというのも酷な話です。なので、おふたりの一時的な滞在は認めましょう。今日は……そうですね、私の家にでもお泊りください」

「フ、フィオ様!?」

ソウザを皮切りに、部屋にいた男たちがざわめき出す。

「い、一体何をおっしゃっているんですか!?」

「え？　え？　だ、だって、村の宿に泊まってもらったほうが危険じゃないですか？」

「確かにそうですが、もしフィオ様に何かあったらどうするのですか！」

「わっ、私は平気ですよ。だって、ソウザたちが付いていますし。それに、いざとなれば私も戦えます」

「フィオ様にはまだ無理です！　今日も剣の素振り十回でバテていたじゃありませんか！」

「……っ⁉」

フィオの頬がぽっと赤く染まる。

「ソ、ソウザ！　そそ、それは秘密にしてってって言ったでしょ！」

「それに、命を奪われずとも寝込みを襲われるかもしれません！」

「ね、ねこ……っ⁉」

炎が燃え広がるように、フィオの顔が耳先まで真っ赤になる。

「しっ、しし、失礼ですよソウザ！　いくら私が可愛いからって、ね、ね、寝込みを襲うわけが、そんな……ねぇ、バイツさん⁉」

「いや、俺に聞かないでください」

つい突っ込んでしまった。

というか、また自分で可愛いって言わなかったかこの人。

身の潔白《けっぱく》を説明したいところだが、下手に口を挟むといらぬ疑いをかけられそうだし、黙っておくほうがいいかもしれない。

「フィオさん、これを」

だが、バイツは言葉の代わりにリュックから「とある小瓶」を取り出し、フィオに差し出した。

「……こ、これは？」

「牙抜きという劇薬ポーションです。亜人の能力を一時的に封じる効果があります。もし俺に襲われたら、迷わずそれを使ってください」

正直なところ、こんなものは持ち歩きたくはなかった。

何かの拍子で瓶が割れてしまえば、しばらく人狼化能力が使えなくなってしまうからだ。

だが、牙抜きはこういう状況で効果を発揮する。

それを相手に渡すことで「あなたに危害を加えません」という意思表明になるのだ。

「な、なるほど……確かにこれがあれば安心ですね」

フィオは「どうですか？」と言いたげにソウザの顔を見た。

彼はしばし考え、ぷいっとそっぽを向く。

それを見て、フィオはほっとしたような表情を浮かべた。

「ええっと……というわけでバイツさん、メノンちゃん。本日はここにお泊りいただき、明日の朝に村を出立《しゅったつ》してください。申し訳ありませんが、それでよろしいでしょうか？」

「わかりました。配慮に感謝します」

バイツが頭を下げる。

できればしばらくここを拠点にしたかったが、金を払わずに一晩の宿を借りることができただけ良しとするべきか。

旅の疲れを癒やして、早々に村を離れよう。

いまだに敵意の籠《こ》もった視線を投げつけてくるソウザたちに、妙な因縁《いんねん》を付けられる前に。

＋＋＋

「……えっ、入植希望を拒否されたんですか？」

驚いた顔でカインズが葡萄酒を飲もうとしていた手を止めた。

がらんとした昼下がりの酒場に、カインズとバイツ、それに口の周りをヤギミルクで真っ白にしているメノンの姿があった。

バイツはカインズと同じテーブルに腰掛けているが、早めの夕食を取りにきたというわけではない。

出発を明日の朝に控え、旅に必要な物資を買い付けにきたのだ。

酒場は食事を取ったりするだけの場所ではなく、交易所としての顔も持っている。

なので減っていた消耗品を買いに来たところ、遅めの昼食を取っているカインズに偶然出会って、状況を報告することになった――というわけだ。

隣でメノンがヤギミルクを飲んでいるのは、お約束のようなものだ。

「でも、どうして拒否されたんです？」

カインズがジョッキに口を付けながら尋ねてきた。

バイツはあっけらかんとした表情で言う。

「実はカインズさんにも話していませんでしたが、俺は獣人なんです」

「……ぶほっ」

カインズが葡萄酒を吹き出した。

それを見て、メノンが呆れ顔を浮かべる。

「何だ何だ？　行儀《ぎょうぎ》がわるいぞ、まったくもう」

「口の周りをミルクだらけにしているやつが偉そうに言うな」

とりあえず、ドヤ顔をする前に口を拭け。

「げほっ……げほっ……す、すみませんバイツさん、つい驚いてしまって」

「こちらこそ秘密にしていてすみません」

バイツも恐縮して頭をさげる。

「でも、もうこんなふうに俺と一緒にいないほうが良いかもしれませんよ」

「えっ、ど、どうしてです？」

「フィオさんたちにも俺が獣人だと知られてしまいましたからね。一緒にいるだけで、カインズさんも白い目で見られてしまうかもしれない」

村に来たとき一緒だったのは「脅されていて」と説明すれば済むだろうが、酒場で談笑しているところを見られたら、言い訳が立たなくなる。

しかしカインズは呆れるように笑った。

「いやいや、何を言ってるんですか。獣人だろうとなんだろうと、バイツさんは命の恩人です。そんな人に失礼な態度を取ったらバチがあたってしまいますよ」

「カインズさん……」

はじめて会うタイプの人間だとバイツは思った。

大抵の人間は、相手が獣人だとわかったら無言で立ち去るか、罵詈雑言《ばりぞうごん》を投げつけて立ち去るかのどちらかなのだ。

「でも、バイツさんが獣人だからって移住を拒否するのはおかしいですよ。今から私が説得しに行きましょうか？」

「ありがたいですがやめておいたほうがいいです。カインズさんみたいに獣人に理解がある人ばかりではないでしょうし」

「あ……もしかして、ソウザさんのことですか？」

「知っているんですか？」

「はい。直接の面識はありませんが、この村を立ち上げたメンバーのひとりで元冒険者だったと聞きます。獣人に恨みを抱えているようで」

やはり、とバイツは思った。

ソウザは獣人のことを相当忌避《きひ》しているようだったが、根本にあるのは遺恨《いこん》か。

もしかすると、亜人に家族を殺されたのかもしれない。

そういう人間が冒険者になるというのは、良く聞く話だ。

「ランクはどの程度だったかご存知《ぞんじ》ですか？」

「確か銀星級《シルバースター》だったと思いますよ」

「銀星級？　それはすごいですね」

バイツの口から思わず感嘆の声が漏れた。

冒険者はランクによって棲《す》み分けされて、受けられる依頼が決まっている。

下から鉄星級《アイアンスター》、青銅星級《ブロンズスター》、銀星級、白金星級《プラチナスター》、黄金星級《ゴールドスター》。

そして最上クラスが金剛星級《ダイヤモンドスター》だが、歴史上五人しか達成者がいない。

銀星級は階級こそ下から三番目だが、大抵の冒険者は青銅星級止まりなので、銀星級に上がれるだけで相当な実力者という証拠になるのだ。

「それで、バイツさんたちはこれからどうするつもりなんです？」

「ひと晩だけフィオさんにお世話になることになりました。明日の朝、村を出ていく予定です」

「明日？　それも急な話ですね……」

カインズはうむむと唸りながら続ける。

「よろしければ、隣町までお送りしましょうか？　近くのロンフォールという町でしたら、馬車で一日くらいの距離ですし」

「……ありがたいですが、お言葉だけいただいておきます」

恐縮しながらバイツが返す。

正直なところ、是非《ぜひ》隣町まで送ってもらいたいところだが、これ以上世話になったら本当に迷惑がかかってしまう。

受けた恩を仇《あだ》で返すなんてことだけは絶対に避けなければならない。

カインズもなんとなく空気を察したのか、それ以上は誘ってこなかった。

しばしバイツたちのテーブルに、メノンがヤギミルクを飲む音だけが流れる。

しかし、とバイツは少し残念そうに葡萄酒に口をつけているカインズを見て思う。

ぱっと隣町の名前が出てくるあたり、本当にこの辺の地理に詳しいんだな。

流石は町を転々としている商人だ。

「……町を転々？」

ふと、バイツの頭にとあることが浮かんだ。

メノンのペンダントに刻まれていた紋章の件だ。

「ちょっと話は変わりますけど、確かカインズさんは商売で国中を回っていると仰っていましたよね？」

「え？　はい、そうですね。魔王軍との戦場になっているアリシアには行っていませんが、他の場所なら」

「都市章には詳しいですか？」

「都市章？　町の紋章のことですか？」

「そうです。実はメノンの故郷を探していまして、彼女が母親から貰ったというペンダントに蓮の花と鷹の紋章が入っていたんです」

「蓮……？」

首をかしげたカインズが、ちらりとバイツの隣のメノンを見る。

その視線に誘われるようにバイツがメノンを見ると、口の周りだけではなくテーブルの上までミルクだらけにしていた。

お前は犬か。

「ん？　メノンのペンダント、見るか？」

「いやいや、ちょっと待て」

メノンがミルクまみれの手でシャツの中からペンダントを取り出そうとしたので、慌てて手ぬぐいで手を拭いてやった。

ついでに口の周りも。

それが嬉しかったのか、メノンは「えへへ」と少し恥ずかしそうに笑ってから、ペンダントをカインズに手渡した。

「これは……」

ペンダントを見た瞬間、カインズが息を呑んだ。

「知っているんですか？」

「いや、全く見たこともありませんね」

「……」

がっくりと肩を落としてしまった。

何だよもう。妙な期待をもたせるんじゃない。

「私はわからないですけど、フィオさんなら知ってるかもしれませんね」

「フィオさんが？　どうしてです？」

「彼女も元冒険者で、ソウザさんたちと世界を回ってたみたいなんです。国を離れることも多かったらしいので、私より知見《ちけん》は広いと思いますよ」

少し驚いてしまった。

フィオの手に剣タコができていたのは見たが、まさか冒険者をやっていたなんて。

しかし、元冒険者なら期待が持てそうだ。

「わかりました。フィオさんに聞いてみます。色々とありがとうございます」

「いえいえ。こちらこそ――あ」

と、カインズがバイツの隣を見て、驚いたような顔をした。

何だろうと思ってカインズの視線の先を見ると、メノンがうつらうつらと船を漕《こ》いでいた。

口をミルクだらけにしたり、楽しそうに喋《しゃべ》ったり、気持ちよさそうに寝たり、こいつは本当に忙しいやつだな。

「ふふ、本当に可愛いですね、メノンちゃん」

「……そうですね」

一瞬、否定しそうになったが、バイツは苦笑しながらそう返した。

自由奔放《ほんぽう》すぎて、たまにイラッとすることもあるが――メノンが可愛いことには間違いはないのだ。

＋＋＋

酒場で買い付けを終え、寝息を立てているメノンを背負って外に出ると大粒の雨が降っていた。

突然の雨だったのか、村人たちはずぶ濡れになりながらバイツの横を通り過ぎて酒場の中に入っていく。

これから夕食を取るのだろう。

早めに買い付けをしておいて良かったと、バイツは安堵した。

酒が入った村人に絡まれでもしたら、明日の朝を迎える前に追い出されてしまうかもしれない。

「……これはフィオの家で大人しくしておいたほうがいいな」

メノンもグースカ寝ているわけだし。

善は急げと、バイツはずり落ちかけていたメノンをよいしょと背負い直すと、雨の中に飛び出した。

水はけが悪いのか、村の道にはすでに大きな水たまりがいくつもできている。

できるだけ水たまりを避けて走っていると、家の前に佇むフィオの姿が見えた。

「……あ、バイツさん」

戻ってきたバイツに気づいたフィオが小さくお辞儀《じぎ》をした。

「降ってきましたね。手ぬぐいが中にあるので使ってください」

そう声をかけてきたフィオは、これからどこかに出かけるつもりなのか、雨除《よ》け用の外套を持っていた。

「ありがとうございます。フィオさんはこれからどこかに？」

「はい、ちょっと畑に……」

「え？　ひとりで？　こんな時間から？」

雨雲のせいではっきりとはわからないが、夕刻も近いはず。

雨も降っているし、これから畑作業をやるのは少し厳しいと思うが。

「村の会合と剣の訓練があったので、畑作業がまだ終わっていなくて」

照れくさそうにフィオが笑った。

そんなフィオの手に、真新しい血豆ができているのが見えた。

村の会合というのはソウザたちとの話し合いのことだろう。それが終わってから剣の訓練をしたのか。

その手で農作業をやるのは更に厳しそうだ。

「良ければ手伝いましょうか？」

バイツが切り出す。フィオは小さく首を傾げた。

「え？　手伝う？」

「農作業ですよ。その手でやるのは辛いでしょう」

「ええっ　だだ、大丈夫ですよ。バイツさんたちは家でゆっくりしていてください」

「フィオさんには一宿一飯《いっしゅくいっぱん》の恩があります。それに俺は獣人なので、肉体労働は得意分野です」

フィオには獣人であることがバレているので、堂々と人狼化できる。

人間の姿で農作業をするのは大変だが、人狼化すれば一瞬で土を耕すこともできるのだ。

「で、でも……」

と言いつつ、フィオは葛藤している様子だった。

彼女はしばしおろおろとした後、伏し目がちにバイツの顔を見る。

「……あ、あの、本当に良いのですか？」

「もちろんです」

「そ、そう仰るのなら、お、お、お言葉に甘えさせて……」

「わかりました。では、メノンを寝かしてくるので少し待っていてください」

バイツは急いで家の中に入ると、メノンを起こさないように静かにリビングに寝かせる。

もちろん、雨で濡れた体を拭くのを忘れずに。

そのままにして風邪でも引いたら大変だからな。

「お待たせしました。では、行きましょうか」

「は、はい」

フィオから雨除けの外套を借りて、畑へと急ぐことにした。

彼女が言うには、畑は村の西側にあるという。

ここから向かうには、村を横断することになるのだとか。

「どうしてそんな遠くに？　近くにも畑はあるでしょうに」

「あ、えと……すごく景色が良くて」

「景色？」

「湖が見えるんです。畑作業で疲れても、いい景色を眺めていたら元気が出るっていうか……えへへ」

そういえば、とバイツは思い出す。

村の西側といえば、湖がある方角だ。

移動の手間をかけてもそこを選んだのだから、もしかすると相当の絶景ポイントなのかもしれない。

これは期待が膨らむな。

バイツは心を躍らせながら、丘を降りて酒場がある中央広場を通り、村の西側に歩いていく。

途中、何人か村人とすれ違ったが、その度にフィオはにこやかに挨拶をしていた。

「到着しました、ここが私の畑です」

「……おお」

口から自然とため息のような声が漏れ出してしまった。

フィオがわざわざここを選んだ理由がひと目でわかった。

生憎の雨模様で霧がかっているが、村に寄り添うように広がる湖が一望でき、さらにその向こうには険しくも美しい山脈地帯も見える。

目の覚めるような景色とは、正にこういうものだろう。

「すばらしい景色ですね」

「そうですね。自慢の景色です」

これこそ正に求めていた平穏な世界。

ここに住めないのが、本当に残念だ。

しばし景色を堪能して、バイツがそっと切り出す。

「ずっと眺めていたいですが、そろそろ作業を始めましょうか」

「え？　あ、そ、そうですね！」

「それで、今日の作業内容は？」

「あ、ええっと、今日はカブの収穫と秋野菜の作付けで……あわっ」

バイツが尋ねた瞬間、フィオが手を滑らせて種や肥料をばらまいてしまった。

「あわ、あわあわ」

慌てて拾おうとするフィオだったが、焦ってさらに農具やらを落としてしまう。

うん、これは完全にドジっ子だな。

なんだか微笑《ほほえ》ましいのでそのまま見ていたかったが、そういうわけにもいかないので地面に落ちた農具を拾い上げて柵のそばに集めることにした。

「あ、ありがとうございます」

「いえいえ。では、作付けの前に収穫をしましょうか。その後で俺が肥料を撒いて畑を耕します。フィオさんは播種《はしゅ》を」

「え？　あ、は、はい」

まさか獣人の口から「播種」という言葉が出てくるとは思ってもみなかったのか、フィオは面食らった様子だった。

播種というのは種蒔《ま》きのことだが、ただ無作為に種を蒔けばいいというものでもない。

一年を通じて作付けの計画があるので、いかなる品種をどの順序でどの程度蒔くかは管理者のフィオにしかわからないのだ。

「しかし、久しぶりの本格的な農作業だな」

困惑するフィオをよそに、バイツの心は躍っていた。

魔王に頼まれて中庭の管理を手伝ったりしていたが、本格的な農作業をするのは人狼の里に住んでいたとき以来だ。

これはウキウキが止まらないな。

鼻歌でも歌い出しそうな雰囲気《ふんいき》で、早速カブの収穫から始めるバイツ。

地面深く育つ大根と違ってカブを抜くのにはそれほど力はいらないため、人狼化はせずに人間の姿のままやることにした。

「よいしょ」

葉を持って軽く引っ張ると、簡単に真っ白なカブが採《と》れた。

だが、少々実が小さい。

現代のものと違って小ぶりなのは、土の肥沃《ひよく》度が低いからだろう。

おまけに、葉っぱが白く斑点《はんてん》状になっている。

これは「白さび病」だ。

予防するために「マルチ」と呼ばれるビニールシートを畝《うね》――作物を植えるために筋状に土を盛り上げたもの――の上に張りたいところだけれど、そんなものはこの世界にはない。

できることと言ったら、多湿環境を排除することくらいか。

難しい作業でもないので、後でフィオに助言をしておこう。

そんなことを考えながら一通り収穫を終えて、今度は畑に馬糞《ばふん》を撒く。

馬糞には馬が食べた藁《わら》が含まれているので、良い肥料になるのだ。

とりあえずひと畝だけ馬糞を撒いてから、両腕を部分人狼化して鍬を入れた。

軽く力を入れただけで地面がえぐれていく。

あまり力を入れすぎると鍬が壊れてしまうので、適度に力をコントロールしないとな。

「……驚きました」

と、フィオの声が聞こえた。

ふと視線を送ると、収穫カゴを片手にした彼女が、まじまじとこちらを見ていた。

「本当に農作業に慣れていらっしゃるんですね」

「あ〜……そうですね。魔王軍に入る前は故郷で畑いじりをしていましたので」

「えっ、畑をやってたんですか？」

ギョッとするフィオだったが、すぐに気まずそうに俯《うつむ》いた。

「す、すみません。獣人の方が畑をやるなんて聞いたことがなくて」

「気にしないでください。珍しい部類だと自覚しているので」

そう答えると、フィオは照れくさそうに笑った。

「冒険者時代に何回か獣人の方とパーティを組んだことがあるのですが、皆さん血に飢えた狼のような人たちでした」

「でしょうね」

獣人をはじめとする亜人は人間から迫害を受けているが、中には人間社会に溶け込んでいる者もいる。

その最たるものが、「実力があればそれ以外のことは気にしない」という信条を持っている冒険者だ。

魔王が戦争をはじめた今でも冒険者を続けている亜人は多いという。

「そういえば小耳に挟んだのですが、フィオさんが冒険者だったというのは本当なんですか？」

「そうですね。と言っても、父の荷物持ちみたいなものでしたけど」

「親子で冒険者をやっていた？」

「はい。アルフレッド・ボーマンという冒険者をご存知ですか？」

「もちろん知っています。確か世界に五人だけいる金剛星級の冒険者ですよね」

冒険者ランクの最上級、金剛星級。

バイツも実際に会ったことはないが、その存在だけは知っていた。

伝説の冒険者。その名前が出たということは――。

「アルフレッドは私の父です」

まさか、というのが正直なところだった。

歴史上五人だけが到達したと言われている金剛星級。そのひとりがこんな所にいたなんて。

「アルフレッドさんはどこに？」

「父は三年前に病《やまい》で他界しました。エスピナ村を立ち上げた最初の冬です。最強の冒険者も、病には勝てなかったようで」

「そうだったんですね……」

何と声をかけていいかわからなくなった。

フィオ曰《いわ》く、弱冠《じゃっかん》二十歳でアルフレッドから村を継いだ彼女は、父親の冒険者仲間だったソウザたちの援助を得ながら村を発展させていったという。

五人で始めた農村は今や六十人規模になり、作っている農作物は領主に規定量を納めても有り余るほどで、余剰分は貨幣に替えているらしい。

「それはすごいですね」

「いえ、すごいのはソウザたちですよ。私は父のように強くないので、せめて村長らしく振る舞おうとしているのですが……難しいものですね」

「ここまで村を大きくしたのだから十分でしょう。アルフレッドさんも天国で安心しているはずですよ」

「だといいんですけれど」

そう言って、フィオは空を見上げる。

フィオが若くして村長を務めていることを不思議に思っていたバイツだったが、色々と合点がいった気がした。

彼女は村長らしくあるために剣を学び、こうして雨の中でも畑に出ている。

そういう姿を見て、ソウザや父親の冒険者仲間たち――それに、集まってきた他の村人たちもフィオを慕っているのだ。

「あの、それでフィオさんが冒険者だったときの話なんですが、ちょっと教えてもらいたいことがあって」

バイツが尋ねると、フィオは小さく首をかしげた。

「教えてもらいたいこと？」

「はい。蓮の花と鷹が入った都市章を見たことはないですか？」

「蓮の花？」

「実はメノンの故郷を探しているのですが、その『蓮の花と鷹の紋章』がメノンの故郷に繋《つな》がる唯一の手がかりなんです」

「なるほど、そういうことですか」

カゴを片手に、うーんと空を見上げてるフィオ。

だが、すぐに申し訳なさそうに肩を竦めた。

「すみません、ちょっとわからないですね」

「そうですか……」

「でも、北方の国では聖的な意味を持つ蓮の花を戦旗《せんき》に入れている騎士団がいるという話は聞いたことがあります」

「……騎士団？」

騎士団とは領主お抱えの私兵のことだ。

彼らは戦《いくさ》に出立する際に必ず団を象徴する紋章が入った戦旗を掲げる。

その紋章が入ったペンダントを持っているということは、メノンはどこかの領主の血縁者なのだろうか。

「私より長い間冒険者をやっていたソウザなら知っているかもしれないので、後で聞いてみますね」

「……ありがとうございます」

とは言ったものの、見込みは薄いかもしれないとバイツは思った。

獣人嫌いなソウザがすんなり協力してくれるとは思えない。

知っていても首を横に振られて終わりだろう。

「次はバイツさんのことも教えてくれませんか？」

カゴを野菜で一杯にしたフィオが尋ねてきた。

「え、俺ですか？」

「はい。バイツさんの生い立ちに興味があります」

「いやいや、面白い話など何もないですよ？　ありふれた獣人の人生です」

「そうですか？　可愛い女の子と旅をしている獣人さんなんて他にいないと思いますけれど」

「……まぁ、それはそうですが」

　多分、世界中を探してもいないだろう。

「あまりにも懐いていらっしゃったので、てっきりバイツさんのお子さんかと」

「メノンとは出会ってまだひと月程度なんですが、出会ったときからあんな感じだったんです」

「……え、そうなんですか？　メノンちゃん、人懐っこい性格なんですね」

「人懐っこいというか、俺が人狼だからでしょうね。尻尾が大好きで、寝るときは必ず『もかもかさせろ』とせがんでくるんですよ」

「あ〜、なんとなくわかる気がします」

「わかる？」

「もかもかしたい気持ち」

　そういえばフィオも、もふもふ好きっぽかったな。

　もしかするとメノンと話が合うかもしれない。

まぁ、ふたりから「もふももふさせろ」と強請《ねだ》られても困るのだが。

「……あ」

――と、そんな話をしていると、少しだけ雨脚が強くなってきた。

バイツは肩を竦めて、フィオを見る。

「急いでやっちゃいますか」

「そうですね」

会話はそこで切り上げて、作業を急ピッチで進めることにした。

収穫を終えた畝にバイツが馬糞を撒いて耕し、フィオが種を蒔く。

すべての畝の作付けが終わったころには、再び雨が小ぶりになっていた。

「……よし、今日の作業はこれくらいにしておきましょうか」

額から滴《したた》り落ちる雨を拭いながら、フィオがそう切り出した。

「バイツさんのおかげでだいぶ作業が進みました。本当にありがとうございます」

「いえ、気にしないでください。これくらいのことは――」

「バイツさんみたいな方が村にいらっしゃると、凄く助かるんですけれど」

ぽつり、とフィオがささやく。

その言葉に、バイツははっと息を飲む。

「……あっ」

どうやらフィオもつい口に出たらしい。

彼女は慌ててかぶりを振る。

「す、すみません。変なことを言っちゃいましたね」

「い、いえ……」

返答に窮《きゅう》したバイツは視線を湖へと向ける。

雨が止みはじめたからか、美しい景色がよく見えた。

フィオが許可を出してくれるのであれば、この美しい村に住みたいとは思う。だが、彼女の周囲の人間がそれを許してはくれないだろう。

特に獣人を毛嫌いしているソウザを説得するのは不可能に近い。

何か考えを改めさせるようなことでも起きない限り――。

「……ん？」

と、バイツがそんなことを考えていたときだ。

雨の間を縫うように、夕暮れのエスピナ村に鐘の音が響き渡った。

＋＋＋

急いで自宅へと戻ったフィオたちを待っていたのは、ソウザと元冒険者の仲間たちだった。

「フィオ様」

「ソウザ、この鐘の音は?」

「敵です」

「て、敵!?」

素《す》っ頓狂《とんきょう》な声をあげるフィオ。

「はい。見張り台からの報告によれば、村の東数キロ先に魔王軍の戦旗を確認したとのことです」

「ま、魔王軍 まさか……でも、どうして魔王軍がこんなところに」

メノンの様子を確認するふりをして、ふたりの会話に聞き耳を立てていたバイツも驚きを隠せなかった。

なにせ、魔王軍が小競り合いを続けているアリシアからは、かなりの距離があるのだ。

まさか前線を突破して来たとでもいうのだろうか。

「……貴様か獣人」

すぐ近くから怒気《どき》を孕《はら》んだ声がした。

声のほうを見ると、ソウザが凄《すさ》まじい形相《ぎょうそう》でこちらを睨んでいる。

「貴様が魔王軍を呼び込んだのか?」

「ちょ、ちょっとソウザ一体何を言って――」

「フィオ様は下がっていてください」

「……っ」

止めに入ろうとしたフィオが、ソウザに睨まれて固まってしまった。

「答えろ獣人」

「違うと答えたところで、あんたは信じないだろう」

いい加減、ソウザに丁寧な口調で返すのが面倒になってきたバイツは、ぶっきらぼうに答える。

「あたり前だ。間諜《かんちょう》は簡単に自分の正体を明かさないからな」

「正体は明かさないが、行動には表れる」

「何？」

「冷静に考えてみろ。仮に俺が魔王軍の斥候だとしたら、すでに村からいなくなっているはずだろう？」

スパイが現地に残り続けるメリットなどない。

むしろ戦いに巻き込まれないために早々に立ち去るのが普通だ。

ソウザもすぐにその事に気づいたらしい。

苦虫を噛み潰したような顔で舌打ちをすると、足早に仲間たちの元へと戻っていく。

「……どうするソウザ？　こっちから打って出るか？」

仲間のひとりがソウザに耳打ちした。ソウザは深く頷く。

「もちろんだ。村を戦場にするわけにはいかない。先手を打って奇襲をかける」

「しかし、この天気では」

窓の外には大粒の雨。

先程小ぶりになったと思ったが、またぶり返してきたらしい。

雨の中での戦闘は、人間側が不利になる。

村の道がそうであるように、舗装《ほそう》されていない場所がすぐぬかるんでしまうからだ。

重い鎧を着ていると動きを制限されてしまうため、雨天時の戦闘は軽装でやるのがセオリー。だが、命の危険は増すことになる。

村には戦える人間が多いが、数年前に一線を退《しりぞ》いた者たちばかり。

そんな彼らが軽装で出れば、どういう結果が待っているかは火を見るより明らかだ。

「……俺が行こう」

渋々、バイツが切り出した。

フィオを含め、視線が一斉に彼に集まる。

「……今、何と言った？」

声をかけてきたのは、敵意をむき出しにしているソウザだ。

「俺が魔王軍を追い払う」

「追い払う⁉　ふざけたことを抜かすな！　どうせ魔王軍にこちらの情報でも渡すつもりだろう！」

激昂《げっこう》したソウザが剣を抜いて詰め寄ってくる。

一瞬で、部屋の中に張り詰めた空気が流れる。

だが、その空気に気圧《けお》されることなくバイツは続けた。

「ここはただの農村だ。堅牢な砦を落とすわけでもないのに情報など必要ない。量があれば事足りる」

「黙れ」

ソウザが剣をバイツの喉元に突きつける。

「減らず口が多い獣人だ。黙らんなら、その首ごと斬り落として――」

「いい加減にしなさい、ソウザ！」

部屋に跳ねたのは、フィオの声。

「今すぐその剣を降ろしてください！」

「しかし――」

「お願いです。降ろして」

「……」

フィオに懇願され、ソウザは渋々剣を下げる。

「バイツさんが魔王軍を連れて来たという証拠はどこにもありません。それに、本当にバイツさんが魔王軍の密偵だとしたら、すでに私は殺されているか拘束されているはずです。違いますか？」

「……っ」

痛いところを突かれたのか、ソウザが顔をしかめる。

「ソウザが獣人を憎んでいるのはわかります。ですが、今は村に迫っている危機に立ち向かわなければいけません。……彼と一緒にです」

「ですが、フィオ様」

「お願いですソウザ。どうかわかってください。私ではなく、父……アルフレッドが残したこの村のために」

偉大なる冒険者にして、村の創始者であるアルフレッド。

その名前を出され、ソウザは二の句を告げなくなった。

「……わかりました」

静かにソウザが続ける。

「この獣人の力を借りましょう。ただし、私も同行します。こいつひとりに村の命運を託すわけにはいきませんので」

「じゃあ、メノンも！」

部屋に明るい声が響き渡った。

ついさっきまで白目を剥いて爆睡していたメノンが、バイツの背後に仁王立ちしていた。

「メノンもバイツと一緒に行く！」

「お前はだめだ。フィオさんと一緒にお留守番しとけ」

「なんで⁉　やだ！　メノンも戦えるもん！」

「戦えるわけないだろ。これは遊びじゃないんだ」

「遊びじゃないことくらい、メノンもわかってる！」

「言うことを聞かないと、もう『もかもか』してやらんぞ」

「……あうっ」

タジタジになるメノン。

メノンに言うことを聞かせる秘密兵器、「言うことを聞かないともかもかしてやらんぞ」の威力は絶大だ。

悲しそうな顔をされるのは少々胸に来るが、これは嫌がらせをしているわけではなく、メノンのためを思ってこそ。

「……いや、そんな、人生の終わりみたいな悲しそうな顔をしないでくれないか？」

「メノンちゃん、ここに残って私を守ってくれませんか？」

そんなメノンの前に、フィオがそっとしゃがみ込んだ。

「……守る？　お姉ちゃんを？」

「そう。怖い人たちは私を狙ってると思うから」

「怖い人」

「村の外から怖い人たちが沢山ここに来ようとしているの」

「えっ！　怖い人、沢山⁉」

目玉が落ちてしまうのではないかと心配になるくらい、目をカッと見開くメノン。

「あ、う、ええっと」

メノンはあわあわと慌てふためいたあと、ふと我に返り「そんなこと知ってましたけど何か？」と言いたげにドヤ顔で胸を張った。

「わ、わかった！　仕方ないな～！　そういうことならメノンに任せて！」

「ありがとう、メノンちゃん」

そう言って、フィオがバイツにウインクした。

どうやら機転《きてん》を利かせてくれたらしい。

いや、本当に助かった。色々な意味で。

「おい」

今度はソウザの声。

「いいか獣人。不穏な動きをすれば即刻斬り捨てる。覚えておけ」

「そうしてくれてかまわない。ああ、そうだ。俺が抵抗できんように『牙抜き』を渡しておこうか？　これがあれば人狼化が使えなくなって――」

「そっ、そんなものに頼る必要などないっ！」

顔を真赤にして、ソウザがフィオの家から飛び出していく。

そんなソウザの背中を呆れ顔で見るバイツ。

こっちはただ敵意がないことを証明したいだけなのに、そこまで拒否しなくてもいいのに。

なんだろう。変なプライドがあるやつだな。

バイツはそんなことを考えつつ、ソウザを追って家を出るのだった。

＋＋＋

フィオの家を出て、まずバイツたちが向かったのは号鐘《ごうしょう》が鳴っていた見張り台だった。

魔王軍旗を掲げる集団が村に向かってきていることはわかったが、どの程度の数の敵が来ているのかが不明のまま。

それを確認せずに突っ込むのは、目隠しをして戦場に行くようなものだ。

「……魔王旗。あれだな、クソ」

村の東を監視している見張り台で、中に設置してある望遠鏡を覗いたソウザが、吐き捨てるように言った。

三脚に設置された細長い望遠鏡。

現代においては近代的な光学機器である望遠鏡だが、魔法によるガラス加工技術が進んでいるおかげで、この世界では軍用として実用化されている。

とはいえ気軽に買えるようなものではない。

こういうところでもエスピナ村の裕福さが窺い知れる。

「獣人、貴様も見るか？」

「ああ」

ソウザから譲られた望遠鏡を覗くと、十体ほどの影が見えた。

魔獣ではなく亜人――「人あらざるもの」だ。

そんな彼らは、見覚えのある戦旗を掲げていた。

片角の鬼が描かれた旗。

「なるほど、『不撓の小鬼《ラ・デミニオン》』か」

「ラ？　なんだって？」

「魔王軍第二軍団の名称だ。亜人種の鬼族で構成された軍団で、潜入を得意としているゴブリンやオークの部隊を多く持っている。多分、本隊ではなく斥候《せっこう》だろう」

安心した。

現れたのが斥候部隊なら、なんとかなるかもしれない。

もちろん、油断は禁物だが。

「フン、ゴブリンか。余裕だな」

「侮《あなど》るな。魔王軍のゴブリンは練度が高い。野良のゴブリンだと思っていると、足元をすくわれるぞ」

人間の軍隊に所属している者が戦闘技術に長《た》けているように、魔王軍に所属している亜人も戦闘技術に優れているのだ。

里で静かに暮らしている亜人とは比較にならないくらいに強く、知能が高い。

「き、貴様に言われなくとも、油断などするものか！」

「そうか。それなら良い。行くぞ」

顔をしかめるソウザを連れ、見張り台を降りてゴブリンたちが見えた東の方角へと走り出す。

日は落ちかけ、雨はさらに激しさを増していた。

衛兵によって守られている門を出て、カインズが魔獣に襲われていた森に入る。

しかし、と足を進めながらバイツは思う。

成り行きで村を助けることになったとはいえ、かつての仲間であり、遠い眷属《けんぞく》とも言える鬼族たちを手に掛けるのは避けたい。

交渉で引き下がってもらいたいところだが――相手は野生の魔獣ではなく組織された魔王軍だ。十中八九、話を聞いてくれないだろう。

それに、話をつける前にソウザが問答無用で突っ込みそうだし。

「……なんだ？」

こちらの視線に気づいたのか、ソウザがジロリと睨んできた。

「いや、なんでもない。相手は強い。気をつけろよ」

「フン。誰に言っている。貴様こそ私の足を引っ張るなよ」

嘲笑《ちょうしょう》するように鼻で笑うソウザ。

そのとき、バイツの目に、片角の鬼が描かれた魔王軍の戦旗が映った。

＋＋＋

予想通り、村に向かってきていたのはゴブリンだった。

子供ほどの大きさで、頭には小さい角がひとつ。

その顔は正に鬼そのもの。

野良のゴブリンであれば、拾った人間の服を身にまとっていることが多いが、彼らは一様《いちよう》に革鎧を着ていた。

さらにその手には、大小様々な武器。

装備だけでも、かなりの練度が窺える。

だが、バイツが警戒したのは潤沢《じゅんたく》な装備をしたゴブリンではなく、彼らの後ろにいる巨大なハンマーを持ったひときわ大きなゴブリンだった。

体格は他のゴブリンよりもふた回りほど大きく、筋肉が異様に発達している。

推測するに、「チャンピオンクラス」の「ホブゴブリン」だろう。

獣人やゴブリンなどの亜人は、個体能力で四つのクラスに分類されている。

凡庸《ぼんよう》なノーマルクラスから始まり、平均的に能力が向上しているレアクラスに、抜きん出た能力を持つチャンピオンクラス。

そして、バイツのような二つ名を持つほどの能力を有したユニーククラスだ。

チャンピオンクラスと思わしきホブゴブリンは、他のゴブリンとは比べ物にならないくらいに強いはず。

「……ああん？　何だお前らぁ？」

集団の先頭を歩いていたゴブリンがバイツたちに気づいて喚《わめ》き始めた。

「わざわざ俺たちに殺されに来たのかぁ？」

「ギャッギャッ、手間が省《はぶ》けてこっちも楽だぜ」

「ハラワタ引きずり出して干物にしてやるぜ」

下品な笑い声が雨の間を縫ってくる。

「……下賤《げせん》な小鬼どもめ」

ソウザが前に出た。

「おいソウザ」

「手を出すなよバイツ。あいつらは私が片付ける」

つい、ため息が出してしまった。

穏便に済ませたかったが、やはりこうなってしまったか。

力づくで止めても無駄だろうし、ここは傍観《ぼうかん》するしかない。

「わかった。ただ、あのデカいヤツには注意しろ」

「くどいぞ。図体はでかくともゴブリンはゴブリンだ」

バイツを一瞥《いちべつ》して、ソウザがゴブリンたちへと近づいていく。

一歩。また一歩。

ついにゴブリンが剣の間合いの距離に入る。

「おい、何黙ってんだてめぇ⁉　耳糞が溜まってんのかぁっ⁉」

「かまわねぇ！　殺しちまおうぜっ！」

ゴブリン数体がソウザに襲いかかった。

ソウザの前から一匹。

左右に一匹づつ。

三方向から攻められる形になったソウザだったが、その表情には微塵《みじん》の焦りもなかった。

素早く剣の柄に手を添え、刹那《せつな》の時間で剣を抜く。

居合抜きの要領で斬撃《ざんげき》を放ったソウザの剣がゴブリンたちを薙《な》ぎ払う。

降り注ぐ雨粒が、弧を描くような飛沫に変わった。

一瞬の静寂。

襲いかかってくるゴブリンたちの動きが、止まった。

「……う、ぐぇっ⁉」

ソウザに襲いかかった三匹の首から、同時に緑色の血が吹き出した。

その鮮やかさにバイツの口から、ため息が漏れる。

一切の無駄が無い攻撃。流石は元・銀星級の冒険者だ。

「て、てめぇっ⁉」

「こ、こいつ、先に手を出しやがったなっ⁉」

ゴブリンたちがざわめき出す。

「お、お頭！　あいつ、仲間を殺りやがった！」

「……うるせぇな。見れば分かる」

静観していたホブが、ギロリとソウザを睨んだ。

担いでいた巨大なハンマーを降ろすと、衝撃で周囲の木々から大粒の雫が落ちてくる。

柄の部分だけで大人のふともも位の太さがありそうなハンマーだ。

片方が平らになっていて、もう片方が尖っている「片口型」なので殺傷能力は非常に高いはず。

まぁ、サイズが大きすぎるので、片口型であろうとなかろうと、大抵のものは破壊できそうだが。

「ったく。これから大事な仕事があるってのに簡単に死んでんじゃねぇぞゴミどもが」

ホブがゴブリンたちの死体に唾を吐いた。

どうやらホブはソウザにというより、死んでしまったゴブリンたちに怒り心頭らしい。

ホブはハンマーを抱え、ゆっくりとソウザへと近づいていく。

「まぁいい。頭数が減れば、その分『取り分』が増えるってもんだからな」

「取り分？」

間近まで迫ってきたホブに、ソウザが尋ねた。

ホブの口の端がキュッと釣り上がる。

「軍団長からは『現地のものは好きにしていい』とお達しがあったからなぁ。金も女も全部俺が貰う。男は皮を剝いで皆殺しだ」

「この下等生物め」

ソウザの顔が怒りで歪む。

そしてホブが剣の間合いに入った瞬間、死角になるハンマーの影から剣を斬り上げた。

先程ゴブリンたちを葬った斬撃《ざんげき》。

それがホブの首を斬った——と思ったときだ。

金属がかち合う音が森の中に響き渡る。

ホブはハンマーの柄でソウザの剣を難なく受け止めていた。

まるで最初から攻撃を読んでいたかのように。

「……なっ⁉」

「軽い攻撃だな？　ちゃんと肉食ってんのかてめぇ？」

ビキッとハンマーを持つホブの上腕筋が隆起したかと思った瞬間、猛烈な速さで巨大なハンマーがソウザへと襲いかかった。

「くっ⁉」

間一髪、ソウザは飛び上がってハンマーの致死級の攻撃を避けた。

だが、ホブの攻撃はそれで終わりではなかった。

ハンマーを持っていない逆の手が、ソウザの足を掴んだ。

「……っ⁉　ソウザ！」

加勢に入ろうとしたバイツだったが、遅かった。

「ちょこまかと動きやがって！　クソに集《たか》るハエかてめぇは！」

ホブがソウザの体を振り上げ、地面へと叩きつける。

「がっ……はっ⁉」

空気が揺れ、ソウザの体が水しぶきと泥水を伴いながら跳《は》ね上がる。

バウンドしたソウザは、ホブの足元へと落下した。

「……うっ、ぐ」

「あん？　何だ、まだ生きてんのか？　ゴキブリみてぇなしぶとさだな！　ゲハハッ！」

咄嗟《とっさ》に身を捻《ひね》って受け身を取ったか、それとも雨の影響で地面がぬかるんでいたことが幸いしたのか、どうやらソウザは無事のようだ。

とはいえ、相当なダメージを受けていることは明らか。

ホブは押しつぶすように、地面に倒れているソウザの背中に足を乗せる。

「ま、何にしても、生きて帰られるわけがねぇんだけどな？」

ホブのセリフに、周囲のゴブリンから下劣な笑い声が上がった。

これ以上は無理か。

そう考えたバイツが、ゆっくりと動く。

「おい、ホブゴブリン」

「……あん？」

バイツに気づいたホブが、ニヤリと顔を歪めた。

「次はお前か？　ちょっと待ってろよ。今こいつをバラバラにするからよ」

物騒なことを言い放つホブだったが、どうやらバイツが獣人だと気づいていないようだ。

雨でニオイが消えているせいだろう。

バイツははっきりと、芯が通った声で言い放つ。

「このまま魔王領に帰ってくれないか？」

その言葉に、ゴブリンたちの笑い声が途切れた。

静かな雨音が辺りを包み込む。

「……あん？　今、何て言った？」

「できればあんたたちと戦いたくない。このまま帰ってくれるなら、俺たちも追いはしない」

「貴様、一体何を……うぐっ」

口を挟もうとしたソウザだったが、ホブに踏みつけられ苦悶《くもん》の声を漏らす。

「何を言い出すのかと思えば、俺たちに帰れだと？」

「そうだ」

「全然笑えねぇんだが、そりゃあ人間流の冗談か何かか？　それとも、恐怖で頭がおかしくなっちまったか？」

「ゲッゲッゲ！」

ゴブリンたちが腹を抱えて笑う。

そんな彼らを見据えながら、バイツはゆっくりとホブへと近づいていく。

「大人しく帰る気はないか？」

「お前が大人しくくたばれよ、人間」

先に動いたのはホブだった。

両手でハンマーを抱えて、バイツの脳天めがけて振り下ろす。

その一撃で勝負は決まったと、誰しもがそう思った。

──当のバイツ以外は。

「……な」

ホブの表情が驚愕《きょうがく》の色に染まる。

振り下ろされたハンマーは、バイツの顔数センチ前で止まっていた。

受け止めたのは、部分人狼化させたバイツの右腕だ。

「お、お、お前……獣人か⁉」

ホブの声に呼応《こおう》するようにバイツの全身がぞわぞわと蠢《うごめ》き出し、漆黒の体毛に覆われていく。

両手に煌《きら》めく鋭い爪。

そして、紅く光る瞳を持つ狼の顔。

「う、げぇっ⁉」

「お、その目……まさかお前、ウルブヘジンかっ⁉」

ゴブリンたちが驚嘆の声を上げる。

バイツが持つ二つ名は、魔王軍に所属している者であれば知らない者はいない。

恐怖と死をもたらす戦場の狼。最凶の人狼ウルブヘジン――。

「クソッ！」

ホブが咄嗟にバイツと距離を取る。

「寝ぼけたことを言ってんじゃねぇぞお前らっ！　あのウルブヘジンがこんな所にいるわけねぇだろっ⁉」

「でもお頭、ウルブヘジンは魔王軍を辞めたって噂が――」

「でももへチマもねぇ！　相手はただの獣人だ！　ビビる必要はねぇ！」

そのセリフは、まるでホブ自身に言い聞かせているようだった。

「それに、仮にこいつが本物のウルブヘジンだとしたら千載一遇《せんざいいちぐう》のチャンスじゃねぇか！　ここでこいつをブチ殺せば俺の株も上がる！　そうなりゃ、一気に軍団長まで登れるぜ！」

魔王軍を辞めたとはいえ、バイツは魔王軍第三軍団「戮力なる獣王」の副団長だった男。それを倒したとなれば、昇進は間違いない。

倒すことができれば、の話だが。

「無知とは怖いものだな」

「……っ⁉　なめるなよ、この犬っころが！」

ホブがバイツめがけて走り出す。

「その貧弱な体を一発でへし折ってやるぜ！」

ホブがくるっと体を回転させ、ハンマーを振り抜く。

筋力と遠心力が加算され、凄まじいスピードでハンマーがバイツに襲いかかった。

だが――。

「……なん、だと」

またしてもバイツは何事もなかったかのように、ハンマーを受け止めていた。

それも左手一本で。

「悪く思うなよ、ホブ」

「……っ」

バイツの目がギラリと光る。

何かを感じ取ったホブは距離を取ろうとしたが、遅かった。

バイツの右拳が凄まじい速さで、下からホブの顎を撃《う》ち抜く。

何かが砕ける音。

ホブの巨体が空中に浮かび上がり、わずかな静寂ののち、地面へと落ちてくる。

その頭は、曲がってはいけない方向へと向いていた。

「……」

ゴブリンたちはその光景を唖然《あぜん》とした表情で見つめていた。

降りしきる雨の中、地面に倒れていたソウザも。

「おい」

「……っ⁉」

バイツの声に、ゴブリンたちがビクリと体を竦ませる。

「もう一度だけ言うぞ。殺されたくなければ、今すぐ立ち去れ」

「……うひぃっ⁉」

「たた、た、助けてくれっ！」

蜘蛛《くも》の子を散らすように、残ったゴブリンたちは来た道を引き返していった。

残ったのは、泥まみれになった戦旗と、ホブをはじめとする数体のゴブリンたちの死体だけ。

「立てるか？」

バイツがそっとソウザに手を差し伸べる。

その姿は人狼の姿から人間に戻っていた。

バイツの手を借りて立ち上がったソウザは、逃げていったゴブリンたちを追うように、彼らが消えた方向を見ていた。

「……なぜあいつらを逃した」

「鬼族は俺の遠い親戚のようなものなのだ。できれば争いは避けたい」

「だからといって逃がすなど。次は墓の中で同じセリフを吐くことになるぞ」

「牙を剝いてくる相手にまで甘い対応をするつもりはない」

バイツがホブを顎で指す。

首がへし折れたホブは、ぴくりとも動かない。

それを見て、ソウザがごくりと息を飲んだ。

「……とりあえず、礼は言っておこう」

ソウザがバツが悪そうに言う。バイツは小さく首を傾げた。

「礼？」

「その、何だ。お前のおかげで助かったからな」

「……」

バイツは訝《いぶか》しげな視線をソウザに送る。

「な、何だその目は」

「あ、いや、意外と素直なんだなって」

「あ、ああ……」

「な、なんだとっ⁉」

ソウザの顔が一瞬で真っ赤になった。

「クソッ！　こっちが下手に出れば調子に乗りやがって！　そもそも貴様は動くのが遅すぎなのだ！　あと少し遅かったら、どうなっていたことか！」

「すまない」

「す、すまっ……」

困惑しているような怒っているような、何とも不思議な顔をするソウザ。

なんだかすごく面白い顔をするな。

バイツはしばらく眺めていたかったが、ソウザはぷいっと顔を背けると、すたすたと来た道を引き返しはじめた。

「ぐ、ぐずぐずするな！　フィオ様の所に戻るぞ！」

「ああ」

そんなソウザの後ろ姿を見て、バイツは思った。

こいつはひょっとすると、思っていたよりずっと良いヤツなのかもしれないな、と。

＋＋＋

「あっ、バイツ！」

フィオの家に戻ってきたバイツを出迎えてくれたのは、口の周りを蜂蜜菓子でぎとぎとにしているメノンだった。

「バイツ、怪我したか⁉」

「いや、平気だ」

すっごく不安そうな顔をしているけれど、口の周りが菓子まみれになってるせいで、なんだかおちょくられているように思える。

いや、可愛いんだけどさ。

服になすりつけられてもイヤなので、フィオから雨を拭くために渡されたタオルで口を拭いてやった。

「あのねバイツ？　メノン、治すことができるから言ってね？」

「ん？　治す？　どういう意味だ？」

「黄色いキラキラのやつで、怪我治せるから」

「……キラキラ？」

とは何だろう。

もしかして錬金屋に売ってるポーションのことだろうか。

ポーションとは傷を癒やす効果がある薬のことで、小瓶に入って売られている。

光にかざせばキラキラと輝くのだが、大抵は青色で黄色に輝くポーションは存在しない。

何かと勘違いしているのかもしれない。

でも、尋ねてもよくわからない答えしか返ってこないだろうし、怪我をしたときに確認すればいいか。

「わかった。怪我をしたときは頼む」

「あいっ！」

元気よく手を挙げるメノン。

うん、可愛い。

そんなメノンにほっこりしながら、雨で濡れた自分の体をタオルで拭いていると、妙に体がざらついていることに気づく。

まさか怪我をしたのか――。

一瞬焦ったバイツだったが、体を見たらさっきメノンの口についていた蜂蜜菓子でぎとぎとになっていた。

完全に失敗した。体を拭く前にタオルを新しくしてもらうべきだった。

「しかし、流石《さすが》はソウザだ」

体に着いた菓子を必死に払っていると、男の声がした。

ソウザの周りに集まっている元冒険者たちの声だ。

「まさか魔王軍をひとりで返り討ちにするとは」

「銀星級の腕は健在だな」

ソウザに称賛の言葉を送る男たち。

恩着せがましく手柄を主張する気などなかったバイツは傍観していたが、それが逆に気に障《さわ》ったのか、ソウザが不満げな声で口を開いた。

「私は何もしていない。魔王軍を追い払うことができたのはそこの獣人……バイツのおかげだ」

「……え？」

その言葉に、元冒険者たちが一斉にバイツを見た。

「ほ、本当なのか？」

「ああ、本当だ。バイツがいなければ私はゴブリンのリーダーに殺されていた」

「……」

フィオの家に静寂が降りる。

まさか本当に助けてくれるとは思っていなかったのかもしれない。

男たちは唖然とした顔で固まっていた。

「あ、あの」

と、今度はすぐそばから女性の声がした。

なんだかフィオが、恥ずかしそうに身をくねらせていた。

「あ、あ、ありがとうございました、バイツさん」

「いえ」

「あの、ソウザの話は本当なのですか？」

「ゴブリンのリーダーを倒したのは本当です。ですが、また別の斥候部隊が現れるかもしれません。次が現れる前に村の防衛を強化することをお勧めします。町から冒険者を雇って常駐させることも考えて――」

「あ、あのっ、こっ、このまま村に残ってはもらえませんか⁉」

「……えっ」

　突然の提案に、バイツは目を丸くしてしまった。

「だってほら、バイツさんがいてくれたら、心強いですし！」

「いや、でも」

「皆、どう……ですか？」

　フィオが周囲の男たちを見渡す。

　部屋の中に、しばしの沈黙が流れる。

　先日とは違って、彼らの中にバイツの移住に異を唱える者はひとりもいないようだった。

「ソウザはどう？」

「……え？」

「間近でバイツさんのことを見たソウザの意見を聞きたい」

「わっ、私は……」

男たちの視線がソウザに集まる。

返答に窮《きゅう》したソウザは目を泳がせ、バイツをちらりと見てから悔しそうに奥歯を噛みしめた。

「フィ、フィオ様が、バイツを必要だと仰るのであれば仕方ありません。私個人としては賛成しかねますが……バイツの移住を認めましょう」

「あはっ」

ホッとしたようにフィオが破顔する。

「まったく。ソウザは強情《ごうじょう》なんですから」

「……んなっ⁉」

うん、全くの同感だな。

ソウザは何か反論しようとするが、適切な言葉が出なかったのかクソッと悪態《あくたい》をついてそっぽを向く。

それを見て、楽しそうに小さく肩を震わせるフィオ。

「ねぇねぇ、フィオ」

そんな彼女のシャツの裾を、メノンがくいくいっと引っ張った。

「メノンもここに居ていいの？」

「もちろんです！　これからもよろしくおねがいしますね！　メノンちゃん！」

「ほんとに⁉」

ぱあっとメノンの顔に笑顔が広がる。

「えと、あの……じゃあ、またフィオと一緒に蜂蜜菓子食べられる⁉」

「はい！　沢山ありますから一緒に食べましょう！」

「やったぁ！」

メノンがぴょんぴょんと嬉しそうに飛び跳ねた。

それを見たバイツは、なんだか一抹の不安を覚えてしまった。

随分と蜂蜜菓子が気にいった様子だが、おいそれと口にできるものではないとメノンはわかっているのだろうか。

頼むから、家で食べたいなんて言わないでくれな？

「そうだ！」

と、フィオが嬉しそうに手をぱんと叩く。

「バイツさんたちも無事に帰ってきたことですし、みんなでお茶にしましょうか！」

「お！　フィオ、いい考え！　メノン賛成！」

ぱちぱちとメノンが嬉しそうに手を叩く。

だが、その顔はバイツたちをねぎらうというより、菓子にありつけて嬉しいと言いたげだった。

「どうですか、バイツさん？」

「……そうですね。頂きましょうか」

疲れてはいないが、小腹は空いている。

蜂蜜菓子は高級品なので気が引けてしまうし甘いのは少し苦手だが、小腹を満たすにはもってこいだろう。

「……ん？」

と、メノンに手を引かれてテーブル席に行こうとしたバイツの目に、壁に背を預けてふてくされているソウザの姿が映った。

何気《なにげ》なしにバイツが尋ねる。

「ソウザ、あんたはどうするんだ？」

「……っ」

ソウザがギョッと目を見張った。

「あんたは一緒にお茶をしないのか？」

「……クソッ！　いい気になるなよ、バイツ！」

ソウザが正に吐き捨てるようにのたまう。

一瞬、そのまま帰ってしまうのかと思ったが、どすどすと大股でテーブルに向かい、どかっと腰を降ろした。

こいつは、本当に素直じゃない。

ソウザを見て、つい笑顔になってしまうバイツ。

――だが、次の瞬間、メノンの口から「そんなに蜂蜜菓子が食べたかったのか。ソウザは子供だな～」などという生意気なセリフが放たれ、バイツの顔は痛々しいほどの真顔に戻るのだった。

第二章　最凶の獣人、スローライフをはじめるもピンチに陥る

窓から眩しい朝日が差し込む部屋。

その一角にある小さなベッドで、バイツと一緒に寝ていたメノンが、むくりと起き上がった。

その腕にしっかりと抱きしめているのは、バイツのふかふか尻尾。

こうして尻尾を抱きしめて寝るのがメノンのお決まりだったが、朝起きると顔が尻尾の毛だらけになってしまうのも、またお決まりだった。

それでも一向にやめようとしないのは、気持ちよさが勝ってしまうからだ。

今日も顔が毛まみれになっているメノンは、寝ぼけ眼でしばらくボーッとしていたが、不意に顔をしかめて尻尾を引っ張った。

「ねぇ、バイツ？」

「……」

夢の世界から強制的に引きずり出されたバイツは、怪訝《けげん》な表情を浮かべる。

こうしてバイツが起こされるのも毎度の事。

理由は「お腹すいた」や「喉が渇いた」などの可愛いものだが、時々「おしっこ出た」が来るのでバイツも気が気ではない。

今回は一体どんな理由だと身構えるバイツだったが——。

「メノン、やっぱりこの豚小屋に住むのイヤだ」

「寝起きからさらっと失礼なことを言うな」

尻尾でぺしっとメノンの顔を叩く。

バイツたちがいるのは、村の豚小屋——ではなく、フィオに借りた家だった。

先日の魔王軍の一件をきっかけにエスピナ村への移住が決まったバイツは、農地と住居を割り当てられることになった。

場所はフィオの家と中央広場のちょうど中間くらいにある敷地で、農地の広さは半エーカーほど。

テニスコートに換算すると、八個ほどの広さだ。

農地としてはそれほど広くないが、バイツひとりでやるには十分な大きさ。

そして、農地に隣接して住居が用意されていたのだが、いざ来てみるとメノンが「豚小屋」と形容してしまうほどのボロ小屋だった。

かろうじて家としての体裁《ていさい》は保《たも》っているものの、隙間風は入るし雨漏《あまも》りも酷そうで、嵐が吹けば倒壊しそうな雰囲気すらある。

ただ、フィオからは「自由に改装してもいい」と言われていたので、バイツはそのうち補強工事をするつもりだった。

「お前が言いたいこともわかる。だが、家具は一式揃っているし、十分生活できるレベルだろ」

「もかもかの町のときは、もっと良い家に住んでた」

もかもかの町。魔王軍時代に住んでいた町のことだ。

「あれは魔王領の一等地だったからな」

「メノン、『いっとうち』が良い」

「わがまま言うな。それに、ここの生活も捨てたもんじゃないぞ？　魔王領に住んでいたときよりも自由だからな」

「自由？」

「そうだ。物資が少なかった魔王領では自由に嗜好品《しこうひん》を買うことができなかったが、ここでは金さえ払えば何でも買うことができる」

「しこうひんって？」

「まぁ、簡単に言えば、お菓子だな」

「……えっ！」

メノンの目がきらりと光る。

「昨日フィオに貰った蜂蜜菓子が買えるの⁉」

「金に余裕が出たらな」

蜂蜜菓子は高級品なので気軽には買えないが。

バイツがそう付け加えようとしたら、メノンが突然ばっと立ち上がった。

「メノン、この豚小屋気に入った！　すめばみやこ！」

「住めば都って……いやまぁ、合ってるけど、お前そんな言葉どこで覚えてくるんだ？」

たまに難しい言葉を口にするよな。

テレビがあるならわからなくもないが、この世界にそんなものはないし。

「とにかく、今日がエスピナ村の一員としての初日だ。やることは山積みだからメノンもちゃんと手伝ってくれよ？」

「あいっ！」

元気よく返事をしたメノンは、きびきびとベッドから降りて着替えをはじめる。

うん、偉い偉い。

顔が尻尾の毛だらけだけどな。

ひとまず自分の着替えの前にメノンの顔を拭いてから、今日の予定を考えることにした。

まずは生活に必要なものを確保するところから始めるか。

食事は酒場で済ませるにしても、非常食やランプ用の燃料などは準備しておかなくてはいけない。

いつ何時《なんどき》、災害や戦《いくさ》に巻き込まれるかわからないからな。

あとは村の主要施設の位置を確認して回る必要がある。

特に井戸は生活に直結するので最初に確認しておかないといけない。

それから畑をはじめる準備だ。

エスピナ村に移住することはできたが、入植者として住む以上「義務」が発生する。

村に納める農産物――「税」だ。

割り当てられた農地の広さに比例する農作物を、規定の日までに村に納めなければならない。

――と言っても、納税を課しているのはフィオではなくパシフィカ領主だ。

この村もパシフィカの一部なので、領主に規定の農作物を納める必要がある。それを村人たちで分割しているのだ。

いきなりの農村生活でわからないところだらけだが、作物を作ることに関しての不安はない。

なにせこちらには転生前からの「知識」と「経験」がある。

生前の市民農園で借りていた畑は、今回割り当てられた農地の四分の一くらいの広さだったが、それでも収穫時には食べきれないくらいの野菜が採れた。

春は人参にキャベツ、ルッコラ、ジャガイモ、レタス。

夏はトマト、とうもろこし、モロヘイヤ、枝豆、ゴーヤにきゅうり。

秋は水菜、ブロッコリー、シュンギク、アスパラ菜、小松菜などなど。

さらに市民農園には先生とも言えるアドバイザーがいて、様々《さまざま》なレクチャーを受けることができたのも大きい。

この世界には病害・害虫対策用のシートや農薬はないけれど、そのときに培《つちか》った知識でいくらでもやりようはある。

「……でも、農具はどうするか？」

顔を拭かれてくすぐったかったのか、キャッキャとはしゃぐメノンをよそに、バイツは静かに考える。

人狼化すれば素手《すで》でも土を耕すことはできるが、やはり農具があったほうが何かと楽だ。

それに、農具もそうだが、植える種苗《しゅびょう》はどこで買えばいいんだろう。

酒場のあの親切な給仕の女性に聞いてみるか。

「よし。とりあえず着替え終わったら酒場に行くぞ」

「え？　ご飯？」

「違う。日用品の買い出しと、情報収集だ」

お前はすぐに食べることを連想すな。

メノンの髪の毛を櫛《くし》でとかし、いつものワンピースに着替えさせていると玄関の戸が叩かれた。

こんな朝から誰だろう。

不思議に思いながら玄関を開けると、白いチュニックを着た女性が立っていた。

「……え？　フィオさん？」

「こ、こんにちは」

気まずそうに玄関先で苦笑いを浮かべていたのは、村長のフィオだった。

先日のシフトと呼ばれている普段着とは違っておしゃれに見える。

真っ白いチュニックはワンピースみたいで清潔感があって可愛い。

これから農作業という感じには見えないが、どうしたんだろう？

「ええっと、何かありましたか？」

「あ、あの、バイツさんたちって、どなたからかエスピナ村を案内してもらったりしました？」

「え？　案内？　いえ、特には。これから買い出しがてら、メノンと村を回ろうかと思っていたところですけど……」

「本当ですか？　よかった。じゃあ、私が案内しますよ」

「案内？　フィオさんが？」

「あっ……ご、ご迷惑でしたか？」

「いやいや、迷惑どころかすごく助かります。でも、いいんですか？　お忙しいのでは？」

「丁度暇になったので、村を散歩しようかなと思っていたところで。えへへ」

「なるほど、散歩ですか」

にしてはバッチリおしゃれをしている気がするけど。

まぁ、何にしても、案内してくれるのは有り難い。

村にいる人間で案内を頼めそうなのはカインズだが、彼は村の人間ではないので頼みにくい部分がある。

フィオなら村のことに熟知しているし、これ以上の適任者はいないだろう。

「バイツ！　もしかして、フィオと一緒に散歩いけるのか⁉」

「ああ。村を案内してくれるらしい」

「やたっ！」

「メノンちゃん、今日も元気ですね〜」

嬉しそうにメノンがぴょんぴょんと跳ねる。

「元気だよっ！」

ニコニコのメノン。

それにつられて、フィオの顔からも笑顔が溢れる。

「ふふ、じゃあ、行きましょうか」

「あい！」

上機嫌のメノンは、フィオと手を繋《つな》いで家を出ていく。

しかし、とそんなふたりを見ながらバイツは思う。

メノンがいてくれて良かったかもしれない。

彼女がいなかったら、フィオとふたりで村を回ることになっていた。

畑いじりは得意だし、魔王軍が攻めてきても返り討ちにできる自信はある。

だが、女性とふたりっきりなんてシチュエーションは、できれば勘弁願いたい。そういうのには、全く慣れていないのだ。

「バイツ〜！」

家の外からメノンが手を振っているのに気づく。

「はやくしないと日が暮れちゃうよ〜」

「……そんなすぐに暮れるか」

まだ朝なんだぞ。

というか、さっきまで豚小屋に住むのはいやだとか文句ばっかり垂れていたくせに、すっかり上機嫌になりやがって。

「……ま、暗い顔をされるよりはマシか」

メノンと一緒にいるのは彼女の引き取り手が見つかるまでの一時的なものだが、別れるときまで笑って過ごしててくれれば、助けた甲斐《かい》もあるというものだ。

贅沢《ぜいたく》はさせてやれないが、自分にできることは全部やってやろう。

バイツははしゃぐメノンを見て、改めてそう思った。

＋＋＋

広いとは思っていたが、エスピナ村は思っている以上に敷地が広大で、予想以上に発展している村だった。

何度も利用している酒場の他に、医療を受けられる「施療所」や、アルフレッドの冒険者時代の仲間がやっている「鍛冶屋」――。

それに、湖や川で釣り師が釣りをするための道具を保管している「釣り小屋」や周囲の森で切ってきた木材を加工する「木工所」など、数多くの施設があった。

フィオに尋ねた所、畑で使う種苗や肥料などは酒場で購入できるらしい。

規定の農作物を村に納めれば後は自分の取り分にできるため種苗は有料だが、農具関係は鍛冶屋でレンタルしているという。

井戸の位置を確認したあと、バイツは種苗と肥料を見るために酒場へと向かうことにした。

昼間に行く酒場はいつもと違った雰囲気だった。夜に見かける店主っぽい男とは違う若い男性店員がカウンターに立っていた。

「……今あるのは夏蒔地用の種だな。ビールや家畜の餌に使える大麦、カラムスギ。あとはエンドウ豆、人参、大根、トウモロコシ辺りだが……」

そこまで言って、男は胡乱《うろん》な目をバイツへと向ける。

「まさか、あんたが使うつもりなのか？」

「ええ、そのつもりですけど」

「冗談でしょう、フィオ様？」

男が苦笑いを浮かべてフィオに尋ねる。

「噂に聞きましたが、本当に獣人を住まわせるつもりなんです？」

「し、し、種族は関係ない……と、思うのです！」

「いやまぁ、そうですがね？」

男は納得がいかないといった表情をする。

先日の魔王軍の一件で、バイツの存在は村中の知るところとなった。

フィオから「獣人バイツのおかげでエスピナ村は魔王軍の手から救われた」と公示され、同時に移住の告知も行われたのだ。

正式に村の一員になったバイツだが、難色《なんしょく》を示している人間は少なくない。

この村に住む人間の中にも、少なからず獣人への偏見《へんけん》があるからだ。

道ですれ違う村人たちが冷ややかな視線をバイツに向けていたのがその証拠だ。

「バイツは悪い獣人じゃないよ」

カウンターの下からメノンがひょこっと顔を覗かせる。

「バイツは尻尾をもかもかしても怒らないし、メノンがおねしょしたときもパンツ替えてくれるもん」

「え？　あ、そう……なんだ」

「でも、時々臭いおならするのは、メノンいただけない……」

「おい、やめろ」

いきなり難しい顔をして何をぶっこんでるんだお前は。

ほら見ろ。店員の男も唖然《あぜん》としているじゃないか。

きっとフィオも驚いているに違いない。

——と思って振り向いたら、楽しそうにくすくすと肩を震わせていた。

いや、そういう反応をされるのも、ちょっと恥ずかしい。

「……と、とりあえず、種と肥料を頼みます」

「あ、ああ」

場の空気に流されてしまったのか、男はあっさりと種や肥料を売ってくれた。

これはメノンのおかげだな。

でも、もう変なことを言うのはやめてくれな？

死ぬほど恥ずかしいから。

酒場を出ると、すっかり太陽が天高く登っていた。畑の柵に腰を降ろし、昼休みを取っている人たちもちらほら見える。

なんだかドッと疲れてしまった。

種苗と肥料を確保するだけでこれだけ苦労するなんて、前途多難感が拭えない。

鍛冶屋で農具を借りるときもひと悶着《もんちゃく》あるのでは、と気がかりになったが、先日フィオの家にいた元冒険者の男がやっていたので、快《こころよ》く新品の農具を借りることができた。

「……そういえば、ソウザは一緒じゃないんですか？」

肥料や農具が乗った荷車を引きながらバイツがフィオに尋ねた。

「ソウザですか？　今は畑にいると思いますけど……どうしてです？」

「あ、いえ、彼がフィオさんの護衛をしているのかと」

「ああ、そういうことですか。ソウザは護衛というより兄……というか、先生みたいな感じですね。最近は剣を教えてもらっているんです」

「へぇ、そうなんですね」

そういえば、フィオは素振り十回でバテた……なんてことをソウザが言ってたっけ。

「フィオさんは努力家だ」

「ど、努力家？　そ、そんな大層なものでは……」

頬を赤く染め、しきりに前髪をいじりだすフィオ。

「少しでも父の背中に近づきたいので剣の腕を鍛えているのですが、あまり上達してないですし……」

「誰にでも得手《えて》不得手はありますよ。剣の腕はだめでも、村をここまで発展させている手腕《しゅわん》は誇るべきです」

「そう、なんですかね？」

「フィオさんは村の皆さんに慕われているようですし、自信を持っていいと思いますよ」

「あ、ありがとうございます。バイツさんにそう言っていただけると嬉しいです」

「そ、それは良かった」

眩しいくらいの笑顔を向けられ、バイツはつい目を逸らしてしまった。

しばし、気まずい沈黙が流れる。

こういう空気が大の苦手だったバイツは、救いを求めるようにメノンの姿を探した。

さっきまでフィオと一緒に歩いていたのに、その姿はどこにもない。

あいつ、こういうときに限って――と、バイツが顔をしかめたとき、すぐ傍をメノンが走り抜けていった。

「待って～、チョウチョさん～、メノンは怖くないよ～」

メノンの目の前をひらひらと飛んでいく、黄色いチョウチョ。

後少しで摑めそうな距離まで来たメノンだったが、足をもつれさせて派手にころんでしまった。

先日の大雨の影響で地面にできている、大きな水たまりの中に。

「……」

メノンがまるでゾンビのようにゆっくりと立ち上がる。

嫌な予感がバイツの頭によぎった。

「バイツ、抱っこ～」

「うわ！　お前、やめろ近づくな！」

案の定、顔と服を真っ黒にしたメノンが走って戻ってきた。

「抱っこして～」

「無理言うな！　俺まで泥まみれになるだろ！」

「うししっ」

らしくなく激しく動揺するバイツを見て、メノンは大喜び。

そんなふたりを見て、フィオもニコニコ顔だ。

洗濯物を増やさないためにも、抱っこだけは断固拒否するバイツだったが——結局、メノンから可愛らしくお願いされて、泥まみれになってしまった。

うん。これは帰ったら水浴びだな。

「あ、そうだ。バイツさん」

メノンから顔に泥をなすりつけられていると、フィオが思い出したように声をかけてきた。

「ソウザに『例の紋章』の件を聞いてみたのですが、残念ながら記憶にないそうです」

「……なるほど、そうでしたか」

例の紋章。

メノンのペンダントに描かれていた、蓮の花と鷹の紋章の件だ。

フィオの父親であるアルフレッドと世界を旅していたソウザなら知っているかと思っていたのだが、わからなかったか。

とするなら、この紋章は都市章や騎士団章ではないのだろうか。

「わざわざすみません」

「いえいえ。一応、他の人たちにも聞いているところなので、何かわかったらお伝えしますね」

「助かります」

エスピナ村を立ち上げたのは、アルフレッドや彼と一緒に冒険者をやっていた人間たちだが、年月が経って様々な場所から入植者が集まっている。

ソウザがダメでも何かしら情報が得られるかもしれない。

「でも、紋章のことがわかったらどうするんです？」

「故郷にメノンを送り届けるつもりですよ」

「え」

フィオが目を丸くした。

「村を出るんですか？」

「安心してください。俺はこの村に骨を埋める覚悟ですから」

「あ、いえ。そういうことではなく……」

「……？」

バイツは首をかしげる。

「も、もちろんバイツさんに骨を埋める覚悟だと言ってもらえるのは嬉しいのですが、メノンちゃんはバイツさんの元を離れるのを望んでいるのですか？」

「……正直なところ、望んではいないかもしれません」

バイツは苦い顔でそう返した。

先日、これからのことを話し合ったときも、メノンは「一緒にいたい」と泣いていた。あれを見る限り、離れるのを望んでいるとは思えない。

「でも、メノンはまだ幼い。離れたときこそ寂しいかもしれませんが、長い目で見れば親族の元で暮らすのが一番良いと思うんです」

「で、でも……」

「それに俺は人間ではなく獣人です。人間のメノンとは、いつかは別々の道を歩まなくてはなりません。必ず別れが来るのなら、早いに越したことはないですよ」

この世界における人種の壁は、現代よりも厚い。

フィオやカインズのように獣人に理解がある人間は珍しい部類なのだ。

そんな世界でメノンと一緒にいれば、どうなるかは火を見るより明らかだ。バイツとともに差別を受け、蔑《さげす》まれ、苦しみに満ちた人生を送ることになる。

メノンが一緒にいることを望もうとも、家族の元に帰してやるのが彼女の幸せに繋がる——はずなのだが。

「……」

フィオとバイツの視線が、抱っこされている泥まみれのメノンに集まる。

彼女は、いつの間にかすやすやと寝息を立てていた。

「メノンにどうしたいか聞きたいところですけど……ちょっと無理そうですね」

「みたいですね。ふふ」

フィオがぷにぷにとメノンの頰を突っつく。

妙に静かだと思ったが、まさか寝ていたとは。

ついさっきまではしゃいでいたのに、本当にこいつは自由すぎる。

「本当に懐いていますね。ひと月前に知り合ったばかりとは思えません」

「こいつが能天気なだけだという説もありますよ」

「ふふ、かもしれませんね」

幸せそうに寝ているメノンを見て、フィオは呆れたような笑顔を浮かべるのだった。

＋＋＋

エスピナ村に来て数日。

いよいよ本格的に農作業を始めることになった。

見知らぬ土地での新生活だが、バイツの気持ちは華やいでいた。

なにせ、念願の農村でのスローライフがはじまるのだ。

「るろーらいふ♪　るろーらいふ♪」

家の周囲に広がる荒れ地になっている畑の一角。

屈《かが》み込んでは何かを手に取り、少し歩いてはまた屈み込むという妙な行動をしているメノンの姿があった。

「……」

バイツは畑を耕していた手を止め、そんなメノンを目で追う。

朝から一緒に畑に出てきたが、メノンはずっとあんな感じだ。

変な歌を歌っているので、上機嫌のようだが。

「おい、メノン。何をやってるんだ？」

「ん？　お花集めてるんだよ」

てけてけと、こちらに走ってきたメノンが手の中を見せてくれた。

両手にぎっしりと抱えていたのは、小さなピンクの花。

良くわからないが、多分、雑草の花だろう。

「可愛いでしょ。バイツにも一個あげるね」

「……あ、ありがとう」

小さな花を手渡され、しげしげと眺めるバイツ。

こんな雑草の花を集めて何が楽しいのかわからないが、農作業の邪魔をしないだけましか。

貰った花をポケットに入れて、バイツは再び鍬を手に取る。

バイツが今日やっているのは、野菜作りの基本となる「土壌づくり」だ。

肥料を撒いて丁寧に混ぜていく土作りは、農作物の出来に深く影響を及ぼす大事な作業。

だが、この土作りという概念は、この世界にはないものだった。

バイツがフィオに聞いてみたところ、この世界では輪作《りんさく》の一種である「三圃《ぽ》式農業」で耕作するのが一般的らしい。

三圃式農業は、農地を冬蒔地、夏蒔地、休閑地《きゅうかん》に分けてローテーションで工作する農法のことで、休閑地に家畜を放牧して土地を回復させる。

なので、土作りという概念自体がないのだ。

これは中世ヨーロッパでも広まっていた農法だが、冬季に家畜を飼うことが困難という欠点があって、この世界でも同様の悩みがあるらしい。

今回、土に混ぜている肥料はバイツ特製の配合肥料だ。

馬糞と酒場の料理で使っている「油かす」、それに「草木灰《そうもくばい》」を適切な割合で混ぜて作った。

これは市民農園で教えてもらった知識で、バイツの故郷である人狼の里で畑をやっていたときも使っていた。

「……しかし、案外広いな」

敷地を臨みながら、ついぼやいてしまうバイツ。

耕しはじめて一時間ほどが経つが、農地の半分以上はまだ荒れ地のままだ。

長い間、誰も手入れをしていなかったのか草は生え放題だし、石もごろごろしている。

割り当てられた農地は村でも狭いほうだが、それでもテニスコート八個分ほどの広さがある。

きっちり全部やる必要があるが、ひとりで作業するには結構骨が折れる。

「……人狼化を使うか」

できれば人狼化は使いたくなかった。

せっかく手に入ったスローライフ生活なのだ。

不便だけど人狼の力を使わずにのんびりやるのが楽しいはず。

とはいえ、このままではいつ終わるかわからない。

じっくりやるのは作付けからで、ここはさっさと終わらせるのが吉か。

「よし、やるか」

バイツは早速、全身に力を込めて人狼化の能力を発動させた。

全身の皮膚が蠢きだし、漆黒の体毛に覆われていく。

鼻口部《びこう》がせり出し、頭の上に狼の耳が現れる。

「あっ、もかもかだ！」

バイツの耳に飛び込んできたのはメノンの嬉しそうな声。

声がしたほうを見ると、メノンが目を輝かせながら猛スピードで走ってきていた。

「どうしたバイツ⁉　メノンにもかもかしてほしいのか⁉」

「いや、してほしくない」

くっつかれたら農作業ができなくなる。

「人狼の能力を使って畑を耕すんだ。危ないから離れてろ」

「メノンも手伝う？」

「ん～……そうだな」

正直、猫の手も借りたいところだが、メノンに鍬仕事は無理だろう。

「じゃあ、俺が地面を掘り返した後で、そこの肥料を撒いてくれるか？」

「あい！　メノンにまかせて！」

メノンは元気よく返事をしたあと、肥料が置いてある所に走っていったが、「うんち臭い！」と顔をしかめて、再び花摘みに戻っていった。

うん、平常運転だな。

というわけでメノンは放置して、再び土作りに戻る。

人狼化しての農作業は、力加減に気をつけなければならない。

先日手伝ったフィオの畑で使ったのは部分人狼化だったので加減はあまり必要なかっ

たが、完全人狼化で一気にやるには繊細《せんさい》な力のコントロールが必要になる。

力を入れすぎると、畑が使い物にならなくなる可能性もあるし。

ここは慎重に。

「……これくらい、か？」

掲げた拳を、ゆっくりと振り下ろす。

バイツとしては、先日、ホブゴブリンを殴りつけた半分程度の力のつもりだった。

だが、爪が地面に刺さった瞬間、周囲数メートルの土が、まるで水しぶきのように跳ね上がった。

「ひゃあっ⁉」

驚いたメノンが遠くでひっくり返った。

ヤバい。ちょっとやりすぎた。

「な、なな、なにごと⁉」

「わ、悪いメノン。大丈夫か？　怪我はないか？」

「あっ！　バイツまたおならしたのか⁉」

「んなわけあるか」

というか、「また」ってなんだ。そんなにおならはしないだろう。

……いや、家の中ではたまにやるが、地面をえぐるようなおならなんてしたことはないぞ。

「……ん？」

と、妙な視線を感じた。

なんだろうと思ってふと顔を上げると、そばを通りかかった村人があんぐりと口を開けていた。

あ、これはマズいかも。

「……あ、あはは。ちょっと手が滑っただけなので、ご心配なく～」

慌ててペコペコと頭を下げる。

村人たちは訝《いぶか》しげな視線を向けながらも、なんとか立ち去ってくれた。

危なかった。これでは「移住してきた獣人がなにかやらかした」と、変な噂が立ちかねない。

もっと慎重に力を制限しないといけないな。

＋＋＋

人狼化とメノンの不干渉という名の間接的な協力のおかげで、敷地全体を耕す作業は三時間ほどで終わった。

とはいえ、それで土作りが終わりというわけではない。

水を耕した土に撒いて、肥料を土に馴染《なじ》ませる必要があるのだ。

かなりの量が必要なので、貴重な井戸の飲み水は使えない。

なので、少し離れた場所にある川から桶に汲んで運んでくることになったのだが、それが結構大変だった。

人狼化すれば楽だったかもしれないが、人狼の姿で表を歩けば騒ぎになってしまう。

結局、朝からスタートしたはずなのに、全ての作業が終わったときには空がすっかり茜《あかね》色に染まっていた。

「メノンは何にする？」

「とりあえずヤギミルク！」

農作業を終えた村人たちで賑わう酒場に、バイツとメノンの姿があった。

――いや、正確には彼らの他にもうひとり。

「じゃあ、私はエールで」

すみませ～んと給仕を呼んだのはフィオだ。

彼女もまた農作業を終えたばかりなのか、服や顔に土がついている。

顔の泥くらい落とせばいいのにとバイツは思った。

折角《せっかく》の可愛い顔が台無しだ。

しかし、こうして見て改めて感じるのだが、フィオは村長としての威厳というかオーラが全くない。

酒場で一般客に混ざっていると、ただの村娘にしか思えないし。

いや、それがフィオの良いところでもあるのかもしれないが――って、突っ込むべきはそこではなくだな。

「あの、どうしてフィオさんがここに？」

「えっ」

フィオはしばらく目を瞬かせて、「あっ」と何かに気づく。

「ごっ、ごご、ごめんなさい。誰かとお約束がありましたか？」

「あ、いや、そういうわけではないです。ただ、ちょっと驚いたというか。約束なんてないですし、いてくれてかまわないですよ」

「あ、ありがとうございます」

照れるように少しだけ頬を赤らめるフィオ。

店内は混んでいるし、相席することにはなんら問題はない。

ちなみに、メノンは特に疑問を持たなかったようで「フィオもヤギミルク飲むか？」と尋ねただけだった。

うん。マイペースだなぁ。

「おやおや、早速おふたりは親密な関係になった感じですか？」

テーブルに現れたのは、入植を勧めてくれたあの女性給仕だ。

その顔は、わかりやすくにやけている。

「へぇ？　旦那って堅物みたいな雰囲気なのに、そういうところはしっかりしてるんだねぇ？」

「ちょ、ちょっとアステル！　バイツさんに失礼ですからっ！」

「あはは、どうしたんですかフィオ様？　顔が真っ赤ですよ？　注文前なのに、お酒入ってます？」

アステルと呼ばれた給仕が、けらけらと笑う。

否定したほうが良いかと思ったが、不用意に触れるとやけどしそうだったので、無言に徹することにした。

アステルはひとしきりフィオをイジってから「邪魔者はクールに去るわね」と他のテーブルの注文を聞きに行った。

「……」

テーブルに残ったのは、なんだか気まずい空気。

流石の能天気メノンも空気を察したのか、伏目がちにちらちらとバイツとフィオの顔を交互に見ている。

「あ、あの……村の生活はどうですか？」

ぽつり、とフィオが尋ねてきた。

「もう慣れましたか？」

「まだ周囲とは壁を感じていますが、だいぶ慣れてきましたね。住みやすい村ですし、来てよかったと思っています」

「ほ、本当に？」

「ええ。こういう生活に憧れていましたからね」

「メノンも！」

隣から強引《ごういん》にメノンが割り込んでくる。

「……良かった。そう言ってくれて安心しました」

フィオが元気よく手を挙げたメノンの頭をなでなでする。

メノン。頼むからこのタイミングで「家は豚小屋だけどな！」とか言わないでくれよ？

「ソウザたちは認めてくれたとはいえ、バイツさんのことを快く思っていない人たちもまだまだいます。でも、安心してくださいね。私が責任を持って説得して回りますので」

「ありがとうございます」

そんな話をしていると、アステルが三人分の飲み物を持ってやってきた。

バイツはひとまず乾杯をして、葡萄酒をグイッとあおる。

「……美味い」

葡萄酒の酸味が疲れた体に染み渡っていく。

できれば浴びるように飲みたいが、メノンと一緒なのでそこは自制する。

エスピナ村でメノンと暮らすようになって、一番変わったのが酒量だ。

魔王領にいた時の三分の一の量になっている。

というのも、こうして夕食を酒場で食べていると必ずと言っていいほど、メノンが眠りこけてしまうのだ。

自宅までメノンを背負っていくので、酔っ払うわけにはいかない。

子供ができると生活が変わると生前に役場の同僚から聞いたことがあったが、これがそれなのかもしれないな。

「あの……それで、ですね？」

と、エールをちびちびと飲みながら、言いにくそうにフィオが切り出す。

「住みやすいと言われた手前、ちょっとお伝えしにくいのですが……バイツさんにお願いしたいことがありまして」

「お願い？　なんでしょう？」

「えと……次回の納税についてです」

フィオはぴしっと背筋を伸ばし、真面目顔で続ける。

「バイツさんは村にいらっしゃったばかりなので、納税はひとつ季節を跨《また》いでからにと思っていたのですが、ちょっと難しくなってきまして」

「難しい？　というと？」

「今日行われた会合で、とある問題が判明したんです」

また魔王軍が来たのかとバイツは危惧《きぐ》したが違っていた。

どうやら村の畑に、害獣被害と疫病《えきびょう》被害が広がっているらしい。

「その影響で昨年よりも不作が予想されているんです」

「なるほど。それで俺の農地でも納税義務が発生したというわけですね」

「そうなんです。本当にお願いしづらいことなんですが」

「かまいませんよ。もとより規定の農作物を納めるつもりでいましたから」

「……えっ、そうなんですか？」

フィオがギョッと目を見張る。

「はい。前に少し話しましたけど、魔王軍に入る前から畑はやっていましたし、そのノウハウを使えばいけるかなと。実は今日、土作りが終わりまして、明日から作付けに入る予定なんです」

「す、すごい……流石バイツさんです！」

「い、いえ、そんな褒めるようなことでは……」

何だか恥ずかしくなってしまった。

「でも、義務が発生するということは、規定量を納めきれなかった場合は罰則が発生するということになりますけれど、本当に大丈夫ですか？」

「……罰則ですか」

その言葉に反応してしまった。

「ちなみにどんな罰則なんですか？」

「農地の返却です」

「返却。つまり、村からの追放ということですね」

そう返すと、フィオは申し訳無さそうにこくりと頷いた。

「すみません、これはエスピナ村を立ち上げたときからのルールでして……あ、もちろん、不慮《ふりょ》の事故や災害で規定量を納めることが難しくなった場合はその限りではありませんので、ご安心を」

今回のように疫病被害が広がった場合は規定量を納められなくても追放されることはないということだろう。

足りない分は村全体で補塡《ほてん》する。

つまり、今回は自分の畑頼りの部分が大きい。

責任が大きいため、こうしてフィオが直接、受けてもらえるか確かめにきた……ということだ。

「わかりました」

バイツは深く頷く。

「無理な量ではありませんし、なんとかなるでしょう」

「あ、ありがとうございます……ああ、良かった」

安堵《あんど》の表情を浮かべるフィオ。

緊張が解けたのか、エールをぐいっと喉に流し込み、にこやかに続ける。

「何かあったらいつでも私に相談してくださいね。最大限の協力はしますので」

「そう言ってくれるのはありがたいですが、不作が予想されているのならフィオさんの農地も大変なのではないですか？」

「……あっ」

フィオがハッと息を飲む。

「あ、えっと……お、お、お互い、がんばりましょうね！」

彼女は「むん」と握りこぶしを作ったが、その顔は軽く青ざめている。

きっと色々とヤバいのかもしれない。

畑を手伝ったときも、かなりのドジっぷりを発揮していたしなぁ。

というか、村長のフィオが規定量を納められなかったらどうなるんだろう。もしかして村長の座を引きずり降ろされるとか？

彼女にはソウザが付いているしそんなヘマはしないだろうが、少しだけ心配だ。

「余計なお世話かもしれませんが、キツくなったら俺にも相談してくださいね。人狼化すれば大抵の肉体労働は苦にならないので」

「っ！　あ、あ、ありがとうございます……っ」

ぱあっとフィオの顔が明るくなった。

なんだか納税を承諾したときよりも喜んでいるように思える。

もしかして本題はこっちだったとか？

「良かったな、フィオ」

そんな彼女の背中を、メノンが優しく撫でた。

「いつでもバイツに相談していいからな？　遠慮はいらないぞ」

「はい。メノンちゃんも、ありがとうございます」

「うん、うん。ふたりとも、がんばってな！」

「……いや、すっごい他人事だけど、お前もがんばるんだからな？」

「えっ？」

さっとメノンの顔が真顔に戻る。

いや、何その反応。

こっちが「え？」なんだけど。

＋＋＋

メノンを起こさないようにそっとベッドを抜け出したバイツは、音を立てないように注意して外に出た。

朝の明るみがにじみ出している東の空。

わずかに顔を覗かせている太陽の光で、畑がキラキラときらめいている。

こっちの世界では、この季節に朝露が降りることはないので、夜に少し雨が降ったのかもしれない。

これなら撒いた肥料もよく土に混ざっているだろう。

とりあえず顔を洗おうと中央広場にある井戸に行く途中、もう農作業をはじめている人たちを見かけた。

夜明け前に起きて洗面と祈りを終え、日の出とともに活動をはじめるというのがこの世界での常識。

現代ではあまり考えられないが、怠《なま》け者でも早起きなのだ。

さっと顔を洗って、飲み水を桶に汲んで家に戻る。

静かに家の中に入ると、メノンは変わらず可愛い寝息を立てていた。

「……コーヒーでも淹れるか」

メノンの寝顔を見て、というわけではないが、なんだかコーヒーが飲みたくなってきた。

この家は見た目はボロボロだが、キッチンなど一通りの家具は揃っている。

かまどに火を入れて鍋をかけた後、魔王領を出るときに持ってきたコーヒーを棚から取り出す。

この世界に来て驚いたのは、コーヒーがあったことだ。

それも豆を炒って焙煎《ばいせん》されたしっかりとしたもの。

現代で飲んでいたコーヒーと味はほぼ同じ。

とはいえ、コーヒーは嗜好品なので一般には出回っていない。南方の国で生産されていて、貴族を中心に嗜《たしな》まれているとか。

手に入れたコーヒー豆も、とある国の砦を陥落させたときに偶然手に入れたものだ。

そんな希少《きしょう》なコーヒーなので、ここぞというときに飲むようにしているのだが、今日はなんだかその日にふさわしい気がした。

土作りが終わって、いよいよ今日から作付けが始まる。

納税義務が発生した以上、失敗は許されないし、コーヒーを飲んで気合を入れて作業に取り掛かったほうがよさそうだ。

などと考えていると湯が沸いた。

カップに古いシャツの布を代用したフィルターを乗せ、そこにコーヒー粉を入れて湯を注ぐ。

布を使ったネルドリップだ。

すぐにいい香りと一緒に、カップにコーヒーが溜まっていく。

一口飲んでみると、しっかりとしたコクと爽やかな酸味が鼻腔《びこう》を刺激した。

「……うん、美味い」

窓の傍に椅子を置いて、煌めく畑を見ながら、もう一口。

コーヒーの香りに刺激されたのか、メノンが寝返りを打ったが、まだ起きる気配はない。

目を覚ましたら「メノンも飲む」と騒ぎそうなので、起きる前に飲み干したほうがいいかもしれないな。

しかし、と窓から畑を眺めながらバイツは思う。

この広さの畑をひとりで播種するのは少々骨が折れそうだ。

折角《せっかく》のスローライフなのでのんびりやるつもりなのだが、多少は効率を考えたほうがいいかもしれない。

「……久しぶりに『アレ』を使うか」

バイツはコーヒーを飲み干してから畑に出る。

そして、空に向かって声を張り上げた。

「あぉおおおおおぉぉぉん……っ」

狼の遠吠え。

その声が丘の向こうに消えていくと同時に、ひょっこりと家の屋根の上にイタチのような小さな動物が現れた。

それを皮切りに、わらわらと大小様々な動物たちが周囲に集まってくる。

イタチにハクビシン、ヤマネコにアライグマ、タヌキ、サル、狼……さらには巨大な熊まで。

「うわぁあああっ⁉」

と、畑に動物の鳴き声——ではなく、メノンの声が響き渡った。

「もかもか、いっぱい⁉　何ごと⁉　どうした、バイツ⁉　ここ、天国か⁉」

玄関先に立っているパジャマ姿のメノンは、今までみたこともないくらいに目を輝かせている。

失敗した。遠吠えの声でメノンを起こしてしまったか。

どうせなら、もう少し寝ていても良かったのに。

メノンは裸足のまま、てけてけと駆け寄ってくる。

「なんで、もかもかたくさん来た？」

「これは契約した動物を召喚することができる『獣仕能力《じゅうし》』だ。こいつらは以前に俺が契約した動物たち……言わば俺の眷属のようなものだな」

「けんぞく」

メノンが「ははぁ」と納得したようなため息を漏らす。

「おもしろい名前のもかもかだな」

「名前じゃない」

この獣仕能力は、バイツが持つ能力のひとつだ。

お互いの血を飲み交わすことで契約が完了し、契約した動物は「使い魔」として召喚することができるのだ。

今回呼んだ動物たちは、人狼の里にいた頃に契約を交わした動物たち。

使い魔になった動物たちは、魔獣並みに知能が高くなる。

なので、種蒔きなどの農作業の手伝いができるように訓練を施しているのだ。

「でも、フィオたち驚かないか？」

「え？　驚く？」

「だって、もかもかだらけだし」

「あ」

言われてバイツははたと気づく。

確かにメノンの言う通りだ。

現代ではあまり馴染みがないが、この世界の狼は人間の天敵。彼らを呼ぶときに放った遠吠えだけで、怯えてしまう村人もいるかもしれない。

さらに野生動物の集団が現れたとなれば――トラブル発生は必至《ひっし》。

ううむ、失敗したかもしれない。ここは一旦帰ってもらうべきか？

「……でも、もう後の祭りだよな」

使い魔の姿は誰にも見られていないと思うが、遠吠えは聞こえているはずだし、帰ってもらっても意味はないかもしれない。

それに、今日やらないといけない作業はたくさんある。ここはちゃちゃっと終わらせて帰ってもらうのが吉か。

そう考えたバイツは、善は急げと農作業を開始する。

手先が器用なハクビシンやタヌキたちには畝作りを。

バイツは彼らが作った畝への種蒔きだ。

一見、簡単そうに思える種蒔きだが、適当に蒔いてしまったら間引きのときに大変になるし、栄養を取り合って成長が遅くなることがある。

なので均等に距離を置いて種を蒔き、そこに追加で肥料を撒く「追肥」をして、仕上げに水を撒かないといけない。

水撒きは狼などの他の使い魔たちとメノンにお願いをした。

ただ水を撒くだけなので、狼やメノンでもできるだろうと思ったのだが――。

「もかもか」

バイツの目に映ったのは、狼の背中に抱きついてすりすりしているメノンの姿。

使い魔は獣仕能力のおかげで人間に危害を加えることはない。

まるでペットのように尻尾を振って懐いてくるくらいだ。

だが、そんな彼らでも、いきなり見知らぬ人間に抱きつかれて気持ちがいいわけがない。

メノンに抱きつかれている狼は「助けてご主人」と言いたげに困り果てた視線をこちらに向けていた。

「おいメノン。しっかり仕事しないやつに晩飯のヤギミルクは無しだぞ」

「……んなっ⁉」

メノンががばっと顔を上げる。

その顔はいわずもがな、毛まみれになっていた。

「あ〜、バイツ〜、顔に毛が〜」

「見ればわかる」

余計な仕事を増やしやがって。

というか、毛くらい自分で落とせ。

などと胸中で吐き捨てつつも、甲斐甲斐《かいがい》しくメノンの顔から丁寧に毛を落としはじめるバイツ。

と、そのときだ。バイツは背後に刺さるような視線を感じた。

ただ事ではない、殺気に満ちた視線――。

まさか、魔王軍の斥候か。

とっさに身構え、周囲を見渡す。

「……これはどういうことだ、バイツ」

そんなバイツの目に飛び込んできたのは、数人の男たち。

「貴様、なぜ害獣と仲良くしている⁉」

柵の向こうに立っていたのは、怯えたような目でバイツを見る村人たちと、般若《はんにゃ》のような顔をしたソウザだった。

＋＋＋

「……すみません、バイツさん」

もはや定位置になっている酒場の窓際の席――バイツたちと相席をしているフィオが深々と頭を下げた。

「ソウザが盛大《せいだい》な勘違いをしたみたいで」

「い、いいえ、こちらこそお騒がせして申し訳ありません……」

バイツもテーブルに額をつける勢いで頭を下げる。

やはり使い魔たちは早々に帰すべきだったと、バイツは猛省《もうせい》した。

畑に現れたソウザの説明によると、畑の前を通りかかった村人から「新しく入植した獣人が狼に襲われている」と報告があったらしい。

それで完全武装して慌てて駆けつけたところ、狼と仲良くよくじゃれついているメノンの姿があったというわけだ。

事情を説明して、なんとか誤解は解けたものの、ソウザから「紛らわしいことをするなゴミが！」と辛辣《しんらつ》な言葉を投げつけられてしまった。

「で、でもソウザのことを悪く思わないでくださいね？　彼、バイツさんが襲われてるって聞いて、真っ先に飛び出して行ったんです」

「そうでしたか。それは悪いことをしました……」

これは本当にソウザに悪いことをした。後で菓子折りでも持っていくか。

「バイツ、もしかして怒られてる？　いけないことをしたのか？」

ヤギミルクをぐびぐびと飲みながらメノンが尋ねてきた。

「ち、違いますよメノンちゃん。これはただのすれ違いというか」

「ストレッチ違い？　メノンも体操、得意だぞ？」

「いえ、すれ違いです」

真顔で即座にツッコミを入れるフィオ。

うん、少しずつフィオもメノンの扱いに慣れてきたみたいだな。

そんなフィオが、こほんと咳払いを挟んで続ける。

「でも、どうして動物たちを？」

「農作業を手伝ってもらおうと思ったんです。あの動物たちは畝作りから種蒔き、それに収穫までできるんですよ」

「えっ、動物が？」

「はい。俺が訓練しました」

「すっ、すごい！　訓練でそんなことができるんですね！」

「実はそういう能力を持っていまして」

バイツはかいつまんで獣仕能力のことをフィオに説明した。

「人手が必要でしたら何匹か派遣できるので、いつでも声をかけてください」

「え？　あ、いや、でも……狼ですよね？」

「人間を襲うことはありませんよ」

「……」

フィオは何かを言いかけて、グッと言葉を飲み込んだ。

やはり狼などの肉食獣に対する恐怖心があるのだろう。

「フィオ。狼さん、もかもかで可愛いよ」

「え？　もかもか？」

「そう。お腹の毛に顔をつっこんで、くんくんしても大丈夫なんだ」

「……くんくん」

フィオがごくりと唾を飲み込んだ。

彼女の頬は、少しだけ紅潮《こうちょう》しているように見える。

フィオもメノンに勝《まさ》るとも劣らないくらいのもふもふ好きだし、そっち方面で派遣してやるのがいいかもしれない。

「よう」

と、背後から男の声がした。

バイツが振り向くと、スキンヘッドに長い髭《ひげ》を蓄《たくわ》えた厳《いか》つい男が立っていた。

夜に酒場で見かける、店主っぽい男だ。

話すのははじめてだが。

「噂は聞いたぜ。あんたが新しく村に来たっていう獣人か？」

「はい、そうです」

「俺はここの店主のファルコだ」

「バイツです。こっちはメノン」

「……」

厳ついファルコに恐れをなしたのか、メノンはすっとバイツの陰に隠れる。

「おいメノン、挨拶くらいしろ」

「こ、こんにつわ……」

「おう、こんにちは。噂通り可愛い嬢ちゃんだな」

ファルコが岩に入った亀裂《きれつ》のように、口の端を吊り上げる。

笑っているのだろうが、はっきり言って怖い。

「あんたの話はフィオ様やアステルから聞いてるぜ。なんでも魔王領からその子を連れてきたんだって？」

「そうですね。静かな場所で暮らしたくて」

「獣人なのに平和主義ってわけか。面白いやつだ」

フフン、とファルコが笑う。

その反応に、ちょっと驚いてしまった。

「獣人を嫌ってないんですか？」

「フィオ様が入植を認めたってことは、俺たちの仲間だ。仲間になった以上、人種は関係ないだろ？　まぁ、昼間みたいな騒動を起こしてちゃ、あんたの移住を認めないって連中も多そうだがな」

「……う、む。騒ぎを起こしてしまって申し訳ありません」

「いやいや、わかってるよ。あんたも悪気があってやったわけじゃないんだろうしな。獣人は何をやっても難癖《なんくせ》つけられちまうから、見ていて可哀想になってくるぜ」

　小さくため息を漏らして、ファルコは続ける。

「ここに来る旅人から獣人の話を聞くことがあるが、クソみたいな話ばかりだ。だから……ってわけじゃないが、あんたが村に馴染めるために協力してやるよ」

「……え、本当ですか⁉」

　反応したのはフィオだ。

「あ、いや、フィオ様と比べると俺にできることなんてそう多くありませんが、多少なりとも力にはなれると思います。どうだバイツ？」

「……」

　正直、かなり驚いてしまった。

　獣人に理解がある人間なんて、そうそうお目にかかれるものではない。

　故郷を焼かれてから世界を転々としてきたけれど、獣人とわかった上で好意的に接してくる人間なんて、腹に一物《いちもつ》あるような輩しかいなかった。

こんなふうに助けてくれる人が何人もいるなんて、はっきり言って奇跡に近いと思う。

「……ありがとう。助かります」

そう返すと、ファルコは嬉しそうに片頬をきゅっと吊り上げた。

「よし。じゃあ、早速なんだが……あんた、狩りは得意か？」

「え？　狩り？」

「ああ。以前から森を荒らしてるイノシシがいてな。明日、森に入って狩りをするつもりなんだが、あんたに手伝ってほしい」

「つまり、イノシシ狩りですか」

狩りはやったことがないが、「カプロス」と呼ばれる巨大なイノシシの魔獣なら倒したことがある。

カプロスは燃えるような赤い目が特徴で、体毛が針のように鋭く、獰猛《どうもう》で血の気の多い危険な魔獣だ。

人狼の里の近くに現れたときは多くの獣人が犠牲になったが、普通のイノシシならそこまで危険もないだろう。

「俺の口から『獣人バイツは無害だ』って広めてもいいが、村のために害獣狩りをした事実を広めたほうが確実だろ？」

「……そうですね。そういうことなら、是非お手伝いさせてください」

「話が早くて助かるぜ。契約成立だな」

ファルコが手を差し出してきたので、握手を交わす。

「ん？」

視線を感じたので足元を見ると、メノンがキラキラとした目でこちらを見ていた。

なんだかすごく嫌な予感がする。

「……言っておくが、メノンはお留守番だからな？」

「あいっ！」

元気な返事。だが、素直なところが逆に怪しい。

イノシシ狩りは魔獣狩りと比べて安全とはいえ、子供にとっては危険きわまりない。

そんな危険な場所にメノンを連れて行くわけにはいかないが——言って聞かせても理解してくれそうにない。

仕方がない。フィオにメノンのお守《も》りをお願いして、こいつが寝ている間に出発することにするか。

＋＋＋

「イッノシシ♪　イッノシシ♪　出てこい出てこい♪」

鬱蒼《うっそう》とした森の中に、珍妙な歌が響く。

その歌声の主は、小さな枝を剣のようにブンブンと振り回しているメノンだ。

「出ないとちんちん、もぎ取るぞ～♪」

「外で品の無い歌を歌うのはやめろ」

叱りつけるバイツだったが、一方のメノンはニコニコ顔。

バイツは頭を抱えたくなってしまった。

家の中で下品な言葉を口にするのは黙認しているが、「外では絶対に言うなよ」と口を酸《す》っぱくして言っている。

なのに、この有様《ありさま》だ。

メノンはまだ六歳だし、理解しろというのが無理な話だったか。

しかし――と、ファルコから「気にせずどんどん歌えよ、嬢ちゃん」と言われて喜んでいるメノンを見て思う。

あれほど留守番しとけと言ったのに、なぜここにメノンがいるのか。

家を出る前に、ちゃんと熟睡しているのを確認した。

メノンは寝付きも悪いが、寝覚めも悪い。

寝ているメノンの手から尻尾をひっこ抜いたときもピクリともしなかったし、着替えて家を出るときもプープー寝息を立てていた。

だが、いざメノンのお守りをフィオに頼んでから酒場に向かうと、どういうことかファルコと楽しそうに談笑しているメノンの姿があったのだ。

しっかりと、外行きのワンピースに自分で着替えて。

目玉が飛び出しそうになってしまった。

いつもは「着替えたくない」だの「バイツが着替えさせて」だのとグズるくせに、どうして今日に限ってしっかり者になっているのか。

「ところでファルコさんはよく狩りをするんですか？」

メノンのことはひとまず考えないことにして、ファルコに尋ねた。

「ファルコでいい。それに敬語もいらんよ」

「……わかった」

バイツが肩を竦める。

それを見て、ファルコが満足気に頬をゆるめる。

「森で狩りをするのはたまにだな。イノシシやシカを店で出したくなったときにここで狩ってるんだ」

「シカか」

「ここのシカは美味いぞ？　今度食べさせてやるよ」

「それは楽しみだ」

シカ肉といえば高級ジビエとして現代でも親しまれている料理だが、こちらの世界でも高級食品として重宝されている。

そんな高級食品のシカ肉だが、バイツは結構な頻度で口にしていた。

人狼の里で仲間がよく狩りをしていたからだ。

ちなみにバイツは畑いじりに精を出していたせいで、狩りの経験はない。

「それで、今日の狩りはどうやるんだ？」

「森に仕掛けてある罠を回ってイノシシが掛かってないか確認する。が、多分望み薄だろう。イノシシは警戒心が強いからな。だからあんたの力を借りたい」

「というと？」

「あんたが手懐《てなず》けている狼にイノシシを追い立ててもらって、追い詰めたところで俺が仕留める。いわゆる『巻き狩り』ってやつだな」

ファルコは巻き狩りについて説明してくれた。

巻き狩りは猟犬を放って獲物を追い出し、持ち場で待つ狩人《かりうど》が仕留める狩猟方法で、大型鳥獣を仕留めるときに用いられる。

一見、簡単そうに思えるが、難易度は高い。

待ち伏せされていることに気づかれると逃げられてしまうので、音を立てずにひたすら待つ忍耐力が必要になるのだ。

忍耐力。それを聞いてバイツは不安になった。

なにせ、一緒に来ているメノンの辞書に忍耐力という文字は存在しないのだ。

一抹の不安を覚えながらバイツは森にしかけてある罠を回ったが、掛かっている獲物はいなかった。

小型の獲物にはトラバサミを使うのだが、大きな獲物を狙う場合は紐を使った「くくり罠」を使うらしい。暴れても獲物が傷みにくいのだとか。

ちなみに森の動物は鉄のニオイに敏感なので、大鍋でカシやクスノキの樹脂と一緒に十時間以上煮込んでニオイを消すという。

「……これはヤツの痕跡《こんせき》だな」

五ヶ所目の罠を確認しに行ったとき、ファルコが近くの木に何かがこすりつけられている跡を見つけた。

跡の高さから想定するに、目的のイノシシだとファルコは言う。

「狼をお願いできるか、バイツ?」

「了解した」

イノシシを警戒させないために、空に向かって軽く遠吠えをする。

ざざざ、と森の中がざわめき、三匹の狼が現れた。

それを見て、ファルコの顔がさっと青くなった。

この世界での狼は、恐怖の象徴だ。

森で出くわしてしまった者は十中八九、命を奪われることになる。運良く命が助かったとしても、命よりも大事な荷物を犠牲にしたときだけだ。

ファルコもそれをよく知っているのだろう。

「……大丈夫だと言われても、やはり怖いもんだな」

「平気だよ。狼さん友達だもん」

メノンがニッコリと微笑む。それを見てファルコも安心したのか、強張《こわば》っていた表情がいくらか柔らかくなった。

バイツは早速、狼に木の痕跡にこびりついているイノシシの匂いを覚えさせ、森の中に放った。

あとは彼らがイノシシを追い立てて、ここに戻ってくるのを待つだけ。

「仕留めるのはファルコが？」

「ああ。三段仕込みでやる。まずはあの道にしかけているくくり罠。それでダメならこれだ」

ファルコが腰に下げていた手斧を手に取る。

冒険者が使っているような突き刺す突起部がついた戦闘用の戦斧ではなく、木こりが使っている小さな斧。

使い慣れているのだろうが、戦斧と比べて殺傷能力は高くなさそうだ。

「それでもダメだったら？」

「あんただ、バイツ」

ファルコが手斧の柄の先でバイツを指す。

「魔王軍を退けたという獣人の力で仕留めてくれ」

「……わかった」

バイツが深くうなずいたそのとき、狼が吠える声がした。

続けざまに、草木をかき分ける音。

何かがこちらに向かってきている。

「来たぜ」

ファルコが近づいてくる音のほうを見る。

現れたのは、巨大なイノシシだった。

軽く子牛ほどの大きさがある。

思ったよりもデカい。

「……っ」

咄嗟にメノンががっしりとバイツの背中にしがみついた。巨大なイノシシを見て怖くなったのだろう。

狼に追い立てられたイノシシは、怯えたような鳴き声を放ちながら、くくり罠を仕掛けている場所へと走ってくる。

そして罠の上に来た瞬間、ファルコが紐を引いて罠を発動させるが——わずかにイノシシの足が横にずれ、捕らえることができなかった。

「……ちっ」

ファルコが斧を手に獣道へと飛び出す。

丁度、イノシシの前方に立ちはだかる形になったファルコは、その首めがけて斧を振り下ろした。

——が。

「……っ⁉」

斧が空を切ると同時に、鈍い音が響いた。

イノシシの頭突《ずつ》きを食らったファルコが、大きく後方に吹っ飛ぶ。

「ファルコ！」

バイツは即座に人狼化し、茂みの中から飛び出す。

「しっかり背中に掴まってろよ、メノン！」

「あいっ！」

バイツは背中のメノンに声をかけた後、狼たちに指示を出す。

「お前たち、こっちに追い込めっ！」

「……ガウッ！」

狼たちがイノシシの前方に回る。

驚いたイノシシはくるっと反転し、バイツの方へと走りだした。

バイツは五感を研ぎ澄ます。

イノシシが地面を蹴る音。興奮したニオイ。そして、イノシシの邪魔者は排除すると
いう覚悟がみなぎる瞳——。

目の前に迫ってきたイノシシの頭に拳を振り下ろす。

鈍い衝撃がバイツの拳を伝《つた》い、鋭い振動が大地を揺らした。

次の瞬間――バイツの拳はイノシシの頭もろとも地面にめり込み、大地に巨大な穴を作っていた。

「す、すご……っ」

背中のメノンの口から、感嘆の声が漏れる。

「バイツ、いのしし……一撃」

「……う、む、ちょっとやりすぎたか」

イノシシの頭が地面にめり込んでるし、これは確実に死んでるな。

ファルコがやられたのを見て、力の加減を間違えてしまった。

「……っと、ファルコは？」

慌てて周囲を見渡す。

すぐに、木によりかかるように倒れているファルコの姿が目に止まった。

「おい、ファルコ、大丈夫か⁉」

「うぐ……ちくしょう……ドジっちまった……」

ファルコの表情が苦痛に歪む。

もしかすると、肋骨《ろっこつ》が折れているのかもしれない。

このまま動かすと内臓を傷つけてしまう恐れがある。不用意には動かさず、村の施療所から医者を連れてくるべきか。

「……ファルコ、怪我したのか？」

不安げに背中のメノンが尋ねてきた。

「ああ、すぐに村に戻って医者を連れてくるから――」

「メノン、キラキラで治せるよ？」

「ひとまずこのまま――って、何だって？」

キラキラ？　何のことだ？

「黄色いキラキラ。どんな傷でも一瞬で消える魔法だよ」

「魔法」

その言葉を聞いてバイツの頭に浮かんだのは、超常現象の「魔法」だった。

精霊や先祖と対話し、様々な現象を起こすことができる魔法は「英霊鳩首《えいれいきゅうしゅ》」とも呼ばれる特殊な技能だ。

この世界には、大きく分類して「白魔法」「黒魔法」の二種類の魔法がある。

「悪魔の遊興《ゆうきょう》」と言われる黒魔法は、世界の法則を変えることができるほどの力を持つ破壊の魔法。

一方の白魔法は「神の奇跡」と呼ばれていて、あらゆる傷を癒やし、冥府《めいふ》へと登った命すらも呼び戻すことができる、再生の魔法だ。

そんな恐ろしくも慈悲深い魔法だが、行使《こうし》できるのは神にすべてを捧げる敬虔《けいけん》な神官に限られている。

黒魔法は破壊神に、白魔法は生神女《しょうしんにょ》に祝福を受けて、はじめて使うことを許されるものだ。

まさか、その魔法をメノンが使えるとでも言うのだろうか。

こんなときに冗談を言うなと叱りつけそうになったが、メノンの表情はこれまで見たこともないくらいに真面目《まじめ》だった。

「……わかった。頼むメノン」

「あい」

メノンは背中から降りると、ファルコの前にちょこんと座り込んで患部にそっと手を当てた。

そして、目を閉じて何かをつぶやいた瞬間——彼女の手が、黄金色に輝き始めた。

黄金色の光がファルコの体全体に広がっていく。

すぐに苦悶《くもん》に歪んでいたファルコの表情が穏やかになった。

「……こ、こりゃすげぇ」

ファルコが驚嘆の声を上げる。

「い、痛みが消えたぞ⁉　まさか……怪我が治ったのか⁉」

「あい、多分治った」

「じょ、冗談だろ？　これって白魔法だよな？　嬢ちゃん、白魔法が使えたのか？」

「しろまほー？」

メノンがキョトンとした顔で首をかしげる。

ファルコと同じく、バイツも目の前で起きた光景が信じられなかった。

これは間違いなく白魔法だ。

魔王軍でも何度か見たことがあるので、間違いない。

そういえば、とバイツは先日、魔王軍を撃退したときのことを思い出す。

あのときメノンは「キラキラが使える」と言っていた。

てっきりポーションか何かのことを言っているかと思っていたが、まさか白魔法だったなんて。

「メノン。その魔法はいつから使えるんだ？」

バイツが尋ねると、メノンは不思議そうに首を捻った。

「……？　いつ？」

「最近使えるようになったのか？　それとも昔から使えたのか？　母親と一緒のときから？」

「昔から使えたよ。バイツと会ったあの町に行ったのも、キラキラが使えたからだもん。キラキラが使えたから変なおじさんに連れてかれた」

「本当か？　お前、そんなこと一言も言ってなかっただろ」

「あれ？　そうだっけ？」

「……」

本当にこいつは適当だなぁ。

だけど、下品な言葉を使うなという約束すら忘れてしまう子供に、どの話が重要かなんて判断ができるわけがないか。

蓮の花と鷹の紋章。

それと、この白魔法。

何か関連性があるのかもしれないな。

「なにはともあれ、助かったぜ嬢ちゃん」

すっかり元気になったファルコが、メノンの頭をガシガシと撫でる。

「あんたは俺の命の恩人だ」

「メノン、すごい？」

「ああ、めちゃくちゃ凄いよ」

「えっへへ～ん」

メノンが得意げに胸を張る。

「バイツもありがとうよ。あんたがいなかったら狩りは失敗していた」

「勢い余って殴り殺してしまったが」

「かまわねぇさ。むしろ一息にやってくれたから、処理が楽だぜ」

「そうなのか？」

狩りのことはよくわからないが、そういうものなのか。

すっかり傷が癒えたのか、ファルコは軽い足取りでイノシシの元に向かい、よいしょと穴から引きずり上げる。

「大丈夫なのか？　手伝おうか？」

「いや、いい。それより早く村に戻ろう。こいつの血抜きと下処理をしないと、折角の肉がまずくなっちまうからな」

「……そうだな。そうしよう」

見たところ問題はなさそうだが、念のためファルコを施療所に連れて行ったほうがいいだろうし。

傷は癒えたとはいえ、怪我人に運ばせるのは忍びないと、イノシシはバイツが担いで帰ることにした。

人間の姿では無理なので、人狼化した姿で。

大興奮のメノンにもふもふされたのは、言うまでもない。

＋＋＋

作付けが終わって一週間ほどが経ち、ずらりと並んだテニスコート八つ分の畝には様々な野菜の芽が顔を覗かせている。

中世ヨーロッパとは違って、この世界には多種多様な野菜がある。

エンドウ豆、人参、大根、トウモロコシ。

大玉トマトにミニトマト、ナス、レタス、ジャガイモなどなど。

畝には手のひらサイズの浅い穴を掘って、種を五つほど植えている。

ひとつではなく五つ植えるのは、生育にばらつきがあるからだ。

とはいえ五つ全部育てるのではなく、発芽して子葉《しよう》が開いてから三本ほどに間引きをする。

三本にして、苗が更に大きくなった段階で一本に。

その一本が完全に成長したら、いよいよ収穫だ。

敷地が広いので、収穫も相当大変な作業になりそうだが。

「……まぁ、なんとかなるか」

畑を眺めていると、ついぼやきのような声が出てしまった。

機械を使わずにひとりでやるなら相当時間がかかるだろうが、使い魔たちに手伝ってもらえば時間短縮はできる。

まぁ、メノンの妨害がなければの話だが。

というわけで、早速イタチやタヌキなど手が器用な動物たちを呼んで間引き作業を始めることにした。

彼らには教育を施しているので、どんな芽を取ればいいのか説明する必要がないのもありがたい。

ちなみに、使い魔たちには交代で夜通し畑を見回りをしてもらっている。

畑をやる上で障害になるのが自然災害と疫病、それに害獣被害だ。

特に害獣被害は対策が難しく、放置していると夜間に作物をごっそりやられる……なんてこともあり得るのだ。

畑を荒らす野生の動物たちは臭いに敏感で、天敵たる肉食獣の臭いが残っているだけで敬遠するようになる。

おかげで、他の農地で増えているという害獣被害は一件も発生していない。

ここまではっきりと効果が見えるのなら、他の畑にも使い魔を派遣していいかもしれない。

もちろん、フィオに許可を取ってからだが。

「あら、いらっしゃい」

一日の農作業が終わって、村人たちで賑わっている酒場。

夕飯を食べようと訪れたバイツとメノンに声をかけてきたのは、給仕のアステルだった。

「今日もいつものやつかい？」

「はい。ヤギミルクと葡萄酒をお願いします」

まずは一日の疲れを流すために飲む。

それがバイツたちのお決まりだった。

案内されたいつものテーブル席に座った途端、メノンが大きく背伸びをした。

「はぁ～、今日も疲れたな～」

「……」

つい、胡乱《うろん》な目を向けてしまった。

何だかすごく働いた感を出しているけど、お前がやったのはタヌキやイタチとの追いかけっことか、取っ組み合いの喧嘩《けんか》くらいだろ。

まぁ、元気よく遊ぶのが子供の仕事だって言うし、農作業の邪魔をしないだけありがたいのだが。

そんなことを考えていると、アステルが飲み物を持ってきてくれた。

「あいよ、ヤギミルクと葡萄酒。それにつまみの干し肉ね」

「さんきゅな、アステル！」

メノンはコップを受け取るなり、豪快《ごうかい》にぐいっとヤギミルクをあおる。

「ふふ、相変わらず良い飲みっぷりだね」

「大人っぽい？」

「口の周りの白い髭を自分で拭けたらもっとお姉ちゃんっぽいかも」

「あ！　メノン、自分で拭けるよ！　ほら！」

「へぇ、偉いじゃない」

「えへへ」

アステルにおだてられ、上機嫌のメノン。

なるほど。やれと命令するだけじゃなくて、おだててやるのがいいのか。

これは覚えておこう。

「よう、バイツ」

のっそりと屈強な体格の男が現れた。

先日、一緒にイノシシ狩りに行ったファルコだ。

彼は無言でテーブルの上に紐でくくられたいくつかの骨付き肉を置く。

「……む？　これは何だ？」

「この前狩ったイノシシの肉で作った燻製《くんせい》だ。助けてくれた礼だよ。農作業の合間にでも食べてくれ」

「これは美味そうだ。ありがたく頂戴《ちょうだい》しよう」

イノシシによって大怪我を負ったファルコだったが、メノンの白魔法のお陰で後遺症もなくその日から店に出ている。

ちなみに、ファルコにはメノンの白魔法の件は口止めしておいた。

ただでさえ獣人というだけで騒がれているのに、白魔法が使える子供が一緒だなんて噂が流れれば大騒動になってしまうからな。

「ところで、迷惑かけてないか？」

バイツがファルコに尋ねる。

「迷惑?　何のことだ?」

「あれだよ」

　バイツは顎でアステルを指した。

　給仕の仕事をほったらかして、楽しそうにメノンと話している。

「まぁ、いいんじゃねぇか?　これくらいの客だったら俺ひとりでもどうにかなる。それに、子供の相手をするのも立派な仕事だぜ?」

「あんたが良いというのなら、口出しはしないが」

　ファルコは堅物みたいな雰囲気だが、そういう部分には理解がある男らしい。

　こちらとしてもメノンの相手をせずにひとりでゆっくり酒が飲めるので、ありがたい状況ではある。

　とりあえず、ファルコにメノン用のウサギ肉料理と、酒のつまみになりそうなイノシシ料理を追加で頼んだ。

　干し肉をつまみに葡萄酒をグイッとあおる。

　半分水のような葡萄酒だが、これはこれで美味い。

　飲みすぎると悪酔いをしてしまうので、ほどほどにしないといけないが。

　メノンとアステルの楽しそうな会話を音楽に、ちびちびと葡萄酒を飲んでいると誰かが隣に座った。

　またフィオが来たのか?

そう思ってちらりと隣を見ると、意外すぎる人間が座っていた。

浅黒い肌。対照的な白い髪。

フィオのお目付け役、ソウザだ。

「俺に何か用か？」

つい、尋ねてしまった。

だってほら、いつもこいつが現れるときは何か問題を起こしてしまったときだし。

だが、ソウザはぶっきらぼうに言う。

「貴様に用事などあるものか。席がないので仕方なくだ」

おもむろに周囲を見たが、満席のようだった。

とはいえ、客が大勢いるというわけではなく、席が少ないだけなのだが。

そういえばと、隣のソウザを見て思い出す。

先日の使い魔騒動のときから、ソウザと顔を合わせていなかった。

「この前はすまなかったな」

何気なくそう切り出した。

ソウザは驚いたように、目を瞬かせる。

「何の話だ？」

「ほら、前に俺が呼び出した狼で騒ぎを起こしてしまった件だよ。使い魔を呼び出す前に、あんたたちに説明するべきだった」

「……ああ、あの件か。そんな気遣いができるのなら、最初からやれ」

「そうだな。返す言葉もない」

「……」

苦虫を噛み潰したような顔、とはこの事を言うのだろう。

しばし、気まずい沈黙がテーブルに流れる。

「へぇ？　意外と仲がよさそうじゃない？」

声をかけてきたのはアステルだ。

どうやらソウザの注文を聞きにきたらしい。

メノンとの会話に熱中していたみたいだが、仕事はちゃんとするんだな。

「同じ堅物だから、気が合うのかしら？」

「余計なことを言う前に仕事をしろ」

「はいはい。いつものやつでしょ？　葡萄酒に干し肉」

「ああ、頼む」

アステルは「ごゆっくり」とウインクして、テーブルを離れる。

なんだかフィオを茶化しているときよりも楽しそうな感じがするのは気のせいだろうか。

「害獣被害が増えている話は、知っているか？」

不意にソウザが尋ねてきた。

一瞬、何のことを言っているのかわからずポカンとしてしまったが、村の不作の件だと気づく。

「ああ。フィオさんから聞いた。害獣被害のせいで例年よりも不作が予想されているんだろう？」

「害獣被害が増えている原因は貴様ではないかという噂が流れている」

「……」

バイツは無言のまま、葡萄酒に口をつける。

「反論しないのか？」

「疑われている本人が反論したところで言い訳に聞こえるだろうしな。無実を示すなら、言葉ではなく行動のほうがいい」

「行動？」

「例えば、使い魔たちに村の見回りをしてもらうとか。そうすれば野生《やせい》の獣が近づかなくなって被害はなくなるはずだ」

見回りの使い魔を派遣するつもりだったので丁度いい。

それで害獣被害がなくなれば不作も解消できるし変な噂も流れなくなるだろう。一石二鳥だ。

「……」

だが、ふと見たソウザは不思議そうな顔をしていた。

「なぜそこまでして、人間に肩入れするのだ」

「同じ村に住む仲間だから」

まぁ、これはファルコの受け売りなのだが。

「……クソっ」

ソウザが小さく舌打ちした。

「見回りはありがたいがそこまでやる必要はない。貴様のせいだと喚いている連中には、すでに『害獣被害はバイツが来る前からあった』と説明した」

驚いた。

まさか、肩を持ってくれるなんて思ってもみなかった。

こちらの驚いている顔に気づいたのか、ソウザが不満そうに続ける。

「何だその顔は」

「あんたっていいやつなんだな。ありがとう」

「……っ⁉」

何か言い返そうとしたソウザだったが、怒ったような、困ったような顔をしてぷいっと明後日《あさって》の方を向いた。

反応がいちいち面白いやつだ。

ころころと表情が変わるソウザを見ているのは面白かったが、あまりジロジロと見ているのも悪いので隣のメノンを見る。

やけに静かだなとは思っていたが、白目を剝《む》いてうつらうつらと船を漕いでいた。そろそろ限界らしい。

「来るか？」

「うあぁい……」

メノンはまぶたをこすりながら、バイツの懐《ふところ》によじ登ってくる。

もぞもぞと体の位置を整えたかと思うと、プスーと可愛い寝息を立て始めた。

これはさっさと家に帰ったほうがよさそうだ。

頼んだメノンのうさぎ料理は包んでもらうか。

「少々不穏な噂を耳にした」

再びソウザの声。

その手には、いつの間に運ばれてきたのか葡萄酒が握られていた。

「パシフィカに季節外れのハリケーンが近づいているらしい」

「ハリケーン？」

「強烈な暴風雨だ。先日、南部のザカロフ侯国が襲われたらしい。毎年、晩夏になるとハリケーンが来るのだが、ザカロフからパシフィカに流れてくることが多い。貴様も対策を講じておけよ」

「この状況でハリケーンって、大丈夫なのか？」

「相当まずい状況だな。害獣に疫病、さらにハリケーンと来れば壊滅的被害は免《まぬが》れないだろう」

だが――そう付け加えて、ソウザは続ける。

「できうる対策を講じてハリケーンを迎え撃つ。我々はこれまで何度も危機を乗り越えてきた。今回も乗り越えてみせるさ」

「俺に手伝えることがあったら何でも言ってくれ。使い魔の動物たちを派遣することもできるからな」

「フン。生意気なことをほざくな。貴様は与えられた自分の敷地だけを心配しておけばいい」

ソウザはグイッと葡萄酒を飲み干すと、代金を置いて席を立つ。

そのまま立ち去るのかと思ったが、ふと足を止めた。

「……だが、その言葉だけはありがたく受け取っておこう」

明後日の方向を見たままそんなことを言ったソウザは、逃げるように足早に去っていった。

そんなソウザの背中を見ながら、バイツはつくづく思う。

――うん、やっぱりソウザって、いいやつなんだな。

＋＋＋

台風対策は市民農園で何度もやったことがあった。

この世界に存在しないもの……例えば「防風ネット」のようなものを活用することは不可能だが、それでもできることは沢山ある。

「……というわけで、今できることを片っ端からやっていくぞ」

ハリケーンの兆しすら見えない、からっと晴れた早朝。

バイツの家の前に奇妙な一団がいた。

まるで軍隊のように綺麗に整列しているのは、大小さまざまな動物たちとオレンジ色の頭にはちまきを巻いているメノン。

そんな奇妙な一団の前に立つバイツは、すでに人狼化している。

「農作業は動物たちに任せて、俺とメノンはハリケーン対策だ」

「あいっ！」

「ガウッ！」

メノンと動物たちが同時に返事をする。

うん、すごく良い返事だ。

「動物たちは追肥と土寄せ、それにナスの三本仕立てを頼む」

三本仕立てというのは、ナスを主枝、第一側枝《そくし》、第二側枝の三本に仕立てて、他の脇芽をカットしていく作業のことだ。

「ナスへの追肥は根本じゃなくて通路に撒くようにしてくれ。成長している葉っぱの下まで根が広がっているからな」

「ガウッ！」

「枝豆は根に窒素《ちっそ》を溜めているから、窒素系の肥料を与えないように注意しろ」

「ガガウッ！」

打てば響くとは正にこのこと。

なんだか気持ち良くなってくるな。

「はい、しつもんがあるます！　隊長！」

元気よくメノンが手を挙げる。

「何だメノン？」

「メノンは何をすればいいですか⁉」

「お前は俺と支柱を立てたり、風よけを作ったりする。結構大変だから覚悟しておけよ」

「ヤダです！　メノンもうんち撒くだけの楽な仕事がいい！」

「元気よく言ってもだめだ」

それに、肥料をうんちと形容すな。

ぶーたれるメノンを引き連れ、作業を開始する。

植えている野菜たちはそこそこ成長してきているので、まずは背が高い野菜に支柱を立てることにした。

代用する。
現代なら頑丈な鋼管竹《こうかんたけ》の支柱を使うが、この世界にはないので柵に使っている木材で代用する。

鋼管竹よりも耐久性が低いのでできるだけ太いものを使い、深く地面に刺してから麻紐で野菜をくくりつける。

トマトやナスは実が重くなるので斜めに支柱を交差させて強度を高める。

背が低い野菜には不織布《ふしょくふ》をかぶせて畝に固定したいところだが、紐を使ってお手製防風ネットを作ることにした。

と言っても目が細かいネットを作るのではなく、紐を使って畝の回りをぐるぐると囲《かこ》うだけなのだが。

一見、何も効果がなさそうだけれど、これで十分効果が見込めるのだから凄い。

「……あのう」

と、メノンとふたりでお手製ネットを張っていると、声をかけられた。

振り返ると農作業中と思わしき夫婦が柵の向こうに立っていた。

「それは何をしているんですか？」

「これですか？　風を防ぐための網を作っているんですよ。紐を畝の周囲に張るだけでハリケーンの対策になるんです」

「え？　紐だけで効果があるんですか？」

「紐の間を風が通るときに風力が軽減されて強風対策になるんです。ただ、網を風が通過するときにかなりの抵抗がかかるから、支柱はしっかりしたものを使う必要がありますけど」

畝の周りに刺している支柱は、柵に使っているのと同じくらいの太さのものにしている。

男はまじまじと支柱を見て、感心するようなため息をもらした。

「な、なるほど。そんな効果があったんですね。知らなかった……」

「もし同じものを作るのなら、手伝いに行きましょうか？」

「……えっ」

「支柱を打つだけでも大変ですからね。資材は用意してもらう必要がありますが、設置くらいなら手伝います」

用意した支柱は村の木工所から購入したもの。

流石に金まで出すことはできないが、紐を張る作業くらいなら手伝える。

男はしばし考え、妻と話し込みはじめる。

そして、しばしの沈黙ののち——。

「あ、あの……お願いしてもよろしいですか？」

そう切り出したのは、男ではなく隣の妻だった。

「実は私のお腹に子供がいまして……」

「なんと。それは大変だ」

確かに女性のお腹がぷっくりと膨らんでいる。

身重《みおも》の体で農作業は辛いだろう。

「そういうことでしたら柵を作るついでに畑作業も手伝いますよ。人狼化すれば三人分くらいは動けるので」

「……っ⁉　ほ、本当ですか⁉」

男が声を張り上げる。

「で、でも、この畑はどうするんです？」

「お気になさらず。うちの畑は彼らにやってもらいますので」

肥料を撒いている使い魔たちを見る。

夫婦は器用に農作業をしている動物たちを見て、言葉をなくしている様子だった。

まぁ、そういう反応になるよね。

しばらくポカンとした後、ふたりは同時に深々と頭を下げた。

「あっ、ありがとうございますっ！」

その反応を見る限り、相当困っていたのだろう。

これはしばらく使い魔を派遣してあげたほうがいいかもしれないな。

「あ、あの……すみません」

と、再び誰かの声。

道を通りかかった別の村人がこちらを見ていた。

「別に盗み聞きしたってわけじゃないんですが、うちにも来てもらうってことはできませんかね？」

「……え？」

「実は疫病被害が出ていまして……」

詳しく聞けば、どうやら作付けを失敗して発芽がうまくいっていないらしい。それで種の追い蒔きをしているが、人手が足らず困っているのだとか。

「ええ。もちろん構いませんよ」

「ほ、本当ですかい⁉　ありがとうございます！」

「おい、ちょっと待て」

今度はさらに別の村人が割って入る。

「人手が足りねぇって、お前んとこは立派な長男がいるだろ。なぁ旦那？　先にうちに来てくれませんかね？　ウチも播種が追いついてなくて困ってるんです」

「あぁ⁉　何だてめぇ⁉　先に旦那にお願いしたのは俺だぞ⁉」

ついに柵の向こうで、やいのやいのと喧嘩がはじまってしまう。

「ちょ、ちょっと落ち着いてください。人手が必要なら、使い魔の動物たちを派遣しますので」

「ほ、本当かい⁉　そりゃあ、ありがたい！」

「助かるよ、旦那！」

「そ、それと旦那はやめてください。バイツでいいですから」

この歳で「旦那」なんて言われるのはむずがゆい。

転生する前もそんな呼び方なんて、されたことないし。

「……ん？」

などと思っていると、足元から視線を感じた。

面白そうに目を細めているメノンだ。

「バイツ、ちょっと嬉しそうだな」

「ん、まぁな」

正直なところ照れくさいけど、嬉しい。

獣人としてこの世に生を受けてから、他人……それも人間に頼られるというのははじめての経験だ。

人狼化しているのに、怯えた様子すらない。

まぁ、猫の手も借りたいくらい切羽詰《せっぱ》まっているからだろうが、それでも怖がられずに頼られるというのは嬉しい。

「あ、あのう、バイツさん？」

と、男の声。

「それで、ウチにはいつ頃、来ていただけるんで？」

「……あ、すみません。すぐに行きます」

とりあえず、一旦家に戻って準備をすることにした。

使い魔たちに今日の作業を一通り説明して、先日ファルコに貰ったイノシシの干し肉を非常食として持って、メノンと一緒に家を出る。

「……え？」

玄関を開けた瞬間、絶句してしまった。

どういうことか、玄関の前に大行列ができていたからだ。

話を聞けば、準備していた数十分の間に「新しく移住してきた獣人にお願いすれば助っ人を派遣してくれる」という噂が広まったらしい。

いや、そんなことってある？

「……バイツ、人気者」

「う、むぅ」

羨望《せんぼう》の眼差しを向けられ、バイツは流石に言葉につまってしまう。

とはいえ、この状況で無下《むげ》に断るわけにもいかない。

結局バイツは自分の体と使い魔たちを総動員して、集まった村人たち全員に協力することにしたのだった。

＋＋＋

バイツがハリケーンの噂を聞いて数日。

先日までの快晴が嘘のように、エスピナ村は猛烈な暴風雨に襲われていた。

ハリケーンが過ぎ去るまで農作業は禁止され、村の傍を流れる川での漁や森での狩りも禁止された。

協力の要請を受けて急ピッチで進めた「ハリケーン対策」だが、なんとか全ての農地での作業は完了した。

後は家の中で燻製《くんせい》や酢漬けなどの保存食を食べながらハリケーンが通り過ぎるのを待つだけ――だったのだが、予想以上に嵐が強く、家屋《かおく》の倒壊などの被害が懸念《けねん》されはじめていた。

特に心配されたのがメノンに「豚小屋」と揶揄《やゆ》されたバイツの家だ。

ハリケーンどころか、穏やかな春風でも倒壊してしまう恐れがあったため、バイツたちは一時的に酒場に避難することになった。

酒場の二階にある部屋は宿として利用することもできるので、しばらくそこで過ごすことになったのだ。

「……ねぇ、バイツ」

嵐の中をバイツに抱きかかえられて酒場にやってきたメノンは、その光景を見るなり目を輝かせた。

「夜なのに人がいっぱいで、なんだかわくわくする！」

「不謹慎《ふきんしん》なことを言うな馬鹿」

その気持はわからんでもないが。

本当ならまもなく閉まる時間なのだが、酒場には多くの人たちがいた。

ざっと数えて二十人ほど。

彼らも自宅の倒壊を恐れて避難してきた人たちだ。

「あの人たちも家が壊れる可能性があって避難してきたんだ。嵐が過ぎ去るまでしばらく一緒にここで過ごすことになる」

「え？　みんなで一緒に？」

「そうだ」

「……んがっ！　やっぱりわくわくっ！」

興奮が最高潮に達したメノンは、抱っこされたままジタバタと暴れだす。

こうなってしまったらもう手がつけられない。

一旦無視して、落ち着くのを待つか。

バイツはメノンを抱きかかえたまま、窓際の席へと向かう。

腰を下ろすとアステルが温かいミルクを持ってきてくれた。

聞けばこのミルクは避難してきた人たちに配っているらしい。

さらにアステル曰く、「避難してきた人たちからは宿泊費を取らない」という。大変なときは助け合おうという「相助の精神」なのだろう。

実にありがたい。

「バイツさん、メノンちゃん」

「あっ、フィオ！」

アステルと入れ替わるようにテーブルにやってきたのはフィオ。

雨具を付けずに急いでやってきたのか、びしょ濡れだ。

「お怪我はありませんでしたか？」

「はい。ここに来るときに少し濡れたくらいです。フィオさんも避難を？」

「いえ、私は状況を把握するためですね。いざというときに動けなくなりましたでは、村長として失格なので」

確かに嵐のせいで自宅から動けなくなってしまったら、何か起きたときに指示が出せなくなってしまう。

それを考えると、村の中心とも言える酒場にいたほうが何かと良いのかもしれない。

カウンター席には護衛兼お目付役のソウザの姿もあるし、いざというときの安全対策もバッチリだ。

「そういえばバイツさん、皆のお手伝いをしていただけたそうですね？」

「ええ。少し手が空《す》いたので」

「おかげで多くの農地でハリケーン対策ができたみたいです。バイツさんがいてくれて本当に助かりました。村を代表してお礼を……」

「や、やめてください」

思わずバイツが割って入る。

「もう俺もこの村の一員なんですから。ほら、こういうときこそ『相助の精神』でしょう？」

「……あ」

フィオも気づいたらしい。目をぱちぱちと瞬かせたかと思うと、恥ずかしそうに肩を竦めた。

——と、そのときだった。

猛烈な風が吹き、建物が大きく揺れた。

ざわついていた酒場が静まり返り、酒場を殴りつける暴風雨の音だけが不気味に響く。

顔をこわばらせたメノンがバイツの体によじ登ってくる。

「バイツ、ここ崩れるの？」

「大丈夫だ。壊れない」

「ほんと？」

「ああ、大丈夫だ。それに、万が一崩れても俺がついてるから安心しろ」

「……ムフッ」

メノンはくすぐったそうに笑うと、バイツのシャツに顔を埋め、すんすんと臭いをかぎ始める。

どうやらそれで、すっかり安心したらしい。

ミルク片手に、嬉しそうにバイツの膝の上でぷらぷらと足を振りはじめた。

こいつは本当に怯えたり喜んだり、ころころと忙しいやつだ。

「しかし、パシフィカのハリケーンは想像以上に激しいんですね」

天井を見上げながら、バイツがフィオに尋ねた。

「毎年こんな大きいハリケーンが来ているんですか？」

「いえ、こんなに大きいのは私もはじめてですよ」

「え？　そうなんですか？」

「畑の被害は毎年出ますけど、避難するなんてはじめての経験ですし。ここに来ていない方たちも無事だと良いんですが……」

酒場には二十人近くの村人が集まっているが、ほとんどの人間が自宅で嵐が過ぎ去るのを耐えているはず。

少し不安だとバイツも思った。

外に出ることもできないので、家が倒壊してしまっても情報が届くまで時間がかかってしまう。そうなれば、助かる命も助からなくなるかもしれない。

「フィオ様」

バイツの不安をあおるかのように、ソウザと数人の男たちがフィオの傍にやってきた。

「ソウザ？　どうしたんですか？」

「少々気になる情報が入りました。丘の上にあるライオットの家が倒壊してしまった可能性があります」

「……えっ⁉」

驚きのあまり、立ち上がってしまうフィオ。

「か、か、彼は無事なんですか⁉」

「わかりません。すぐに私たちで確認に向かいます」

「確認？　い、今からですか？」

「危険ですが見殺しにはできません。ライオットの妻、ミランダのお腹には子供もいます」

「……お腹に子供？」

丘の上に住む、身重の妻がいる家。

その言葉を聞いてバイツの頭に浮かんだのは、先日、畑に来て防風ネットのことを尋ねてきたあの夫婦だった。

多分、間違いはないだろう。

彼の家までの道はしっかり覚えている。この嵐の中、安否《あんぴ》を確認に行くならソウザたちより獣人の自分の方が適任だ。

「待て、ソウザ。俺がその男の安否を確認に行く」

「……何？」

「もし家が倒壊していたら瓦礫の中から助け出す必要がある。あんたたちは優秀な冒険者だったかもしれないが、救出活動は素人《しろうと》だろう？」

「獣人の貴様ならできるとでも？」

「ああ。人狼化すれば問題ない。魔王軍にいたときに倒壊した建造物から何度も仲間を救い出している」

バイツはこれまで戦場で何度も部下たちを救ってきた。

攻めこんだ砦ごと黒魔法で破壊されたときは瓦礫の下から百人近い仲間を救ったし、野営《やえい》地が冒険者に襲われたときも、燃え上がるテントの中から数多くの部下を救い出した。

どうする？　と言いたげに、男たちがソウザの顔を見る。

彼はしばし考え、小さくため息をついた。

「……わかった。ライオットは、バイツに任せよう」

周囲の男たちがざわめき出す。

ソウザはその声に応えるように続ける。

「適材適所だ。ライオットはバイツに任せて私たちは他の家を回る。倒壊の恐れがあれば、すぐに酒場への避難を促《うなが》すぞ」

「わ、わかった」

不承不承《ふしょうぶしょう》といった感じだが、男たちが同意した。

ソウザはバイツの肩をポンと叩くと、雨具を着て酒場から出ていった。

酒場の入り口を開けた瞬間、暴風雨が飛び込んでくる。

避難してきたときよりも相当強くなっているのが窺える。

急いで丘の上のライオットの家に向かう必要がありそうだ。

「本当にすみません、バイツさん」

席を立とうとしたとき、フィオが声をかけてきた。

「危険な仕事をお任せしてしまって……」

「気にしないでください。それよりもフィオさんはここに留まって、避難してきた人たちから他に倒壊の危険がある家がないか情報を集めてください」

「わかりました。『適材適所』ですよね。父がよく言ってました」

皆ができることをやる。それが被害を最小限に留める最善策だ。

「バイツ！」

と、誰かがズボンを引っ張る。

興奮気味に鼻息を荒くしているメノンだ。

「メノンも行く！」

「だめだ。危険すぎる」

「メノン、キラキラ使える。怪我している人いたら役に立つ」

キラキラ。白魔法のことか。

それを聞いて、バイツはしばし考える。

もし家が倒壊していたなら、ライオットたちは無傷というわけにはいかないだろう。

下手をしたら大怪我をして動けなくなっているかもしれない。

だとしたら、メノンの白魔法は役に立つ。

だが、この嵐の中にメノンと飛び出すのは危険極まりない。

ううむ、どうするか。

「バイツ！」

メノンがふんすと鼻を鳴らした。

「こういうときは『てきざきてきてき』だ！」

「……」

ポカンとしてしまったが、多分、適材適所と言いたいんだろう。

「……そうだな」

バイツは呆れつつも、ポンとメノンの頭を撫でた。

ごちゃごちゃと悩んでいる暇はない。

メノンの力は必要になる。

彼女の身に危険が及ぶというのなら――守ってやる。

「フィオさん、紐を用意してくれませんか？」

「え？　紐？」

「俺の背中にメノンを固定してください。彼女を連れていきます」

「……っ⁉」

フィオがギョッと目を見張る。

「ちょ、ちょ、ちょっと待ってください！　こ、この嵐の中にメノンちゃんを連れていくんですか⁉」

「そうです」

「そ、そうですって、いくらなんでも無謀《むぼう》すぎますよ⁉」

「メノンは白魔法が使えます」

瞬間、フィオの表情が固まった。

しばしバイツとフィオの間に静寂が流れる。

「……白魔法？　って、英霊鳩首《えいれいきゅうしゅ》の？」

バイツはこくりと頷く。

「先日、森の中で大怪我を負ったファルコさんを救ったのはメノンなんです」

「……っ⁉　まさか」

「本当です。ファルコさんに聞いてみてください」

カウンターの奥にいるファルコを見る。

説明しておく、と言いたげに小さく肩を竦めた。

「ライオットさんの家族は倒壊した家の下敷きになっている可能性があります。メノンの魔法が命綱になるかもしれません」

「で、でも……」

「大丈夫です。メノンは俺が守ります」

フィオがバイツの足元にいるメノンを見る。

真剣な眼差《まなざ》しでこくりと頷くメノン。

それを見てしばし黙考したフィオは、絞り出すような声で「わかりました」と答えた。

＋＋＋

「メノン、平気か？」

「うあい……」

横殴りの雨に叩かれる外套の中からメノンの苦しそうな声がした。

「今ならまだ戻れるぞ？　フィオとお留守番しておくか？」

「だいじぶ……早く行こ……」

弱々しいメノンの声。

相当苦しいのだろうがしばらく我慢してもらうしかない。

メノンは今、背中に紐でくくりつけられ、頭から農作業用の外套を被せられている。

こうしておけば突風で飛ばされることもないし、雨に晒《さら》されることもない。さらに人狼化しているので、ふかふかの毛で体温を奪われずに済む。

とはいえ、油断は禁物だ。

人狼化で身体能力が飛躍《ひやく》的に向上しているが、気を抜けば突風で体を持っていかれそうになってしまう。

それに、いつ飛翔《ひしょう》物が襲ってくるかもわからない。

バイツはなるべく遮蔽《しゃへい》物に身を隠しながら、丘の上を目指す。

ライオットの家までの道は記憶に新しいが、暴雨風で視界が悪くなっているせいか、記憶との差異があった。

不安に苛《さいな》まれながらも足を進め、ようやく見覚えのある場所に到着した。

紐が張り巡らされた畑——先日、協力して張った防風ネットだ。

畑の野菜は、防風ネットのおかげか暴風雨の中も無事のようだった。

ただ、大雨の影響で畝の周りが川のようになっている。

このままでは苗が枯れてしまう恐れがある。嵐が去ったら早めに対処してやる必要があるだろう。

「……いや、今はそんなことよりライオットの安否確認だ」

畑のすぐ傍にあるライオットの家は、なんとか倒壊を免れていた。

だが、ぱっと見ただけでも大きく傾いているのがわかる。突風が吹くたびに家が大きく軋《きし》み、今にも倒壊してしまいそうだ。

バイツは急いで玄関に回って戸を叩いたが、反応はなかった。

仕方なく、力任せに扉を開く。

「……っ⁉」

開けた瞬間、言葉を失ってしまった。

家の中は、外から見るよりも酷い有様《ありさま》だった。

屋根の一部が崩れ落ち、滝のように雨が入り込んでいる。

風が吹くたびに少しづつ屋根が崩れていて、倒壊するのは時間の問題だとひと目でわかる。

――と、リビングだった場所に、ずぶ濡れになっている男の姿があった。

ライオットだ。

「ライオットさん！」

「……バイツさん⁉」

「助けに来ました！　すぐにここを離れてください！」

「ま、待ってください！　妻が……っ！　妻が瓦礫の下に！」

バイツの背中に寒いものが走った。

雨に打たれるライオットの傍――崩れた屋根の残骸《ざんがい》の下に、彼の妻ミランダの姿が見えたからだ。

「くそっ……彼女は無事なんですか⁉」

「わ、わかりませんっ！　先程まで言葉を交わしていたのですが！」

すぐそばに近寄り、ミランダの頬に触れたが酷く冷え切っていた。

額から雨に混じって鮮血が流れ落ちている。

「ああ、どうしよう……妻が死んでしまう！」

「落ち着いてくださいライオットさん！　とりあえず彼女を救出します！　あなたは家の外で待っていてください！」

「ああ、ミランダ！」

ライオットは完全に我を失っている。

彼には悪いが——少々強引《ごういん》にいかせてもらう。

「すみません、ライオットさん！」

「う、わっ⁉」

バイツはライオットのシャツの襟《えり》をむんずと掴むと、家の外に向かって放り投げた。

悲鳴が弧《こ》を描《えが》き、数メートル先に落下する。

慌てて立ち上がるライオットの姿が見えたので、怪我はないだろう。

あとはミランダだけだ。

とはいえ、どうやって助け出す？

ミランダにのしかかっている屋根の残骸を持ち上げるのは簡単だが、むやみに動かせば家が倒壊してしまう恐れがある。

だが、呑気《のんき》にひとつひとつ残骸を排除している時間はない。

家が倒壊する前にミランダが死んでしまう。

「バイツ、メノンに任せて！」

そのとき、背中から声がした。

外套の中からメノンの顔が見えた。

「メノンがキラキラでおばさんの傷を治す！　だからバイツは、瓦礫をお片付けして！」

「だが、瓦礫を動かせば」

「メノンのキラキラ、少しの時間どんな傷でも治す！」

「少しの時間……？」

ハッとバイツは気づく。

つまり、白魔法の効果が発動している間は新《あら》たに受けた傷も自然治癒していくということ。だとしたら、多少力任せで瓦礫を処理しても問題ない。

「わかった！　頼むぞメノン！」

「あいっ！」

体にくくりつけている紐を切って、メノンを地面に降ろす。

瓦礫の隙間から手を入れてミランダの額に触れた瞬間、黄金色の光が滝のような雨の中に輝いた。

「……ううっ」

女性のうめき声が聞こえた。

メノンの白魔法の効果で、ミランダの傷が治癒《ちゆ》したのだろう。

バイツはすぐにミランダにのしかかっている瓦礫を両手で摑んだ。

漆黒の体毛で覆われたバイツの両腕の筋肉が隆起し、瓦礫が動きだす。

そのとき――突風が吹き荒れた。

家が激しく揺れ、天井がガラガラと崩れ落ちる。

崩落《ほうらく》――。

その二文字が頭に浮かんだ瞬間、バイツは瓦礫を持ち上げ、その隙間に自分の体をねじ込んだ。

すかさずミランダの手を取って強引に引きずり出す。

同時に、傍にいたメノンの体を脇に抱えた。

「強引に出るぞ！　俺にしがみつけ、メノン！」

「……っ！」

返事を待つことなく、バイツは地面を蹴った。

雨、残骸、衝撃。

それらが同時にバイツに襲いかかったが――彼はそのすべての情報を無視して、家の外へと駆け抜ける。

「……ぶはっ」

できるだけメノンとミランダを残骸から守りながら家の外に飛び出した瞬間、凄まじい音を立てながらライオットの家が崩れ落ちていった。

正に間一髪《かんいっぱつ》。

あと数秒遅かったら、全員、瓦礫の下敷きになっていただろう。

そっとミランダの体を地面に下ろす。

額についていた血が雨で流れているが、新しい出血はなさそうだ。服はボロボロでズボンの膝から下がなくなっている。

多分、瓦礫に押しつぶされていて、メノンの白魔法で治癒したのだろう。

やはりメノンを連れてきて正解だった。

彼女がいなかったら、最悪の結末が待っていたかもしれない。

「怪我はないか、メノン」

脇に抱えていたメノンは全身びしょ濡れであちこちに擦《す》り傷があったが、これといって怪我はしていないようだ。

良かった。ホッと胸をなでおろす。

「……よくやったなメノン。お前のおかげだ。ありがとう」

「う、うう、バイツ……っ」

メノンの頭を撫でてやった瞬間、彼女の瞳に涙が溜まっていく。

「う、ひぃいいん……バイツぅぅっ！　怖かったよおおっ！」

緊張の糸が切れたのか、大泣きし始めたメノンはまるで体当たりをするように抱きついてきた。

「バ、バイツさんっ！」

今度は背後からライオットの声。

「ミランダは⁉」

「安心してください。ミランダさんは無事です」

「ああ、ミランダ……良かった！」

ライオットは愛《いと》おしそうにミランダの体を抱きしめた後、バイツの両手をガッシリと握りしめてきた。

「本当にありがとう……っ！　バイツさんがいなかったら、妻もお腹の子も死んでいたっ！　あんたは……あんたは俺たちの命の恩人だぁ……っ！」

「……っ⁉　お、おい」

そして、メノンのように抱きついてくる。

右からメノン、左からライオット。

さらにふたりとも、この大雨に負けないくらいの大粒の涙を流している。

うん。なんだろうこの状況。

恐れられるならまだしも、泣いて喜ばれるなんて。

「……まぁ、いいか」

しばし呆然としてしまったバイツだったが、ミランダと新しい命を救うことができたことにひとまずは安堵するのだった。

＋＋＋

「これで最後です」

食料を保管している村の地下貯蔵庫前。

人狼化しているバイツは、運んできた大きな樽をよいしょと降ろした。

貯蔵庫前に立っている男は、少々呆れ顔だった。

というのも、彼の周りには野菜が山盛りになっている樽が無数に置かれていたからだ。

その全てがバイツの畑から運ばれてきた収穫物なのだ。

いよいよ訪れた収穫シーズン。

ハリケーンや害獣被害の影響もあったが、バイツの農地での収穫量は、想定以上のものになっていた。

「いやはや、しかし相当な収穫になりましたね」

「そうですね。ハリケーン対策がしっかり利いたみたいで」

こうしてバイツの畑の収穫量が異常に多いのは、防風ネットをはじめとした事前対策だけではなく、事後対策の知識があったからだ。

ハリケーン対策の本番は、嵐が過ぎ去ってから始まると言っても過言《かごん》ではない。無事に嵐を越せたとしても、事後の対応次第では畑の野菜が全滅してしまうからだ。

特に雨による水害はしっかりと対処しないといけない。

排水が悪い畑では大雨の水がいつまでも残ってしまい、作物の根を腐らせ病気の発生源になってしまう。

そうさせないために畝と畝の間に排水のための溝を作って排水を促す必要があるのだが、どうやらこの世界ではそういう知識が普及していないらしい。

男は感心するように続ける。

「今季の収穫は絶望だって言われてたんですが、バイツさんが他の農地を手伝ってくれたお陰もあって、なんとか領主さまに規定量を納められそうですよ」

「おお、そうですか。お力になれたみたいで何よりです」

しかし、と並ぶ収穫物を見てバイツは改めて思う。

生前の市民農園で得た知識があったとはいえ、無事に規定量を納税できて本当に良かった。

これで村から追い出されることなく、平穏な暮らしを続けることができる。

——まぁ、平穏に暮らすための「一番大事なもの」が嵐で吹っ飛んでしまったのだけれど。

「それで、自宅のほうはどうなんです？」

男が樽を数えながらバイツに尋ねる。

「倒壊した自宅の改修工事はいつから？」

「まだ見通しは立っていないみたいですね。まぁ、うちはメノンとふたりだけですし、後回しにしてもらってかまわないんですが」

「てことは、今は酒場に寝泊まりを？」

「はい。部屋を借りています」

平穏な暮らしが脅かされている原因がそれだった。

ライオットの家と同じく、バイツが住んでいた家もハリケーンによって跡形《あとかた》もなく吹き飛んでしまったのだ。

今は避難したときに使わせてもらっていた酒場の二階の部屋をそのまま借りて生活をしている。

ハリケーンが来る前から倒壊しかけていたのでバイツも覚悟はしていたが、実際にまっさらになるとそれはそれで結構ショックだった。

残骸の中から荷物の一部を回収できただけ幸いだろう。

「そりゃ大変ですね。俺の弟が木工所を管理しているので、木材をバイツさんに融通するように言っておきますよ」

「お気遣いありがとうございます。ですが、家族がいる方たちを優先させてください。

特にお子さんが生まれるライオットの家を――」

「何を言ってるんですか。村一番の功労者をおざなりにするなんて、罰当たりも良いところです。生神女《しょうしんじょ》ルシアナ様に叱られますよ」

男の口から放たれたのは、この村にも教会がある「母なる大地の聖徒《エレサクソン》」教が崇《あが》める女神の名前だ。

この男は、エレサクソン教の信者なのだろう。

「それに、『家族を優先しろ』っていうのなら、余計にバイツさんのところをやらないと」

「……？　どういう意味です？」

「そのままの意味ですよ」

バイツはさらに首を傾げてしまった。

もしかすると、メノンのことを実の娘だと勘違いしているのだろうか。

メノンとの関係はフィオをはじめとした一部の人間にしか話していないので、間違われても不思議じゃないが。

それから、男は「バイツの収穫物を貯蔵庫に運ぶ」というので手伝うことにした。野菜がぎっしり詰まっている樽は相当な重さがあるのだ。

人狼化して樽を中に運び終えて表に戻ると、男がフィオと話していた。

「……あっ、バイツさん」

バイツの姿に気づいて、フィオが笑顔を向けてくる。

「運搬まで手伝ってもらったみたいで、ありがとうございます」

「いえいえ。肉体労働は獣人の得意分野なので」

「報告書を読んだのですが、本当にお願いしていたよりも収穫量が多かったんですね」

「おかげさまで。ハリケーンが来たときはどうなるかと心配したんですが、ようやく安眠できますよ」

「ふふ。枕を高くして寝られそうですね」

それからバイツはフィオに収穫物の割り振りについての説明を受けた。

村に納めるのは規定量に他の農地の補塡《ほてん》分を足したもので、残りはバイツと取り分だという。

余剰作物は食べてもいいが、定期的に村にやってくる商人――カインズのことだ――に売って貨幣に替えるのが一般的らしい。

フィオにざっと計算してもらったところ良い値段になりそうだったので、次回カインズが来たときに買い取ってもらうことにした。

うん。これは嬉しい臨時収入だ。

「……あ、そうだ。カインズさんの名前で思い出したんですが、バイツさんに資材を優先的に回してもらえることになりましたよ」

「え？　資材？」

「ご自宅の修繕の件ですよ。カインズさんに資材を持ってきてもらうことになったんです。もっと早く資材を確保したかったのですが、見張り台や公共施設の修繕を優先して――」

「すみませんフィオさん。できれば特別扱いはやめてほしい」

「い、まし……て」

フィオの顔が次第に固まっていき、終《しま》いには真っ白になってしまった。

バイツは慌ててかぶりを振る。

「あ、いや、すみません。気遣いはありがたいのですが、村のために尽力したのは俺だけではありません。なのに俺だけ特別扱いするのは違うのかな、と」

「……やっかみを受けてしまうと？」

「そうです。獣人というだけで白い目で見られるので、できれば波風を立てたくないというか」

「なるほど……そういうことですか」

フィオはしばし考え、にこやかにポンと手を叩いた。

「それでは、実際に確かめてみましょうか」

「確かめる？　って、何をです？」

「皆がバイツさんのことをどう思っているかですよ。これから酒場にみなさんが集まるので聞いてみましょう。全員がバイツさんの自宅を優先して良いというなら、大丈夫でしょう？」

「いや、まぁ、皆さんがそうおっしゃるのならかまいませんが……というより、酒場で何かあるんですか？」

「あれ？　先日お話しませんでしたっけ？　エスピナ村の収穫祭ですよ」

「……あっ」

そういえば、ハリケーンが去った次の日くらいにフィオが言ってたっけ。

収穫祭は「実りに感謝するためのお祭り」で、現代ではハロウィンとして未《いま》だに残っている。

この世界の収穫祭も似たようなもので、収穫した作物を持ちよって葡萄酒やエールを飲みながら夜通し騒ぐのがお決まりだった。

そういう「酒の席」が苦手なのでスルーするつもりだったが、面と向かって誘われると断りづらいものがある。

「まぁ、今回は誕生祭も兼ねているんですが」

「……誕生祭？」

首を傾げるバイツを見て、フィオは深々と頷いた。

「私のところに知らせが来たんですよ。昨晩、ライオットさんのお子さんが産まれたみたいなんです」

獣人はこの世界では、忌み嫌われている存在だ。

バイツがこの世界に転生する以前から、世界最大の宗教エレサクソン教からは「呪われた種族」と迫害を受けているし、魔王が戦争をはじめてからはさらに風当たりが強くなっている。

+++

暴力を振るっていいのは亜人と異教徒だけというのが、エレサクソン教の教えなのだ。

故にバイツは村人たちの反応を見て面食らってしまった。

フィオと酒場に現れた瞬間、多くの村人がバイツの周囲に集まり、感謝と謝罪の言葉を連呼してきたのだ。

「バイツさん！　あんたのお陰でウチも規定量を納税できたよ！　本当にありがとう！」

「本当にすまなかったバイツさん！　これまでの無礼《ぶれい》を謝らせてほしい！」

「あんたがいなかったら俺たちは村から追い出されるところだった！　感謝してもしきれないよ！」

どうやらここに集まっている村人たちも、今日納税を終えたらしい。

彼らに「一緒に酒を飲もう」と誘われたが、バイツは「子供が産まれたライオットに挨拶に行く」と理由を付けて一旦避難することにした。

ほうほうの体《てい》でカウンター席に座っているフィオとメノンの隣に腰を降ろす。

倒れ込むように椅子に背を預けたら、ヤギミルクを飲んでいるメノンが嬉々《きき》とした目を向けてきた。

「バイツ、人気者だな。みんなもようやくバイツのもかもかの素晴らしさを理解したか」

「多分、違うと思う」

もふもふにときめくのはお前とフィオだけだ。

気疲れで朦朧《もうろう》となりながらアステルに注文を伝えていると、何だか楽しそうにニコニコとしているフィオが尋ねてきた。

「ふふ、どうでしたか？　皆バイツさんに感謝していたでしょう？」

「そ、そうですね。でも、正直、こういう空気はちょっと苦手です」

ぶつけてくるのが恨みつらみなら対応は慣れているが、好意的なものはどう反応していいのかわからなくなる。

「ふふ……バイツさんのそんな顔を見るのは初めてです」

フィオは小さく肩を震わせながら、得意げに続ける。

「さてバイツさん。この状況でバイツさんの自宅を優先的に建て直すことになったとして、不服を唱える方がいるでしょうか？」

「……いないでしょうね」

「はい！　では、バイツさん宅の改修工事は、明日からはじめるということで進めておきますね！」

「う、む……わかりました。ありがとうございます」

ここまできたら、もう断るほうが悪い気がする。

だが、正直なところ、酒場暮らしから解放されるのはありがたい。

夕食を食べてそのまま上の部屋で寝られるのは楽なのだが、下が少々うるさいのでメノンがなかなか寝付けられなくなっているのだ。

そのせいで夜遅くまで相手をするハメになり、寝不足が続いている。

ちなみに夜ふかし気味のメノンは、バイツが畑仕事をしているときに狼の背中の上で寝ている。ちょっとずるい。

「ややや っ！　そこにいらっしゃるのは俺たちの恩人、バイツとメノンちゃんじゃないですか！」

と、聞き覚えのある声がした。

そちらを見ると、赤子を抱えているライオットの姿があった。

「……おお、その子が産まれたっていう？」

「そうですとも！　見てくださいよふたりとも！　俺の娘ですよ！」

「可愛いですね。ライオットさんに似なくて良かったじゃないですか」

「そうでしょう？　ふふふ、嫁さんに似て将来は美人になりますよこの娘は！」

「……あ〜」

半分冗談で言ったのだが、褒《ほ》め言葉と受け取られたらしい。

これは正真正銘、親バカだ。

そんな親バカライオットが続ける。

「バイツさん。この娘の『クレスタ』になってくれませんか？」

「クレスタ？」

「名付け親のことですよ」

そう教えてくれたのは、フィオだ。

「エスピナ村では神の使徒聖女クレスタ様の伝説にあやかって、名付け親のことをクレスタと呼んでいるんです」

「へぇ、そうなんですね」

エレサクソン教が信仰する神、生神女ルシアナの娘とされる聖女クレスタは、世界が厄災の炎に包まれたときに顕《けん》現《げん》し、世界を救うと言われている。

悩める人々の前に現れ、奇跡をもって道を示す聖女クレスタ。

確かに悩める両親の前に現れ、名前という道を示してくれる存在はクレスタと呼んで差《さ》し支《つか》えない。

教会の司祭から怒られそうではあるが。

「しかし、そういう大事な役はフィオさんにやってもらったほうが良くないですか？　獣人が名付け親だって知ったら、その娘も悲しむと思いますけど」

「何を言ってるんですか！　バイツさんは獣人ですけど、俺たちの大切な家族じゃないですか！　悲しむなんて有りえません！」

「か、家族？　俺が、ですか？」

「そうですよ！　エスピナ村に住んでいるんですから、バイツさんも俺たちの家族です！　それに、バイツさんはこの娘の命の恩人だ。だからクレスタになってほしいんです。頼みますよ、バイツさん！」

バイツはどう反応すれば良いかわからなくなってしまった。

この世界に転生してきたバイツにも「家族」と呼べる人たちはいた。

ここまで生きてこられたのは、育ててくれた両親のお陰だ。

――だが、今、彼らがどこにいるのかバイツは知らない。

バイツが住んでいた里が「人狼討伐隊」なる傭兵団に襲われたとき、行方不明になってしまったからだ。

それからバイツは、失ってしまった「平穏」を求めてひとりで生きてきた。

世界を放浪し、人あらざる者たちの国家公務員たる魔王軍に入って――他人との深いかかわりを避けて生きていた。

周囲から恐れられ、仲間からもウルブヘジンと畏怖《いふ》され、極めつけは魔王親衛軍団長からやっかみを受けて追放された。

仲間や同族からも呼ばれたことがないのに、まさか自分を忌み嫌っているはずの人間から「家族」と呼ばれる日がくるなんて。

そのとき、バイツの顔を見てライオットの娘が笑った。

純粋無垢。そんな言葉がぴったりの、可愛らしい笑顔だった。

「リルフ」

バイツがぽつりとその名前を口にした。

「人狼の里に古くからある説話に出てくる妖精の名前です。嵐の前に現れて注意を促してくれる獣人たちの守り神。その娘にピッタリの名前だと思うのですが、どうでしょう？」

そう尋ねると、ライオットはしばらくポカンとして、嬉しそうにきゅっと口の端を吊り上げた。

「……リルフ、リルフか。凄くいい名前じゃないですか！」

そして、ファルコからジョッキを受け取り、天高く掲げた。

「皆、聞いてくれ！　俺の娘の名前はリルフ！　ライオットの娘の名前はリルフだ！　俺の娘リルフの将来と、名付け親になってくれたバイツに乾杯！」

「おおっ！」

酒場にいる全員がジョッキを掲げる。

「俺たちの新しい家族、リルフとバイツに！」

祝いの言葉に、場の空気がさらに熱を持った。

そこら中で人々が騒ぎ出し、さながらお祭りのようだ。

「……というわけで」

あっけにとられていたバイツに、ライオットが声をかける。

「これからもウチのリルフをよろしく頼みますね。バイツさん、メノンちゃん」

「……わかりました」

「まかせろ！　どろぶねに乗った気分でいていいからな！」

周囲の熱気にあてられてか、メノンが頬を紅潮させながら、ヤギミルクを掲げた。

うん。それを言うなら「大船」な。

バイツがそう心の中で突っ込んでいると、楽しそうに笑っているフィオと目があった。

「な、なんですか？」

「嬉しいんです。ようやくバイツさんと皆が打ち解けてくれたみたいで」

確かに、とバイツも思った。

魔王軍を追い返したときよりも、ずっと皆との距離が近くなった気がする。

「よしっ！　今日はとことん飲みましょう！　村に家族が増えたおめでたい日ですからね！　酔いつぶれるまで付き合ってもらいますよ、バイツさん！　メノンちゃん！」

「いや、ちょっと待ってください。酔いつぶれるまでって、大丈夫なんですか？」

「あ〜……その目は私を見くびってますね？　確かに私は剣の腕は未熟ですけれど、お酒の強さは父譲りなんです。私より、ご自身の心配をしたほうがいいですよ？」

フィオの父親、アルフレッド。

実際には会ったこともないが、伝説の冒険者が酒に弱いわけがない。その血を引いているのだから、フィオも相当強いのかもしれない。

「安心しろ、バイツ！」

メノンが背中をバシッと叩いてきた。

「バイツが酔いつぶれても、メノンが部屋まで責任持って運んでやる！」

「運ぶって、お前が？」

逆ならわかるが、どうやって運ぶつもりなんだ？

「ふふ。メノンちゃんもそう言っていますけれど、どうですか？」

「……」

バイツはしばし考え、不敵な笑みを浮かべた。

「いいでしょう。そこまで言われて逃げるのは何だか負けた気がしますからね」

「おっ、流石は元魔王軍幹部！」

「ええ。元魔王軍幹部として負けは許されません。勝負です、フィオさん」

そうしてアステルからジョッキを受け取ったバイツは、勝負開始の合図だと言わんばかりに乾杯をするのだった。

第三章　最凶の獣人、最恐の女獣人に言い寄られる

収穫期を終え、エスピナ村も春に向けての準備期間に入った。

バイツの農地は他と違って輪作をしないので、やることが山積みだ。

家畜を放牧して排泄物《はいせつぶつ》を肥料にすることができないので、いつものように肥料を撒いて土壌作りをする必要がある。

撒くのは前回同様に馬糞と油かす、それと草木灰を適切な割合で混ぜて作ったお手製の「配合肥料」だ。

現代であればトラクターで一気に耕すことができるのだが、この世界にそんな便利なものはないので全て手作業になる。

前回は時間がなくて人狼化して一気にやったが、今回は時間がたっぷりあるので、バイツはのんびり耕していくつもりだった。

ようやくスローライフっぽくなってきた感じだ。

精神的な余裕が出てきているのは時間的な要因が大きいが、資金的な部分も大きい。

余剰作物の売却で、固まった金が入ってきたのだ。

正直なところ、バイツには金が必要だった。

ハリケーンで吹っ飛んだ自宅は無料で建て直してもらえることになったが、家財は自腹で買うしかない。

日用品や家具、調理器具。

それに、着替えや農作業用品などなど。

買い直さなければいけないものは、意外と多い。

「……正に渡りに船だったな」

バイツが畑に鍬を入れている手を止め、建築中の新居を眺めながら安堵するように言った。

もし、あの余剰作物の売却金がなかったらどうなっていたことやら。

考えただけで体毛が全部なくなりそうだ。

「……ん？」

などと戦々恐々《せんせんきょうきょう》していると、目の前に変な生き物がやってきた。

地面に寝っ転がり、芋虫のようにうねうねと体をくねらせているメノンだ。

「バイツ、芋虫が来たよ」

「……」

バイツはしばし唖然とした顔でメノンを見る。

芋虫っぽいなと思っていいけど、本当に芋虫らしい。

「……何してんだお前？」

「芋虫が来たの」

いもいもいも。

どういうことなのか全くわからない。

というか、服が泥まみれになっているが、一体誰がその服を洗うと思っているのだろうか。

「駆除してほしいのか？」

「だめ」

メノンは寝転がったまま、呆れたような顔をする。

「バイツ、知らないの？　芋虫はチョウチョの子供なんだよ？　いっぱいご飯食べないと、きれいなチョウチョになれないでしょ？」

「お前、さっき食べただろ」

三十分くらい前に取った昼休憩のときに。

酒場のファルコに頼んで豚肉を挟んだサンドイッチを三つほど作ってもらったが、そのうちの二個半をぺろっとひとりで食べたじゃないか。

「パンにケーキに果実ジュース……お腹空いたから、バイツが食べさせて？」

「パン？　そんなものどこにも見えないが？」

「ここにあるよ。メノンが作った」

メノンが地面に土の塊《かたまり》を並べる。

なるほど。どうやらそういう設定の遊びらしい。

最近は酒場の給仕アステルの真似をして、料理を運んできたりするのがマイブームみたいだったが、その派生のママゴトなのだろう。

無視して農作業を続けたいが、メノンはこっちが折れるまで粘ってくる。

時間を無駄にしないためにも、素直に付き合ってやるほうが吉か。

バイツは深くため息をついてから鍬を置くと、メノンの傍に腰を降ろす。

そして、パンと思わしき土の塊をメノンの口に運んだ。

「ほら、美味しいパンとケーキだぞ」

「もぐもぐ、あ～、おいし～」

メノンは食べる真似をして、満足気に笑う。

そんな彼女を真顔で見ながらバイツは「一体何をしているんだろう」と、妙に冷静になってしまった。

「じゃ～ん！」

促されるまま口元に土の塊を運んでいると、突然メノンが両手を広げて立ち上がった。

「見て！　芋虫が綺麗なチョウチョになりました！」

「……お～、すごいな」

冷めた目で見つめるバイツをよそに、メノンはぱたぱたと両手を羽ばたかせながら楽しそうに走りはじめる。

そして、バイツのまわりを何周か走り回ったあと、膝の上にストンと座った。

「というわけでメノン、お部屋ほしい」

「会話の脈絡まで一緒に食っちまったのか、お前」

何が「というわけ」なのか簡潔に説明してほしい。

「だって新しい家、建ててるでしょ？　だからメノン、自分のお部屋がほしいんだ」

メノンは小さい指を折りながら続ける。

「ふかふかのベッドに、おおきなぬいぐるみ……あとは、蜂蜜菓子！」

「ぬいぐるみ以降は新しい家と関係ない」

そもそも、ぬいぐるみなんてどこで買えるのかすら知らないし。

ファルコに頼めば取り寄せてくれるのかもしれないが、だいぶ値が張りそうだ。

「というか、本気で自分の部屋がほしいのか？」

「うん、ほしい。だってメノン、もう六歳でお姉ちゃんだもん。お姉ちゃんになったら自分の部屋を持てるってフィオ言ってた」

「なるほど」

畜生《ちくしょう》。フィオのやつ、余計な入れ知恵を。

「しかし、自分の部屋ができたら夜は俺と別々に寝ることになるが大丈夫なのか？」

「……え？」

「部屋が別々になるということは、ベッドも別々になるということだろ？　俺の尻尾無しで大丈夫なのか？」

「……あっ」

メノンがギョッと身を竦めた。

どうやらそこまで考えが至っていなかったらしい。

「あ、う……えっと、じゃあ特別にバイツも一緒に寝ていいよ？　許可する」

「いや、部屋を分ける意味ないだろそれ」

「よ、夜だけ！　夜だけバイツが来るの！」

「嫌だ面倒くさい。ひとりで寝られないなら部屋は無しだ」

「ええっ⁉」

「それに、メノンの部屋を用意するにはメノン用の家具を買わなきゃいけないだろ？　そんな余裕はウチには無い」

「バイツ、この前野菜たくさんできたから、お金たくさんあるって言ってた」

「……っ」

今度はバイツがギョッとする番だった。

こいつ、興味ない話は自分に関係があることでもすぐ忘れるのに、そういうところだけは耳ざとく覚えているのな。

「バイツ、メノンに嘘ついたの？」

「い、いや、嘘ってわけじゃないが」

「メノン、バイツに嘘つかれて、悲しい……」

メノンが膝の上でシュンと項垂《うなだ》れた。

ずるい。こいつは本当にずるすぎる。

「わかったよ。メノンの部屋は用意する」

「ホント⁉　やたっ！　バイツ大好き！」

メノンがぎゅっとハグしてきた。

我ながら嫌になるが、つい頬が緩んでしまう。

しかし、こいつと知り合って数ヶ月になるが、だんだん小狡《こす》くなってきた気がするな。

いや、小狡いというより、小悪魔に近い感じか。

将来が心配すぎるんだが。

「だが、部屋が欲しかったらちゃんと畑の手伝いもしろよ？　サボってるやつに部屋なんか用意できないからな？」

「あい！　メノン、しっかりバイツのお手伝いする！」

実に清々しい良い返事だったが、つい、胡乱な目を向けてしまった。

これまで何回同じ返事を聞いて、何回裏切られたことやら。

まぁ、毎回その言葉を信じてしまう自分も自分なのだが。

今回はきっとやってくれるはず。

そう自分に言い聞かせ、バイツはメノンに肥料撒きを頼んで、耕起《こうき》作業に戻る。

そして数分後――。

バイツの目に映ったのは、放置された肥料と、畑のど真ん中で使い魔の狼と気持ちよさそうに寝ているメノンの姿。

うん。そうなるよね。

信じたのが馬鹿だったよ。

＋＋＋

日が傾き始めた午後。

バイツは農作業を切り上げ、ひとりでフィオの畑に来ていた。

いつも一緒にいるメノンは酒場の二階の部屋でお昼寝中。

一応、使い魔をお守りにつけているが、護衛というより安眠用のもふもふ要員だ。

「……え？　子供用のベッドですか？」

大量の種が入った小さなカゴを片手に、フィオが首を傾げる。

カゴに入っているのはパンの原料になるライ麦の種だ。

フィオの畑はバイツの畑と違って三圃式の輪作を行っているため、秋耕地用の敷地にライ麦を植えている。

「実はメノンが自分の部屋を欲しがっていまして」

「お部屋⁉　わぁ、素敵ですね！」

キラキラと目を輝かせるフィオ。

「いい考えだと思います。メノンちゃん、もう六歳ですからね」

「そうですね。まぁ、誰かさんが『六歳はお姉ちゃんだ』と言ったせいでもあるんですが」

「……ん？」

フィオは不思議そうに首を捻る。

バイツは「なんでもない」と、小さくかぶりを振って続ける。

「それよりも、子供用の家具って、どこで買えば良いんですかね？」

「大抵の家具は木工所に行けば作ってもらえますが、子供用となるとオーダーメイドになるので大きな町に行ったほうがいいかもしれませんね」

「大きな町ですか」

「この近くだとロンフォールですかね」

エスピナ村から馬車で一日くらいの距離にある大きな町だったか。

ロンフォールは商売が盛《さか》んな町で、エスピナ村で買い取った余剰作物はロンフォールに卸しているとカインズが言ってたっけ。

「畑は休耕期ですし、足を延ばしてみたらどうです？」

「ううむ、そうですね……」

そう返したバイツの表情は、晴れやかとは言いづらかった。

フィオの畑はライ麦を植えているが、大抵の畑は家畜を放つ「休耕期」に入っていて、農作業はそれほどない。

だが、輪作をしていないバイツの畑は大事な土壌作りの作業があるので、畑を放置して町に行くのは難しいのだ。

今度カインズが村に来たときに、家具の買い付けを頼むのが得策か。

などと考えながら、バイツは近くに置かれていたライ麦の種が入ったカゴを手に取った。

「……え？」

それを見たフィオが目を丸くする。

「あ、あの、何を？」

「え？　……ああ、手伝いますよ。見たところ播種が遅れていそうですし」

ぱっと見、種蒔きは半分くらいしか終わってない。

切羽詰まっている感じはしないので予定通りなのかもしれないが、早めに終わって悪いことはないだろう。

「い、いいんですか？　この後、何かご予定があるのでは？」

「特に予定はありませんし、ウチの畑の土壌作りも予定通り進んでいるので問題はありませんよ」

「そ、そうなんですね」

フィオはしばし考え、恥ずかしそうに肩を竦めた。

「……えへへ、ありがとうございます。実は少し予定が遅れていまして……またソウザに怒られちゃうところでした」

「また？　予定通りに進まないことが多いんですか？」

「そ、そういうわけじゃありませんよ！　えと……こ、今回はたまたま！　たまたまです！」

「そうですか」

と、口では納得しつつも懐疑心《さいぎしん》に苛まれてしまった。

きっといつも遅れているんだろうな。前に手伝ったときもひとりで作業をしていたし、全力で協力してやったほうがいいかもしれない。

というわけでバイツは使い魔を数匹呼んで、フィオの種蒔きをガッツリ手伝うことにした。

「……そういえばバイツさんって、魔王軍にいたときはどうやってお金を稼いでいたんです？」

種蒔きが終わりに近づいてきたとき、フィオがそんなことを尋ねてきた。

バイツは手を止め、不思議そうに彼女を見る。

「お金？」

「ええと、毎日の食事とか日用品とか……どうやって買っていたのかなと」

「特段変わったことはないですよ。普通に軍から俸給を貰っていましたので」

「えっ？」

フィオがパチパチと目を瞬かせる。

「何かおかしいですか？」

「あっ、いえ……なんていうか、普通なんだなって」

そう言われればそうかもしれない、とバイツは思った。

魔王軍は魔獣や亜人で構成された軍だが、意外にも人間の傭兵団以上の手厚い人事施策があった。

労働対価はもちろん、住む場所がない亜人にはしっかりとした宿舎が用意されていたし、魔獣のケアもしっかりとされていた。

その全てが魔王の考えによるものだと聞いていたが、今思えば上司のやっかみさえなければ真っ当なホワイト環境だったのかもしれない。

「魔獣の場合は食事が出るだけなんですが、俺たちみたいな亜人には金品が報酬として与えられていたんです」

「へぇ、そうなんですね」

「まぁ、財源は人間からの略奪品なんですけど」

「……あ～、そういう」

魔王軍は軍隊であって国家ではない。

故に軍の収入は人間からの略奪に頼るしかない。

最近は占領した地域に住む人間から税を徴収しはじめたらしいので、情勢は変わっているかもしれないが。

「意外とちゃんとしているんですね」

「ですね。魔王軍は『亜人の国家公務員』みたいなものだと考えていただければ」

「……？　コッカコー？」

「あ、いや、なんでもありません」

国家公務員という言葉がわかるわけがないか。

フィオが続けて尋ねてくる。

「魔王軍を辞められたのは、メノンちゃんのため……でしたっけ？」

「そうですね。軍を追放されるかメノンを処分するかの選択を迫られたので、辞めることにしました」

とはいえ、メノンを保護する前から軍は辞めたいと思っていたので、その件はただのきっかけに過ぎないのだが。

「……ん？」

フィオがじっとこちらを見ているのに気づく。

「どうしました？」

「バイツさんって、本当に獣人さんっぽくないですよね」

「え？　そうですか？」

「だって、そういうとき、大抵の獣人さんはメノンちゃんじゃなくて魔王軍を選ぶんじゃないですかね？」

「かもしれませんね」

多分ではなく、十中八九、魔王軍を選ぶだろう。

たとえ相手が子供だと言っても、自分たちを嫌っている種族に好意を持つ者などいるわけがないのだ。

メノンを選択したのは、自分が「元人間」だからだろう。

転生前から迷子《まいご》の子供を見つけたら、つい手を差し伸べていた。

迷子の子供の親を探すことに夢中になりすぎて予定をすっぽかしたりしていたし、今の状況も似たようなものだろう。

フィオが興味津々と言いたげな表情で続けて尋ねてくる。

「バイツさんの上司ってどんな方だったんです？」

「上司？　俺が所属していた第三軍団の軍団長のことですか？」

「はい。耳にした噂では、冷酷無比な戦闘狂だと」

「概《おおむ》ね間違いではないですね。できればもう関わりたくない部類の獣人です」

「そ、そうなんですね」

フィオは普段は優しいバイツの口から「関わりたくない」という言葉が出てきたことに驚いている様子だった。

しかし、バイツのその言葉に嘘偽りはなかった。

出世に全く興味がなかったバイツが、魔王軍第三軍団の副軍団長を務めていたのは、軍団長が「脳筋獣人」だったからだ。

考えるより先に行動してしまい、絶体絶命のピンチに陥ったら力技で状況をはねのける。

そのせいで部下を引き連れて戦場を走り回るハメになったのは、一度や二度だけじゃ済まない。

バイツが補佐をしていなければ、第三軍はとっくの昔に空中分解していただろう。誇張表現ではなく、確実に。

しかし、とバイツは晴れ渡った空を見上げて思う。

挨拶すらろくにできずに魔王領を離れてしまったが、あいつはしっかりやっているのだろうか。

兵士たちがあいつの気まぐれに振り回されていないか、少々不安だ。

——まぁ、軍を離れた自分には、過ぎた心配だが。

「そういえば、メノンちゃんのペンダントの件なんですが」

フィオが再び切り出してきた。

「何かわかったんですか？」

「あ、いえ、まだ何もわかってはいないのですが、教会の司祭様に尋ねてみたところ、見覚えがあるらしいので調べてもらっているんです」

「教会」

エレサクソン教の教会のことだ。

エスピナ村にも小さな教会があって、週末になると村人たちがそこで生神女ルシアナと聖女クレスタに祈りを捧げている。

だが、バイツは未だに村の教会に足を踏み入れたことはない。

以前、一度だけ酒場で司祭と顔を合わせたことがあった。

彼は口では移住を歓迎している様子だったが、言葉の節々に快く思っていない本心がにじみ出ていた。

それもそうだろう。獣人はエレサクソン教で「呪われた種族」と呼ばれていて、排除すべき血族と忌み嫌われているのだ。

その教会の教えを説《と》く司祭が、獣人と仲良くしたいわけがない。

故に余計なトラブルを避けるために、教会には近づかないようにしているのだ。

「司祭さんに見覚えがあるということは、教会に関係しているものなんですかね？」

「かもしれませんね。もしかするとメノンちゃんは教会の総本山があるキンダーハイム大公国出身なのかもしれません」

キンダーハイム。魔王領ガイゼンブルグの北に位置する大国で、エレサクソン教を国教とする宗教国家でもある。

メノンを保護したのはキンダーハイムにある町ロイエンシュタットだったことを考えると、何かしら繋がりがあっても不思議ではない。

何にしても、司祭は教会の総本山があるキンダーハイムと書面を通じて連絡を取りあっているのだろう。

キンダーハイムはパシフィカから相当離れているし、返答を待つだけで相当時間がかかる。

短くて数ヶ月。

そこから親族を探して——長ければ数年はかかるかもしれない。

ということは、しばらくこの生活が続くことになる。

「……まぁ、それも悪くないか」

「え？　何がですか？」

「……あ」

バイツはつい妙なことを口走ってしまったことに気づく。

「いや、なんでもありません。それよりも早く播種を終わらせましょう。昼寝をしているメノンが起きてしまいます」

「そ、そうですね！　起きたときにバイツさんがいないと泣いちゃいますね」

「いや、俺の尻尾がないことに怒ると思います」

そうなれば、今晩はメノン怒りのもふもふ耐久勝負がはじまることになる。

それだけは絶対に阻止しなくてはならない。

——今夜の安眠のために。

＋＋＋

旅人がエスピナ村を訪れた際にまず向かうのが酒場だ。

と言っても、渇いた喉を潤すために浴びるくらい酒を呑む……というわけではなく、宿を調達するためだ。

バイツも知らなかったのだが、エスピナ村の酒場は客を泊める宿としての役割も持っていて、最短一晩から部屋を借りることができる。

料金は一日借りて、銅貨八枚。

銅貨一枚で一食分の価値があるので、お世辞にも安いとはいいづらい。

ひと月も生活しようものなら、あっという間に破産してしまうことになる。

なので、自宅の建て直しまで宿場生活をしているバイツも破産の危機——ということはなく、宿泊費用は村から出されているので一銭も払っていない。

そんなふうに宿に泊まるのは安くない費用がかかるが、相応のメリットはある。

まず、掃除の必要がない。

給仕のアステルが部屋の掃除とベッドメイクをやってくれている。

「あら、おかえりなさい」

まだ空気が新鮮さを保っている、早朝の部屋。

バイツが畑から戻ると、いつものようにアステルがシーツの交換をしていた。

「もう少し遅くなると思って先にシーツ交換しとこうと思ったんだけど、タイミング悪かったかな？」

「あの、部屋の掃除は俺がやってもいいですからね？」

「……え？」

アステルは手を止めてしばしポカンとする。

「ごめん、どゆこと？」

「毎日ベッドが毛まみれになっているので、流石に心苦しいというか」

「毛？　ああ、これか」

アステルがベッドから剝がしたシーツをまじまじと見る。

ベッドが毛まみれになっているのは、毎晩メノンが尻尾を求めてくるせいだ。

シーツを洗えば済むのかもしれないが、相当面倒なはず。

「だから自分で毛の処理をするってこと？」

「そういうことです」

「や、処理するのは自分の無駄毛だけでいいんじゃない？」

「え？　無駄毛？」

「だってあんた毛むくじゃらの獣人だし。いざお目当ての女性とベッドインしたのにアソコが毛だらけじゃあ、百年の恋も冷めちゃうわよ？」

「……おい」

「あはは、冗談よ」

真面目顔で突っ込むバイツを見て、アステルがケラケラと笑う。

朝からハードな冗談はやめてほしい。

メノンもいるわけだし、「バイツのアソコ、毛だらけ！」みたいに連呼しはじめたらどう責任を取るんだ。

「まぁ、そんな冗談はさておき、あたしから仕事を奪いたいってわけじゃないんなら、そんなことをやる必要はないよ。フィオ様からちゃんと宿泊代は貰ってるし、あたしは報酬分働いてるだけ」

それに――そう付け加えて、アステルは窓の傍に置いてあるロッキングチェアを見る。

「毎朝メノンちゃんの可愛い寝顔も見られるしね」

アステルの視線の先には、椅子に揺られながらプープー寝息を立てているメノンの姿があった。

いつもは朝食前に畑に行って軽く農作業をするようにしているのだが、メノンは「お留守番しとく」と、いつもこの椅子で二度寝をしているのだ。

「それで？　朝食は何にする？」

シーツをカゴに押し込みながらアステルが尋ねてきた。

「昨日の余り物で頼みます」

「あいよ。じゃあ、豚肉を挟んだパンを二人分に葡萄酒……メノンちゃんにはヤギミルクを持ってくるわね」

「ありがとうございます」

バイツは深々と頭を下げた。

これが宿に泊まる二つめのメリット。

メニューにはあまり自由はないが、毎日の食事が用意されるのだ。

この世界では食事は「昼と晩の一日二回」と教会によって決められているが、二食では肉体労働ができないので三、四食程度取るのが一般的だ。

育ち盛りのメノンは五食くらい取ることもある。

なので、畑に出る前にファルコに弁当を作ってもらうのだが、そういう部分でも酒場暮らしはメリットがある。

唯一の不満は、キッチンがないのでコーヒーを飲めないことくらいか。

朝、静かにコーヒーを飲めていたあの時間が恋しい。

などとバイツが考えていると、ドアが叩かれた。

どうやらアステルが食事を持ってきてくれたらしい。

「食べ終わったら下に持ってきてね」

「助かります」

食器を洗う必要がないのも良い。

掃除にベッドメイク、洗い物。さらには食事も用意される。

自分でやることと言えば、洗濯くらいだ。

よくよく考えると、家で暮らすよりもずっと良いのかもしれない。

まぁ、毎日銅貨八枚を出す余裕はないので、こんな生活を続けるのは到底無理なのだが。

「……んがっ」

豚の鳴き声がした。

メノンだった。

どうやら目を覚ましたらしい。

「お腹すいたバイツおはよう」

「腹減ったアピールと朝の挨拶は別々にやれ」

無理ならせめて挨拶を先にしろ。

「ほら、さっさと食べて畑に行くぞ。今度はメノンも一緒にだ」

「うあい」

メノンはしゃがれた声で返事をすると、ヤギミルクを飲んでから、大きい口を開けて豚肉のサンドイッチにがぶりと食らいついた。

そして浮かべるのは、なんとも満足そうな笑顔。

つい、つられてこっちも笑ってしまう。

「そういえば例の紋章だが、正体がわかりそうだ」

「……？　紋章？　これのこと？」

メノンがシャツの下からペンダントを覗かせる。

「ああ。なんでも教会の司祭さんが見たことがあるんだと」

「教会って、神さまにお祈りするところ？」

「そうだ。もしかするとお前の故郷は教会が関係しているのかもしれん」

「……ふうん」

メノンから返ってきたのは、なんだか興味なさそうな返事。

「何だその返事は。お前の故郷が分かるかもしれないんだから、ちょっとは喜べよ」

「……」

しかし、メノンは浮かない顔のままだった。

それを見て、不思議に思う。

なんだろう。気がかりなことでもあるのだろうか。

「親戚が見つかったら、会いに行きたいよな？」

「……うん」

「だよな？　だったらもっと嬉しそうに――」

「でも、バイツと一緒じゃなきゃいやだ」

「……え？　俺と？」

「だってバイツと一緒じゃないと、メノン帰り道わからないもん」

「帰り道ってお前、故郷と親戚が見つかったら、帰って来る必要ないだろ」

「やだ！　メノン帰る！　バイツと一緒がいいもん！」

メノンがキッとバイツを睨みつける。

らしくなく、その目は真剣そのものだった。

そういえば、この話は宙ぶらりんになったままだったか。

メノンの将来を考えると、間違いなく故郷に戻ったほうがいい。

だが、幼いメノンはそのことを理解できないようだ。

「……良いかメノン。俺とお前は一緒にはいられないんだ。親子でも親戚でもないんだから」

「じゃあバイツがメノンのパパになってよ」

「は？」

「家族になったら一緒にいられるんでしょ？」

「いや、俺が言ってるのはそういうことじゃなくてだな」

「じゃあ、どういうことなの？」

「種族とか血の繋がりの話だ。人種も違うし、血も繋がっていない俺たちは家族にはなれない」

「でも村の人たち、バイツやメノンのこと『家族』って呼んでたよ？」

「あれは……言葉の綾《あや》みたいなものだ」

「ことばのあや？」

「比喩表現というか、まぁ、簡単に言えば実際の家族って意味じゃない」

「嘘ついてるってこと？」

「嘘じゃないが、本当の家族みたいに親しく接しましょうってことだ」

「……よくわからない」

ぷぅと膨れるメノン。

まぁ、難しいよな。

「とにかく、俺とお前はずっとは一緒にいられないんだ。わかってくれ」

「……バイツと一緒がいいもん」

今にも泣き出しそうな声。

バイツはなんと返せばいいのかわからなくなった。

正直なところ、バイツもメノンと一緒にいたいとは思う。

大変なことも多いし、彼女の立ち振舞いに苛立つこともあるが、それを加味しても、ありあまるほどの楽しさがある。

だが——今後のことを考えると、どうしても人種の壁が脳裏に過《よ》ぎってしまう。

エスピナ村が安寧《あんねい》の地になればとバイツも思う。

だが、人狼の里を焼かれて仲間や両親を失い、追い立てられるように世界を転々としてきたことを考えると楽観視はできない。

あまつさえ、同族が集まる魔王軍すら追放されたのだ。

だからこそ、メノンには親族の元に戻ったほうがいい。

何よりも、メノンのために。

静寂がバイツとメノンの間に流れる。

遠くから教会の鐘が聞こえた。

現代で言えば九時頃を知らせる「三時課の鐘」だ。

「……とりあえず、今、この話はやめておこう」

ぽつりとバイツが切り出した。

「どうして？」

「飯《めし》がまずくなる」

アステルが持ってきてくれた豚肉を挟んだパンを手に取るが、なんだか食欲がなかった。

バイツはそっとパンをメノンに差し出す。

「俺のパン食べるか?」

「え?」

「なんだかもう腹一杯なんだ」

「バイツ……」

一瞬、バイツのことを心配するような不安げな顔をするメノン。

だが、パッと花が咲くように、満面の笑顔になった。

「えへへ……メノン、このパン大好きなんだ～」

「そうか。良かったな」

そういうところは、やっぱりメノンだなぁ。

顔中を豚の肉汁だらけにしながら、むしゃらむしゃらと美味しそうにパンを頬張るメノンを見ながら、つくづくそう思う。

そんなメノンの口を甲斐甲斐しく拭いてやっていると、部屋のドアが叩かれた。

またアステルが来たのだろうか。

そういえば、替えのシーツは持ってきてないからな。

などと考えながらドアを開けるバイツ。

「……」

そこに立っていた人物を見て、ギョッと固まってしまった。

女性は女性だったが、アステルではない別の女性だった。

褐色《かっしょく》の肌に、ウエーブがかった長い白髪。

身軽さを重視しているのか、黒い胸当て以外はこれといって身を守るものを着けておらず、ボディラインがくっきりとわかるドレスのようなものを着ている。

バイツが言葉を失ってしまったのは、彼女があまりにも妖艶《ようえん》な姿をしていたからというわけではない。

バイツは彼女のことを知っていた。

そして、決してここに現れてはいけない人物だということも。

「お、お前……」

「ワハハ、いい顔するのう、バイツ？」

その女性が軽快に笑う。

「なんじゃ？　びっくりしすぎて声も出ないってカンジか？　フフ、ヌシのそんな顔が見られるとは、アリシア侵攻作戦すっぽかしてわざわざ足を延ばした甲斐があったというものじゃのう？」

「ヤ、ヤスミン⁉　なんでお前がここにいる⁉」

らしくなく素っ頓狂な声を上げるバイツ。

部屋に現れたのは、ヤスミン。

彼女はバイツのかつての上司であり——魔王軍第三軍団「戮力なる獣王《フロッカー・ビースト》」の軍団長を

務める「最恐」の女獣人だった。

＋＋＋

魔王軍は五つの軍団と魔王を警護する親衛隊から組織されていて、各軍団は魔王より選別されたユニーククラスの軍団長が統括している。

血に飢えた魔獣や亜人の統括を任せられている軍団長は、相応の力を持つ武人たちばかりだ。

ひとりで百人の兵に匹敵《ひってき》する力を持つとも言われていて、魔王軍が破竹《はちく》の勢いで領土を広げているのも、その軍団長によるところが大きい。

そんな軍団長のひとりであるヤスミンが、こんな辺境の村に現れたことにバイツは驚きを隠せなかった。

どうしてこんな所に？

まさか、魔王軍の任務で？

そもそも、どうしてここに自分がいることを知っているんだ？

さまざまな疑問が、バイツの脳裏を過ぎっていく。

「……とりあえず、中に入れ」

バイツの口から出たのはそんな言葉だった。

疑問は募《つの》るが、こんなところで立ち話をしていたら誰かに見られてしまう。

ヤスミンの顔を知っている者はこの村にはいないだろう。

なので、彼女を見たところで魔王軍の幹部が現れた——なんて騒ぎは起きないだろうが、犠牲者が出るかもしれない。

なにせヤスミンは、気まぐれで人を殺してしまう血の気が多い戦闘狂なのだ。

「うむ。言われんでも入るわい」

あっけらかんとした声で、ヤスミンが部屋の中に入ってくる。

バイツは廊下に誰もいないことを確認して、静かにドアを閉めた。

「……っ！」

と、声にならない悲鳴を上げて、メノンがサンドイッチを片手に走ってきた。

シュッとバイツの後ろに隠れて、ヤスミンを睨みつける。

突然の見知らぬ来訪者に困惑している様子だ。

いつも天真爛漫《てんしんらんまん》なメノンだが、こういう所は年相応だなと思う。

「ほう、なかなかいい部屋ではないか。ちょっと人間臭いのが文字通り鼻につくがのう」

ヤスミンはクンクンと鼻を動かした後、窓際のロッキングチェアに優雅に腰掛けた。

ドレスの横に入ったスリットから、艶めかしい脚線が顔を覗かせる。

相変わらずのフェロモン全開っぷり。

メノンにはちょっと刺激が強すぎるかもしれないな――と思ったが、彼女はヤスミンを睨みつけたままだった。

まだそういうところには無頓着《むとんちゃく》らしい。

「で？　その娘は誰なのじゃ？」

ヤスミンはバイツが飲んでいた葡萄酒を手に取り、小指でメノンを指す。

「ロイエンシュタットで保護した娘だ。名前はメノン」

「ロイエンシュタット？　ああ、前にワシらがぶっ潰したキンダーハイムの町か」

「そうだ。あのときに保護した」

「そんな報告、受けておらんぞ」

「別に報告する必要もないだろう。野良猫を拾ったようなものだからな」

「まぁ、そうじゃな。しかし、なかなかに可愛い野良猫ではないか」

ヤスミンはにこやかにメノンに手を振る。

「はじめまして、じゃな？　ワシはバイツの将来の妻で、永遠の愛を誓った婚約者のヤスミンじゃ」

「おいやめろ」

そういう誤解を生む発言は慎《つつし》め。

できれば二度とヤスミンに関わりたくないと思っていた一番の理由がこれだ。

もちろん、ヤスミンとはそういう関係ではないし、なるつもりもない。

なのにこいつは事あるごとに「番《つがい》になろう」だの、「一緒に住もう」だの、猛烈アタックをしてくるのだ。

その度にスルーしまくっていたのだが、性懲《こ》りもなくウザ絡みしてくる。

「あん？　なんじゃ？」

スッと目を細めてヤスミンが続ける。

「ワシらはもうそういう関係になっていたかの？」

「なってないし、なる予定もない」

「そうか。ではここでワシと子作りに励むか。ほら、なんと言ったか……ああそうじゃ、既成事実じゃな。外壕《そとぼり》から埋めていこうというヤツじゃ」

「勝手に埋めるな」

というか、メノンの前でとんでもないことを言うんじゃない。

そういう言葉は耳ざとく覚えてしまうんだぞ、こいつは。

「……ねぇ、バイツ」

案の定、メノンが目を輝かせてそっと声をかけてきた。

「もしかして、この人もバイツのもかもかが好きなの？」

「違うからちょっと黙っててくれるか？」

面倒な勘違いもご遠慮願いたい。

バイツはため息を添えて、ヤスミンに尋ねる。

「そんなことよりも、何故お前がこんなところにいる？」

「ナゼ？　妙な質問をするもんじゃのう。そりゃあ愛するヌシを追いかけて来たに決まっておるじゃろ」

あっけらかんとした表情でヤスミンが言う。

「ヌシがいなくなってから、寂しくて夜も眠れなくなっての。毎晩体が疼《うず》いてたまらぬ。なので、いても立ってもいられなくて、アリシア侵攻作戦をすっぽかして足を延ばしてきたというわけじゃ」

「わけじゃって……お前、軍団をほったらかしにしてきたのか？」

「いやいやまさか。流石にヌシの代わりに着任した新しい副団長に任せてきたぞ？　相手は寄せ集めの冒険者軍団だし、ワシ抜きでも余裕じゃろ」

バイツたちがいるパシフィカ辺境伯領の東に位置するアリシア伯爵領では、現在魔王軍との小競り合いが続いている。

戦火の拡大を懸念してグラスデン国王は各領地から集めた兵を「王国軍」として国境に派遣しているのだが、その多くは金で雇った冒険者たちだ。

冒険者は魔獣狩りのエキスパートだが、統制された魔王軍の前ではその能力を発揮できないことが多い。

「どうして俺がここにいることを？」

「不撓の小鬼《ラ・デミニオン》のホブが、パシフィカの田舎で狼の獣人に八つ裂きにされたと耳にしてのう。チャンピオンクラスをあっさり始末できる人狼と言ったら、ヌシくらいじゃからの」

ラ・デミニオン。先日村に現れたゴブリンどもか。

エスピナ村の情報が漏れるのではと懸念していたが、まさか村ではなく自分の情報が漏れるとは。

「安心するがよい。ヌシがここにいるのを知ってるのはワシだけじゃ」

「殺したのか？」

「いいや、まだ殺してはおらん。『他言すれば命はない』と脅しただけじゃ。流石にワシも同胞に手をかけるなんて無粋な真似はできないからの」

ヤスミンがテーブルに頬杖を突き、興味深げに続ける。

「のうバイツ、なぜ黙って魔王軍からいなくなった？　ワシに真っ先に相談してくれれば、ドリオドールなんて肉片に変えてやったのに」

「サラッと物騒なことを言うな」

ついさっき「同胞には手をかけない」って言ったばっかりなのに。

相変わらず気分屋で血の気が多いやつだ。

「別に良いじゃろ。軍の秩序を守るためだのなんだの言って、軍団長のワシの了承も得ずにヌシを追放したバカの命なんて、ワシの尻尾にくっついてるノミ以下の存在じゃ。それとも何か？　ヌシはドリオドールの肩を持つのか？」

「ドリオドールの命などどうでもいい。俺が言っているのは『メノンの前で野蛮《やばん》な言葉を口にするな』という意味だ」

「……ほう？」

「っ！」

ヤスミンにジッと見つめられたメノンが、再びバイツの後ろにサッと隠れる。

「なるほどのう。そういうことか」

「……何がだ？」

「ワシはずっと気になっておったのじゃ。なぜウチの副団長を務めていた男が、魔王様の腰巾着《こしぎんちゃく》に言われるがまま、魔王軍を去ったのかと」

「メノンが軍を離脱した要因のひとつになっているのは間違いないが、全てではない。メノンの件がなくとも、いずれ魔王軍から去っていた。そもそも俺が魔王軍に入ったのは、平穏に暮らせる場所がほしかったからだからな」

「平穏」

ヤスミンはしばしじっと考える。

「……おお、そういえばそんなこと言っておったな。ま、その考えはわからないでもない。ワシら獣人が安心して暮らせる場所など、この世界にはないからの」

まるで経験してきたかのように、ヤスミンが笑う。

魔王軍でヤスミンとペアを組むこともあったバイツだったが、彼女の過去を尋ねたことはない。

魔王軍に入る獣人の過去なんて、ありきたりで最悪なものだからだ。

詳しくはわからないが、きっとヤスミンも経験してきたのだろう。

獣人がこの世界で平穏に暮らすことの難しさを。

「しかし、平穏なんてワシと一緒にいればいくらでも手に入るというのに」

「冗談だろ？　お前といるとむしろ平穏が遠のく」

「ヌシのためだったら何だってやるぞ？　ヌシが平穏を求めるというのならそうしよう。……ま、ワシは混沌《こんとん》のほうが好みなんじゃがの」

挑発するようにドレスのスリットから太ももを覗かせるヤスミン。

「……わっ！　お姉ちゃん、お尻！　お尻見えてる！」

反応したのは、バイツの後ろで目をまん丸く見開いているメノンだった。

「早く隠して！　バイツに怒られちゃうよ！　メノンもすっぽんぽんでいると怒られるもん！」

「気にすることはない。これはバイツに見せつけておるのじゃ。いわばセックスアピールじゃな」

「えっ」

メノンの目がスッと細くなる。

「もしかして、お姉ちゃん……ろしゅつきょうなの？」

「ちがう」

「じゃあ、へんたいさんか」

「そうじゃない」

「そっか……へんたいだと生きるの大変だぞ？　メノン知ってる。気を確かに持て。頑張って生きろ」

「そうじゃないっつっとろーが！」

「……」

そんなふたりのやりとりを、遠い目で見守るバイツ。

こいつらは何をくだらないことを言い合っているんだろう。

「……とにかく、バイツよ。今すぐ魔王軍に戻ってこい。周りはワシが何とかする。魔王様もヌシが戻って来てくれたら喜ぶと思うぞ」

「悪いが、断る」

バイツは即答する。

「もう軍に戻る気はない。俺はここでの生活が気に入っているんだ」

「ここでの生活？　まさか人間に混じって畑いじりする隠居生活のことか？」

「その通りだ。スローライフこそ俺が求めていた平穏な生き方だからな」

「冗談にしては笑えんの」

ヤスミンが苛立ちを抑えるように、足を組み替えた。

「ウルブヘジンと呼ばれていた最凶の獣人が、こんな人間臭いところで隠居生活などと」

「冗談でもなんでもない。俺はこの生活に満足しているんだ。だからお前は大人しく魔王領に帰れ」

「ワシは絶対認めんぞ」

「お前に認めてもらう必要はないし、認めてほしいとも思っていない」

しばしにらみ合うバイツとヤスミン。

ふたりの間に流れる空気が、少しずつ張り詰めていく。

「……わかった」

先に動いたのはヤスミンだった。

彼女はゆっくりと立ち上がる。

「だったらワシがヌシのその足かせを断ち切ってやろうかの」

「足かせ?」

「そうじゃ。ヌシは堅物《かたぶつ》に見えて、大のお人好しじゃからのう。ま、そういう所が好《す》いておるのじゃが……どうせその娘やここにいる人間たちに騙《だま》されておるのじゃろ」

ざわざわとヤスミンの右腕が脈打ち始める。

瞬く間に灰色の体毛が腕を覆い尽くし、その指先に鋭い爪が煌めいた。

「安心するがよい、バイツよ」

ヤスミンの口元から、牙が覗く。

「愚かにも愛するヌシを騙してる人間たちは――ワシが全員殺してやる」

＋＋＋

またたく間にヤスミンが獣の姿に変わっていく。

灰色の体毛、猫耳に細長い尻尾。

煌めく白銀の髪の間から覗くのは、青い瞳と猫の鼻。

ヤスミンは白豹《はくひょう》の血を引く「ユニーククラス」の獣人だった。

バイツの人狼化が「力」に特化した能力だとするなら、ヤスミンの人豹化は「速さ」に特化した能力。

その身のこなしについていける者など、この世界には存在しない。

対峙した者は、ヤスミンの動きどころか、自分の命の炎が消えてしまったことにすら気が付かない。

音もなく近づき、確実に息の根を止める。

いつしか付けられた二つ名は「無音の白豹姫《キャスパリーグ》」――。

「怖くて声も出ないかの？　人間の娘」

尻尾をくねらせ、悠然とバイツたちの元へと歩いてくるヤスミン。

その顔には、血も凍るような凄惨《せいさん》な笑顔が浮かんでいる。

「じゃが安心するがよい。痛みどころか死んだことも気づかず一瞬で」

「もかもか」

「ころし……え？」

ヤスミンが目をパチパチと瞬かせる。

「お姉ちゃんも、もかもか！」

「は、え？　もか？」

「す、すごいっ！　見て見てバイツ！　あのお姉ちゃんも、バイツと同じもかもかだよっ！」

「……っ!?　お、おい、メノン待て！」

興奮したメノンがヤスミンの傍へと走っていく。

「わぁ……わぁ！　バイツとは違うもかもか……猫ちゃん……カワイイ」

「あ、え、ちょ……そ、そんなキラキラとした目でワシを見るでない」

怖がられるならまだしも、喜ばれるなんて思ってもみなかったのだろう。

ヤスミンがジリジリと後ずさる。

「お、おい、バイツ！　これは一体どういう状況なのじゃ!?」

「まぁ、なんだ。メノンは毎晩、俺の尻尾に顔をうずめないと寝られないくらい、無類の獣人好きというか」

「なんじゃそりゃ。天使か？」

ボソッとヤスミンの口から本音が溢れたが、すぐに「しまった」と言いたげな表情で口元を押さえる。

その隙をメノンは逃さなかった。

嬉々《きき》とした表情で、ヤスミンのけむくじゃらの足にしがみつく。

「わ！　わ！　すごいもかもか！」

「あっ、こら！　離れんか！　ワシはヌシら人間を殺そうと」

「お姉ちゃん、いい匂いする」

「──あ、分かる？　まぁワシも一応、女だし？　毎日欠かさず櫛と油を使ってしっかりケアしているし、バイツが好きそうな香料を使って……って、そんなことはどうでもよくてじゃな！　ええい、離れんか！　ヌシはノミか！」

メノンを振りほどこうと足を振り回すヤスミン。

だが、全く離れる気配がなかったので、諦めて首の根っこを摑んで無理やり引き剝がす。

「おい、娘。舐めたことをやっておると、喰《く》ってやるからの⁉」

「わ〜、高い！　キャッキャキャッ！」

「……っ⁉　いっ、命乞《ご》いをしても無駄だぞ⁉　たた、確かに、その……決意が揺らぐくらい可愛いが？　バ、バ、バイツを取り戻すためには、ワシとて容赦しないんじゃからのっ！」

牙をむき出しにして威嚇《いかく》するヤスミンだったが、彼女の尻尾はうねうねと嬉しそうに躍っている。

そんなふたりを呆れた顔で見つめるバイツ。

「ヤスミン。とりあえず、その手を離せ」

バイツがゆっくりとヤスミンに近づいていく。

一歩踏み出すたびにバイツの体が変化していき、ヤスミンの目の前に来たときには完全に人狼化した。

その姿を見て、ヤスミンがごくりと息を飲む。

「ほほう。流石じゃのう、バイツ。魔王軍を離れても相変わらず良いオーラ出しておる。なんじゃ？　ワシとヤるつもりか？」

「望んではない。だが、メノンやこの村の人たちに手を出すつもりなら……容赦はしない」

「……んんっ！」

ヤスミンが突然、恍惚《こうこつ》とした表情で身をくねらせる。

「いいのう！　ゾクゾクする！　ヌシのそういうところ……本当にたまらん！　よしヤろう！　今すぐヤろう！」

全身の毛だけではなく、尻尾の先までパンパンに膨れ上がらせるヤスミン。

どうやら戦闘のスイッチが入ってしまったらしい。

「お前、俺を取り戻すとか言ってなかったか」

「もうそんなのどうでも良くなった！　ほら、ヤろう！　ヌシがいなくなってずっと体が疼《うず》いてしかたがなかったんじゃ！　この体の火照《ほて》りを鎮《しず》めてくれっ！」

「この変態獣人め」

「褒めたところで、何も出ぬぞっ！」

ヤスミンがメノンを脇に抱えて地面を蹴った。

その衝撃で部屋のフローリングが破壊され、破片が舞い上がる。

刹那——ヤスミンの体が巨大化したかと思うほどの速さで、バイツの目の前に迫る。

「うひゃっ!?」

遅れてやってくる、メノンの悲鳴。

ヤスミンの手刀がバイツを襲う。

正確に首の頸動脈《けいどうみゃく》を狙った一撃。

バイツはわずかに体を横にずらしてその攻撃を躱《かわ》す。

漆黒の体毛が、空中を舞った。

「はっ！　よく避けたのう！」

口の両端を吊り上げ、ヤスミンが凄惨《せいさん》に笑う。

流石はキャスパリーグの二つ名を持つ獣人だ、とバイツは感心してしまった。

並みの獣人なら、この一撃で首が飛んでいた。

ヤスミンは、メノンを左手に持ったまま次々と攻撃を繰り出してくる。

「ほれ！　ほれほれ！　どうしたバイツ！　畑いじりのやりすぎで腕が鈍《なま》っちまったのか⁉」

「うっひゃあああぁぁあっ⁉」

メノンの悲鳴が部屋に響く。

上下左右ありとあらゆる方向から放たれる手刀は、一撃一撃が致死級の斬撃《ざんげき》だった。

その攻撃を紙一重で避けるバイツ。

だが、次第にジリジリと押されていく。

斬撃がバイツの皮膚を切り裂いた。

体毛と鮮血が飛び、シャツが血に染まっていく。

だが、バイツは動かない。

両手で急所となる首元をガードして、じっとヤスミンの攻撃を耐え続ける。

一体どれくらいの攻撃を耐えただろうか。

防戦一方のバイツは——ついに部屋の隅に追い詰められてしまった。

「……む」

「残念じゃが、これでもう逃げられないのう！」

「どうだかな」

トドメと言わんばかりに放たれたヤスミンの爪は、バイツの頬をかすめて壁に深々と突き刺さった。

「……ぬっ⁉」

ヤスミンがギョッと目を見張る。

すかさず腕を壁から抜いて次の攻撃に移ろうとするヤスミンだったが、そのわずかな瞬間、彼女の足がピタリと止まった。

バイツは待っていた。

動き続けていたヤスミンの足が止まる、この瞬間を。

「……っ！」

ヤスミンが動くよりも一瞬早く、バイツの拳が放たれる。

喰らえば致命傷は必至の一撃――。

だが、その拳はわずかにヤスミンの顔を逸れてしまう。

「ワハハ！　残念だったのう、バイツ！」

ヤスミンは勝ち誇ったように笑顔を浮かべ、距離を取る。

「もう少し速かったらワシの顔面を捉えて――」

と、そこでヤスミンははたと口を噤《つぐ》んだ。

左手に持っていたメノンの姿がなかったからだ。

顔を上げたヤスミンの目に映ったのは、彼女を抱きかかえているバイツの姿。

「バイツっ！」

「怪我はないか、メノン」

「あいっ！　お姉ちゃんにびゅ～ってやってもらって、楽しかったぁ！」

「……それはよかったな」

ひとまずメノンの身の安全を確保しようと考えたが、余計なお世話だったかもしれないな。

キャッキャとはしゃぐメノンをよそに、実に不服そうな顔をするバイツ。

だが、もうひとり同じように不満げな者がいた。

「……ヌシは、はじめからその娘を？」

「ああ。メノンを巻き添えにするわけにはいかないからな」

してやられた、と言いたげにヤスミンが唇を噛んだ。

バイツはメノンをそっと地面へと降ろす。

「どうするヤスミン？　まだやるか？」

「当たり前じゃ。これからが本番なのに、やめるバカがどこにおる」

ゆらりと楽しげにヤスミンの尻尾が揺れる。

それを見て、ため息をひとつつくバイツ。

できればこれで勝負は終わりにしたかったが、そう簡単にいかないか。

「隠れていろ、メノン」

「やだ。メノン、バイツの背中がいい」

「だめだ」

「バイツの背中、世界で一番安全！」

バイツの制止を無視して、メノンが足によじ登ってくる。

危うく落ちかけそうになり、バイツが慌てて尻尾で抱きとめる。

身の安全のために部屋の外に放り投げようかとも思ったが、やめた。

また人質《ひとじち》に取られたら困るし、周りをちょこまかと動き回られるより背中にいてくれたほうがいい。

「舌を噛むなよ」

「あいっ！」

尻尾で背中へと運ばれたメノンは、ギュッとバイツのシャツを握りしめる。

その瞬間、ヤスミンが音もなく動き出した。

不規則な動きでバイツとの距離を詰めてくる。

右から来ると思って身構えた瞬間、ヤスミンの姿が左に現れる。

左を警戒したら、今度は天井。

「ほれっ！」

ヤスミンの腕が伸びる。

バイツは瞬時に頭を低くする。

彼女の指先に煌めく鋭い爪が、バイツの頭があった場所を切り裂き、壁に大きな亀裂を走らせた。

「ほれ、ほれほれっ！」

両手の爪を使った怒濤《どとう》の攻撃。

バイツのシャツが切れ、鮮血が舞う。

だが、致命傷はない。

まずいのはバイツよりも部屋の状況だった。

まるでバターのように、部屋の壁が次々と切り裂かれていく。

「バイツ！　部屋がばらばら！」

「……クソッ」

破片が舞い散る部屋の中でバイツは頭を抱えたくなった。

ここは自宅ではなく、借りている宿なのだ。ただでさえ先日のハリケーンで金が必要なのに、また余計な出費がかさんでしまう。

「部屋の修繕費はお前持ちだからなヤスミン！」

「なんじゃ？　そんなにこの部屋が大事か？　それなら——その体でワシの爪を受け止めるがよい！」

ヤスミンのスピードが更に速くなる。

もはや目で追える速さではない。

バイツが紙一重で攻撃を躱せているのは、ヤスミンの「臭い」だった。攻撃が近づく瞬間、ごくわずかにヤスミンの臭いが強くなる。

だが、次第にその臭いにも頼れなくなってきていた。

部屋が半壊して、外気が流れこんできているからだ。

臭いが薄れ、うまくタイミングが測れない。

このままではやられてしまう――。

そう判断したバイツは、最後の手段に出る。

「悪く思うなよ、ヤスミン」

「……っ!?」

ヤスミンの斬撃が来た瞬間、バイツがカウンター気味に拳を放った。

鋭い衝撃がバイツの拳を伝う。

漆黒の毛に覆われた拳の一撃を胸当てに受けたヤスミンは、窓を突き破って部屋の外へと吹っ飛んでいく。

バイツはすかさずヤスミンを追って、外へと飛び出す。

あの一撃で終わる女じゃないことを、バイツはよく知っていた。

手負いの獣ほど恐ろしいものはいない。魔王軍第三軍団の軍団長を務める「最恐」獣人であれば、なおさらだ。

残骸が散らばった広場に着地したバイツの目に映ったのは、酒場の周辺にあつまっている村人たちの姿だった。

まだ昼食を取るには早い時間。

騒ぎを聞きつけて集まってきたのだろう。

これは説明に骨が折れそうだ。

「……今のは効いたぞ」

体の芯に響くような声。

ゾッとして声のほうを見ると、残骸を押しのけてヤスミンがのっそりと現れた。

ドレスはボロボロだし、胸当ても吹き飛んだのか見る影もない。

一見、満身創痍《まんしんそうい》にも見えるが、見た目ほどダメージを受けてはいないことがバイツにはわかった。

「だったらそのまま大人しくしていてくれないか？」

「やられたら三倍にしてやり返す。それがワシの信条じゃ」

邪魔だと言わんばかりに、ヤスミンがボロボロのドレスを破り捨てた。

バイツの予想通り、ヤスミンの体には傷ひとつついていなかった。

さて、どうするかとバイツは考える。

これ以上被害を増やさないためには本気でヤスミンを無力化させるしかないが、そんなことをしたら村が瓦礫の山になってしまう。

「……アレを使うしかないか」

バイツがそっと腰のポーチに手をのばし、液体が入った小瓶を取り出した。

対亜人用の劇薬ポーション「牙抜き」だ。

これをかけられた獣人は変化能力が使えなくなる。

牙抜きは希少なポーションなのでできれば使いたくないのだが――そうも言っていられない。

「バイツ！」

「バイツさん！」

と、こちらに駆け寄ってくる足音が聞こえた。ソウザとフィオだ。

「敵か⁉　加勢するぞ！」

剣を抜くソウザを見て、バイツは逆に焦燥に駆られてしまった。

ここでソウザたちに加勢されるのは、逆効果だ。

自分ひとりならヤスミンの攻撃を凌《しの》ぐことはできる。

だが、ソウザやフィオを守りながら戦うのは、至難の業《わざ》。

「人間どもめ！　しゃしゃり出てワシの邪魔をするな！」

ヤスミンが吠えた。

瞬間、彼女の周囲から砂塵《さじん》が舞い上がり、姿が消えた。

バイツの背中に冷たいものが走る。

ソウザが狙われた。

――いや、違う。狙われたのはフィオだ。

「クソッ！」

バイツが全力で地面を蹴った。

広場の大地がえぐれ、水しぶきのように土石が飛び散る。

刹那、狂喜に歪むヤスミンの顔と、恐怖に震えるフィオの顔がバイツの目前に迫る。

「……っ⁉　バイツさん！」

フィオの声。

バイツがヤスミンの背中に、拳を振り下ろした。

「う……ぐはっ⁉」

ヤスミンの顔が苦痛に歪むと同時に、地響きが起きた。

叩きつけられた衝撃で、地面が陥没してしまう。

正に致死級の一撃――だったが、その一撃はヤスミンの動きすら止めることはできなかった。流石はユニーククラス。

ヤスミンはすぐに飛び起き、バイツの首に手刀を叩き込もうとする。

――だが、その手はバイツにいとも簡単に掴まれてしまった。

「……ちっ！」

「もうやめてくれ、ヤスミン」

懇願するように、バイツが言う。

「これ以上、こんなことをやりたくはない。あんたは俺の数少ない友人なんだ。頼むから、大人しく帰ってくれ」

「……フン、ワシと交渉でもするつもりか？」

「違う。これは最後通告だ。これ以上、村の人たちに危害を加えるなら――お前を本気で殺す」

「……っ！」

バイツの瞳から、震え上がってしまいそうなほどの殺意が放たれる。

「バ、バイツ、ワシ……ワシは……」

ヤスミンが体をぷるぷると震わせる。

「だめじゃ！　やっぱりヌシのこと、たまらなく好きっ！」

ヤスミンの艶やかな声が、広場にこだました。

静寂。

立ち込めていた血なまぐさい雰囲気が、一瞬で姿を消す。

「……ごめん。ええと、何だって？」

「ああ、もうダメじゃ……ヌシのその殺意に満ちた声……聞いてるだけで、アソコが濡れてしまうっ！」

「……ふぁっ⁉」

素っ頓狂な声が出てしまった。

「ぬぬ、濡れるって、どこが⁉」

「もう我慢できん！　バイツよ、今すぐワシと番《つがい》になるのじゃ！　それで、えと……ほら、ここで一緒に子作りを――」

「……っ⁉　こらっ、ここで人豹化を解《と》こうとするな！　お前は今、素っ裸なんだぞ！」

「ああん、そんな強引に羽交い締めにしないで……イっちゃう！」

「だ、だ、黙れこの変態！」

やいのやいのと押し問答を繰り返すバイツたち。

結局、自分のシャツを強引に着させて事なきを得たが、殺し合いをしていたときよりもドッと疲れてしまった。

これだから、この女は苦手なんだ。

この急展開に、頭がついていかない。

「……あ、あの、ええっと、バイツさん？」

背後から声がした。

困惑した表情のフィオと、こめかみに筋を浮かばせているソウザだ。

「これはどういうことなのだ？　バイツ？」

「あ、いや、これはその」

「メノン知ってるぞ」

そのとき、ここまでずっと静観していたメノンが颯爽《さっそう》と割って入ってきた。

全身から、冷や汗が吹き出す。

すっかり存在を忘れていたけれど、背中でしっかり会話を聞かれていた。

この世でもっとも「そういうこと」を聞かせてはいけないやつに――。

「実はバイツとヤスミン、大人の関係。これからふたりで子作りやるらしい……」

「はぁっ⁉」

素っ頓狂な声を上げたのはフィオ。

バイツは死にたくなった。

＋＋＋

エスピナ村に寄り添うように広がる森林地帯。

森は獣や魔獣が住む危険な場所だが、人間が生きる上で必要な資源が豊富に採取できる生命線とも言える場所でもある。

食料になる鹿やイノシシをはじめ、森の木々は建造物だけではなく、大切な薪になる。

さらに、森にはローズヒップ、ガマズミ、ベリーといった木の実や、ディル、ガランガーといったハーブも豊富にあって、村人たちの生活を下支えしている。

「……なんでワシがこんなことをしなきゃいけないんじゃ」

呪い殺しそうな声で愚痴《ぐち》を吐き捨てたのは、ヤスミンだ。

草むらの上に寝っ転がり、気持ちよさそうな木漏れ日《こもれび》を全身で受けながらも、その顔からは不満が漏れ出している。

「迷惑をかけたからに決まってるだろ」

バイツが冷ややかな視線をヤスミンに向ける。

その手には、採取したオレガノの束。

オレガノは強い芳香《ほうこう》を持つことから「魔女の薬草」と呼ばれているハーブだ。

悪魔を寄せ付けない魔除けとして使われることもあるが、消化を助けたり鎮痛剤として使われることもある。

先日のハリケーンで村人に怪我人が続出したときも、このオレガノが活躍した。

そのせいもあってか、現在エスピナ村ではオレガノが不足しているのだが――バイツが畑作業そっちのけでオレガノ採取をしているのには、深い理由があった。

「というかちゃんと手伝え。なんで騒動を起こした張本人がサボってるんだ」

「だって草取りなんてやりたくない」

「やらなきゃ犯罪者として領主に突き出されるんだぞ」

バイツがオレガノ採取をしている理由がそれだった。

酒場を破壊し、大立ち回りを繰り広げたヤスミンは罪人としてパシフィカ領主に引き渡されることになったが、バイツが「彼女が暴れた原因は自分にもある」と申し出たことで処分保留になったのだ。

　だが、無罪放免というわけではない。

　領主に突き出す代わりに一日、村の仕事を手伝うことになり、こうしてバイツと駆り出されることになった――というわけだ。

「別にワシとしては、領主とやらに突き出されても良かったんじゃがの」

　ヤスミンが「くわぁ」と大きなあくびをしながら、つまらなそうに言う。

「だって、人間なんて皆殺しにすればいいし」

「物騒なことを言うな。そうなったら俺が力ずくで止めなきゃいけなくなるだろ」

「ほほう？　そっちのほうが面白そうじゃな？」

「いや、マジでやめてくれ」

　そんなに目を輝かせないで。ほんとに。

　これ以上面倒を起こされたら、ストレスで頭がハゲそうだ。

「とにかく、物騒な愚痴を零《こぼ》す前に薬草採取を手伝ってくれ。このままだと日が暮れて――」

「じゃじゃ～ん！」

　突然、茂みの中からメノンがドヤ顔で飛び出してきた。

「バイツ、取ってきたよ！」

「ほらみろヤスミン。メノンだってちゃんと薬草採取してるんだぞ」

「見て見て！　ダンゴムシ！」

全然してなかった。

ヤスミンがニヤけ顔でバイツの顔を見る。

「ほう、それはずいぶんと立派な薬草じゃのう？」

「……」

一応、メノンの手の中を確認してみたけど、やっぱり薬草ではなくダンゴムシがいた。

それも、気持ち悪いくらいに大量の。

バイツは、重～いため息をひとつつく。

「……元気なダンゴムシが沢山いるな」

「でしょ？　すごい？」

「ああ、すごいすごい」

頭を抱える代わりに、メノンの頭から葉っぱを払い落とす。

メノンはくすぐったそうにキャッキャとはしゃいで、「もっと見つけて来てあげるからね」と、茂みの中へと消えていった。

森の中に小鳥のさえずりが響く。

「……ちなみに、薬草を採取した後、桟橋《さんばし》の補強作業の手伝いがある」

「ほう」

寝っ転がったままのヤスミンは、はらはらと飛んでいるチョウチョに猫パンチをしていた。

「それから畑で農作業だ。まだ土壌作りが終わってないからな」

「それは大変じゃの」

「なぁヤスミン。お願いだからちゃんと手伝ってくれないか？」

「イヤじゃ」

「仕事が終わったら、酒場で酒をおごってやるから」

「あ、なんだか突然薬草を集めたくなってきた」

ガバッとヤスミンが飛び起きる。

その目はわかりやすいくらいに、爛々《らんらん》と輝いていた。

「だってほら、やっちゃだめなことをしたら、ごめんなさいして謝るのが筋というものじゃろ？　うん、ワシ、ちゃんとごめんなさいできて偉い！」

「……そうだな」

何にしても、手伝ってくれるならそれでいいや。

そう結論づけたバイツは、いそいそと薬草採取に戻る。

対価を提示したおかげか、ちゃんと手伝ってくれたヤスミンとふたりでカゴ一杯の薬草が集めたところで、メノンが帰ってきた。

今度は大量の小さな黄色い花を持って。

「ねぇ、ヤスミンって、バイツの幼馴染《おさななじみ》なの？」

花を配りながら、メノンがヤスミンにそんなことを尋ねた。

「んむ、そうじゃ。お互い全身のほくろの位置を熟知してるくらいの、それはディープな幼馴染じゃ」

「適当なことを言うな」

即座にバイツが突っ込む。

そもそも、普通の幼馴染は全身のほくろの位置を確認したりしない。

「俺とヤスミンは幼馴染じゃない。魔王軍に入ったときに知り合った。ペアを組んで色々な戦場を回っていた『戦友』みたいなもんだ」

ヤスミンと知り合ったのは、魔王軍に入った三年前。

右も左もわからない状態で第三軍団に編入され、自分より少し前に加入したという獣人とバディを組むことになった。

それがヤスミンだった。

これは後に魔王から聞いたのだが、当初は教育係としてヤスミンとペアを組ませたらしい。だが、息のあった動きを見せていたため、そのままバディで行動することにさせたのだとか。

魔王軍で平穏な生活を手に入れたかった自分としては迷惑極まりないことだったが、ふたりの名前はすぐに第三軍団の代名詞となった。

特にガイゼンブルグ攻略戦では、大きな武勲をあげた。

そして、攻略戦で戦死した第三軍団の指揮官の代わりにヤスミンが軍団長に就任し、その補佐として自分が副団長に着任した。

「懐かしいのう。元々はヌシが軍団長になるはずだったのに、辞退したんじゃったか」

「魔王軍に入ったのは平穏に暮らすためだからな。悪目立ちする軍団長なんて絶対に御免だ」

ふと気づけば、メノンはまたいなくなっていた。

魔王軍時代の話になんて、興味なかったのかもしれない。

「フン。獣人が平穏を求めるなど、家畜が労働対価を求めているようなものじゃな」

「意味のないことだとでも言いたいのか？」

「いいや、身の丈にあっとらん過ぎた欲望だと言いたいだけじゃ」

ヤスミンが両手いっぱいに採ったオレガノを、どさりとバイツに手渡す。

さらに、どういうわけか、どさくさに紛《まぎ》れて手を握ってきた。

「……何をしているんだ？」

「ん？　見てわからんか？　手を握ってるんじゃが？」

「いや、どうして手を握る必要がある」

「ん～……ついでに？」

ヤスミンがニヤケ顔で、つつつとバイツの腕に指を這わせてくる。

驚いたバイツは慌ててヤスミンの手を払い除けた。

「どうしたバイツ？　顔が赤いぞ」

「黙れ」

プイッと顔を逸らし、渡されたオレガノをカゴの中に押し込む。

その姿を、なんとも楽しそうに眺めるヤスミン。

「フフ、ヌシはウルブヘジンという二つ名を持ちながら妙にウブだったり、獣人のくせに静かに暮らしたいだのとほざいたり、本当に可愛らしいオスじゃの。ヌシ以上の獣人はおらんぞ？」

「……前々から思っていたのだが、お前は俺のことを買いかぶり過ぎだ」

吐き捨てるようにバイツが続ける。

「俺は殺し合いより畑いじりが好きだし、平穏で静かな暮らしを夢見ている怯懦《きょうだ》な男だ。お前のような女丈夫とは到底釣り合わない」

「ワシと釣り合う、ね」

ヤスミンがごろんと寝転がり、日向《ひなた》ぼっこをはじめる。

「さっきヌシと久しぶりにやりあったのじゃが、ワシはずっと確かめてみたいことがあったんじゃ」

「確かめる？　何をだ？」

「ヌシとワシの実力の差」

そう言われ、ヤスミンを見た。

彼女は少し寂しそうに笑っていた。

「結構、自信あったんじゃ。キンダーハイムでは白金星級の冒険者と戦ったし、アリシアでは百人の人間を殺した。だからきっとヌシともいい勝負ができるだろうと思っておった」

じゃが――そう付け加えてヤスミンは続ける。

「まだまだ研鑽《けんさん》の必要がありそうじゃな」

「それが買いかぶりだって言ってるんだ」

運良く切り抜けられたが、少し間違っていたら墓の中に入ることになっていた。ヤスミンが言うような実力差など、これっぽっちもない。

だが、彼女はそんな意見を華麗にスルーする。

「ワシの隣に立てるのはヌシだけ。それは未来永劫変わらない」

「いや、未来永劫ってお前――」

「バイツ。魔王軍に戻って人間を滅ぼすのを手伝ってくれ」

人間を滅ぼす――。

久しぶりに聞いたな、とバイツは思った。

冗談みたいな求愛の言葉も多かったが、バディを組んでいたときから、ことあるごとにその言葉を聞いていた。

ヤスミンには明確に「人間を滅ぼす」という目的があった。

平穏な暮らしを手に入れるという自分とは違う、獣人にとって崇高《すうこう》な目的だ。

「ヤスミンには悪いが、戻る気はない」

バイツは即答する。

「面倒はもう御免なんだ」

「そんなこと言わずに、お願いじゃバイツ」

「本当にすまない」

「先っぽだけでいいから？　のう？　ちょっとだけ」

「……ええと、何の話をしてるんだ？」

あれ？　魔王軍に戻るかどうかの話をしているんじゃなかったっけ？

というか、先っぽってなんだ？

「あっ、もしかしてバイツとヤスミン、いちゃいちゃしてる？」

草むらの中からメノンがひょっこりと顔を覗かせた。

面白いもの聞いたと言わんばかりの満面の笑顔で。

こいつはまた、最悪のタイミングで戻ってくる。

「メノン知ってる。そういうの『ちわげんか』って言うんだよね？　アステルが言ってた。仲がいい証拠なんだって」

「……あの女」

メノンになんてこと教えてやがる。

もしかしてメノンの変な言葉の出どころは、あの女なのか？

「いいかメノン、何を勘違いしているのか知らんが、俺とヤスミンはいちゃいちゃなんて――」

「しておるぞ！」

ヤスミンが嬉しそうに尻尾をくねくねと揺らせながら、ぶっこんできた。

メノンが目を輝かせる。

「あ、やっぱり！　ヤスミンとバイツ、大人の関係なんだよね？」

「そうじゃ！　ワシとバイツは心だけではなく体も使った――もごっ」

部分人狼化した腕で、ヤスミンを羽交い締めにしてやった。

「よし、メノン。とりあえずお前は薬草探してこい」

「……え～？　メノン、大人の関係、勉強したい」

「しなくていい」

それは余計な知識というやつだ。

メノンがぶーたれはじめたので、仕方なくやる気が出る呪文「手伝ってくれたらヤギミルク」を唱え、強引に茂みの中に戻した。

ほっと一息。

本当に疲れる薬草採取だな。

「……ちょっと驚いた」

ヤスミンの声。

ふと気づけば、羽交い締めしたヤスミンは腕の中で興奮したように頬を紅潮させていた。

「ワシ、てっきりここでヌシに襲われるのかと……」

「んなことするか」

メノンもいるんだぞ。

いや、メノンがいなくてもやらないけどさ。

羽交い締めにしたままだと逆に危険だと感じたバイツは部分人狼化を解き、逃げるようにヤスミンと距離を取る。

「しかし、ワシが人間にこんなことを言うのもアレなんじゃが」

ヤスミンが茂みの中のメノンの背中を見ながら、おもむろに口を開いた。

「メノンちゃんって本当に良い娘じゃのう。ワシの朴念仁《ぼくねんじん》が首ったけになるのも頷ける」

「……誰が誰に首ったけだって？」

「あん？　何じゃ？　自分で気づいておらぬのか？」

「俺がメノンに首ったけになっていると言いたいのなら、医者に目を診《み》てもらったほうがいいぞ」

「生憎、医者は嫌いじゃ」

「あ、そう」

そう言えばバディを組んでたとき、軍医に診てもらうのを極端に嫌ってたっけ。まぁ、どうでもいい話だけど。

というか、こんなくだらない話をしている時間はないんだった。

施療所から依頼された薬草採取はオレガノだけじゃないし、ちんたらやっていたら本当に日が暮れてしまう。

ここはヤスミンとメノンに、しっかり働いてもらわないと。

きっちり対価を提示したわけだし、やる気はあるはずだろう。

そうしてバイツは、気合を入れなおして薬草採取に戻る。

――だがその後、ヤスミンは昼寝をはじめ、メノンはダンゴムシ探しに精を出し、結局バイツはひとりで残りの薬草を採取するハメになるのだった。

＋＋＋

採取した薬草を施療所へ運んでから向かったのは、村の傍を流れる川にかかる板橋だった。

先日のハリケーンの影響で、橋の一部が壊れてしまったらしい。

元々は木工所の人間が修繕に当たる予定だったのが、ここの作業もバイツたちに割り当てられた。

橋の修復などやったことがないのですごく不安だったが「破損箇所の板を交換するだけなので私でもできました」とフィオに言われたので、一瞬で安心した。

ドジっ子フィオでもできるなら、多分メノンでもできるに違いない。

「……あ、バイツさん」

橋で待っていたのは、バイツのよく知る男だった。

「あれ？　ライオットさん？」

「お待ちしていました」

ペコリと頭を下げたのは、ライオット。

先日のハリケーン事件をきっかけに、娘の名付け親《クレスタ》になるまでの仲になった村人だ。

「こんにちは。ミランダさんとリルフちゃんは元気ですか？」

「ええ、元気ですよ。特にリルフはパワフルすぎて困るくらいです。ベッドから逃げ出しちゃったりして」

「はは。それは困りものですね」

でも、元気なことはいいことだとほっこりするバイツだったが、ライオットの目が笑っていないことに気づく。

あ、これはマジなやつだ。

赤子はうつ伏せになるだけでも危険だと聞くし、本当に夜も眠れないのかもしれない。

メノンに振り回されている手前、ライオットに同情を禁じえないでいると、なにやら妙な視線を感じた。

訝しげな目でヤスミンがこちらを見ていた。

「子供って、もしかしてヌシとその男の？」

「んなわけあるか」

いきなりBL系に持っていくんじゃない。

何故か少し残念そうに唇を尖らせているヤスミンを見て、ライオットが尋ねてくる。

「その方が酒場で暴れたというヤスミンさんですか？」

「そうですね。その節はご迷惑を……」

「あ、いえいえ。私は特に。むしろミランダの仕事を代行してくれてありがたいというか」

どうやら橋の修繕はライオットの妻、ミランダの仕事らしい。

畑も手伝っているようだったし、随分《ずいぶん》と働きものなんだな。

でも、産後間もないし、代わって正解だったかもしれない。

ヤスミンの手前、絶対に口が裂けても言えないけど。

それからライオットは、手短に修繕方法を説明してくれた。

板の交換が難しければ、上から補強するだけでも良いという。バイツの予想通り、それほど難しくはなさそうな作業だった。

「それでは、わからないことがありましたら声をかけてください。私は木工所にいるので」

「わかりました、ありがとうございます」

ライオットは深々と頭を下げると、木工所の方へと去っていった。

彼を見送ってから、バイツは早速、交換用の板と工具を手に取る。

「……よし、それじゃあ作業を始めるか」

修繕箇所はそれほど多くなさそうだが、のんびりやっている暇はない。

なにせこの後、畑の土壌作り作業もあるのだ。

メノンはダンゴムシ集めで精根尽きて昼寝中なので、完全に戦力外だし。

「しかし、本当に人間くさい場所じゃのう」

橋の手すりに腰を降ろしたヤスミンが、苦い顔を作る。

「こんな場所に好き好んで住むなど、やはりヌシは変な獣人じゃ」

「そうだな。俺は変な男だ。だから俺のことはもう諦めてくれ」

「いいや、もっと好きになった」

「何故だ」

もしかしてダメな男が好きなタイプなのだろうか。

「しかし、お前はどうしてそんなに人間を嫌っているんだ？」

「……は？」

「いや、人間が好きな獣人のほうが珍しいのだが、それにしてもヤスミンの人間嫌いは激しいほうじゃないか？」

「否定はせんよ」

だが、理由を話すつもりはないらしく、ヤスミンは手すりから降りると、つまらなさそうに並べられていた修繕用の板を手にとった。

瞬間、彼女の表情がこわばる。

「……これは、死者の名前か？」

「ん？」

「ほら。ここに書かれてる名前じゃ」

ヤスミンが板を見せてきた。

そこには確かに名前のような文字が刻まれていた。

「そうだな。古くからある習慣のひとつらしい」

この習慣は人間特有のものらしく、バイツもエスピナ村に来てはじめて知ったものだった。

なんでも、葬儀の際に死体を運んだ棺《ひつぎ》の板に死者の名前を刻み込んで橋の材料にするらしい。そうすることで、死者が川を越えて生者たちを結ぶ絆《きずな》になるからだとか。

「でも驚いたな。まさかお前が知ってるなんて」

「まぁ、経験があるからのう」

「え」

思わず目を瞬かせてしまった。

「何じゃその顔」

「いや、そりゃ驚くだろ。人間と全く関わってこなかったお前が知ってるなんて思わないし」

「まぁ、ゴミ溜めの中で腐ってる豚の臓物《ぞうもつ》みたいな経験から得た知識じゃがな」

酷い言い草だな、とバイツは思った。

本気で言っているのか、冗談なのかはわからないが、遠い昔にそういう経験をしたのだろう。

「それは俺にも話せないようなものか？」

「話してもよいが、聞いても気持ちよくなるものではないぞ」

「かまない。黙って手を動かすのは、さっきの薬草採取で飽き飽きしてるからな」

くだらない話でも、全然ウェルカムだ。

「……」

ヤスミンはしばし板を見ながら何かを考え、その場にペタンと腰を降ろした。

「……ワシが魔王軍に入る前、何をやってたか知っておるか？」

「いや、知らないな」

ヤスミンとは長きにわたってバディを組み、武勲を上げて軍団長と副軍団長という間柄になったが、お互いに昔話をすることはなかった。

興味がなかったというより、する必要がなかったからだ。

魔王軍に参加する亜人なんて、故郷を焼かれて行き場を失った哀れな逃亡者か、自分の足元を見られていない夢見がちな子供というのが相場《そうば》なのだ。

「冒険者」

ぽつり、とヤスミンが言う。

「ワシは金を貰って魔獣や同族の亜人を殺し回ってた冒険者だった。意外じゃろ？」

「……ああ、驚いた」

冒険者。ソウザやフィオたちがやっていた民間の傭兵だ。

冒険者になるには「冒険者協会」と呼ばれる民間組織に登録する必要があるが、登録資格なんてものは存在しない。

字の読み書きができない人間でも登録できるし、獣人でも人の姿に化けていれば登録は可能。

斡旋《あっせん》する仕事をこなしてくれれば、素性《すじょう》などどうでもいいのだ。

「ワシが冒険者をやっていたのは西の国の小さな村での。そこでワシは素性を隠して知り合った人間とパーティを組んでおった。魔獣討伐、亜人殺しに人殺し……なんでもやった。今思えば、ぬるま湯にでも浸かっておるような気分じゃった」

「まぁ、そうだろうな」

魔王軍第三軍の軍団長を務めるほどの力を持つヤスミンだったら、人豹化しなくても簡単に依頼をこなすことは可能だろう。

活動拠点にしていたのが危険の少ない地方の村なら、余計に。

「ある日、一緒にパーティを組んでた男が魔獣にやられて、仲間内で弔《とむら》ってやることになった。なんでもそいつの故郷では『棺の板に名前を刻んで橋の一部にする』という習慣があったらしくての。最後くらい故郷の習慣に則《のっと》ってやろうと、棺を用意するために教会に葬儀を依頼したのじゃが……ワシが獣人だとバレてしもうた」

教会というのは、エレサクソン教の教会のことだ。

獣人迫害の先鋒《せんぽう》である教会の人間だったら、人と獣人の区別は容易につく。

獣人ならそのことに気づくはずだが、ぬるま湯のような状況が長く続いたせいで警戒心が弱まっていたのだろう。

「とはいえ騒ぎにはならなかった。そうじゃの、教会の司祭と話し込んでいた仲間の様子が少し変だと思ったくらいじゃったか。ま、それが命取りになったわけじゃが」

「何があったんだ？」

「弔った後で酒を呑むことになって、そこで一服盛《いっぷくも》られた」

「毒か」

「いや、『牙抜き』じゃ」

牙抜き。亜人の能力を一時的に封じる劇薬ポーション。

「力を使えなくなったワシは、仲間の手で村の衛兵に突き出された。『牙抜きで動けなくなったこいつは、間違いなく亜人だ』とのう」

そうして衛兵に突き出されたヤスミンは、処刑されることになった。

今朝《けさ》まで親しげに接していた村の住民たちは豹変した。

彼らがヤスミンに向けていた称賛は軽蔑《けいべつ》の眼差しに代わり、投げられていた金貨は路傍《ろぼう》の石ころになった。

「悪いのはワシじゃ。騙すより騙される方が悪い。それが冒険者のルールじゃからの」

「……」

バイツは何も返せなかった。

ヤスミンが言っていることは正しい。

殺される前に殺せ。騙される前に騙せ。

それは冒険者だけでなく、亜人がこの世界で長生きするための秘訣《ひけつ》だ。

「ヤスミンの仲間はどうやって牙抜きを？」

「教会の司祭が渡したんじゃろ。ヤツら、金だけは持っておるからのう」

「なるほど」

その可能性は高い、とバイツも思った。

教会には多くの献金や寄附が集まるし、獣人を嫌うエレサクソン教なら牙抜きを集めていても不思議ではない。

「それで？　処刑からは自力で脱出したのか？」

「そうじゃ。あいつら見せしめと称してワシを張り付けたまま放置しておった。衰弱死させるつもりだったんじゃろうが……牙抜きの効果が切れて人豹化して終わりじゃ」

「仲間だった冒険者たちはどうしたんだ？」

「もちろん殺した。ワシに石を投げつけた村の連中も全員」

遠い目でヤスミンは続ける。

「あいつら、死ぬ寸前まで獣人を中傷する汚い言葉を吐きまくっておった。だからワシは言ってやったんじゃ。『今度はヌシら人間が、ワシら獣人にゴミのように扱われる番じゃ』……との」

橋の向こうから幾人かの村人が歩いてきた。

多分、上流のほうで釣りをやっていた釣り師たちだろう。

この近くには釣り小屋があって、そこを拠点に村人たちのビタミン補給源になるイワナやアユなどを釣っている。

彼らはこちらの姿に気がつくと手を振ってきた。

笑顔で挨拶できる気分ではなかったが、努めてにこやかに返す。

「……どうじゃ？　面白い話ではなかったであろう？」

釣り師たちが通り過ぎてから、ヤスミンがそっと口を開く。

「まぁな。気分が良くなる話ではなかったが、お前のことを前より少し理解できた気がする。聞いて良かったと思うし、むしろもっと早く聞いておくべきだったかもな」

「ほんとか？　好きになってくれたか？」

「同情はした。それに、人間嫌いになった理由もよくわかった」

「……あ、そう」

ヤスミンがげんなりと盛大に残念そうな顔をする。

それを見て、苦笑いと共に、小さなため息をひとつ。

「……まぁ、そういう人間がいるのは否定しない。俺の故郷も人狼討伐隊とかいう人間の傭兵団に燃やされたからな」

だが——そう付け加えて、バイツは続ける。

「人間の中にも良いやつはいる」

バイツは元人間の転生者だが、それを抜きにしても人間は滅ぼすべき仇敵だとは思えなかった。

もちろん、故郷を燃やした人間たちに復讐《ふくしゅう》したいという気持ちがないわけではない。

だが、バイツが憎んでいるのは人狼討伐隊だけで、人間という種族そのものではなかった。

獣人の中にもクズがいるように、人間の中にも良い者はいる。

それはエスピナ村に来て、フィオやソウザと接するようになってわかったことのひとつだ。

「……フン」

ヤスミンが小さく鼻を鳴らす。

「ここの人間がそうだと言いたいのか？」

「そうだ。ここの人たちは獣人に理解を示してくれて、俺を受け入れてくれた」

「本当におめでたいやつじゃの」

ヤスミンは呆れるように笑った。

「ヌシは人間に裏切られた経験がないからそんな呑気なことが言えるのじゃ。人間はクソじゃ。ヌシはかつてのワシと同じように、人間どもに騙されておる」

「だからここの人間はそんな奴らじゃ――」

「いいかバイツ。ヌシのことを本当に理解し、大切に思っておるのはこの世界でワシだけじゃ。人間に獣人の苦しみを本当に理解することなど到底無理。一緒に暮せば、必ず歪みが生まれる」

真剣な眼差しで、まるで家族に言い聞かせるようにヤスミンは言う。

「ヌシもわかっておるはずじゃろ？　あの娘……メノンも人間のひとり。一緒に暮らすなど、過ぎた望みじゃ」

ちくり、とバイツの胸が疼いた。今朝もその話をメノンとしたばかりのバイツにとって旬すぎる話だった。

そのことは何度かメノンと話しているが、毎回、平行線のまま終わっている。

「故にじゃ、バイツ。ワシと魔王軍に戻って――」

「この話はやめよう」

ヤスミンの言葉を手で遮った。

「何と言われようと、魔王軍には戻るつもりはない。俺はここに骨を埋める覚悟なんだ」

「メノンと一緒に、か？」

そう問われ、バイツは一瞬、言葉に詰まってしまった。

「それはわからない。だが、彼女の将来のために最善の選択をするつもりだ」

「……」

しばしふたりの間に静寂が流れる。

せせらぎの音が、やけにくっきりと輪郭を持つ。

「……フン」

ヤスミンは不満げに鼻を鳴らすと、工具を手に取った。

それをキョトンとした顔で見るバイツ。

「ヤスミン？」

「ヌシの望みどおり、話は終わりじゃ。ほれ、さっさと修繕作業を終わらせるぞ」

意外すぎるセリフだった。

まさかヤスミンの口からそんな言葉が出てくるなんて。

てっきり薬草採取のときのように、ひとりでやるハメになると思っていた。

「意外とやる気なんだな」

「それはそうじゃろ。ヌシとの大切な約束があるからの」

「……約束？　ってなんだ？」

「はぁ？　忘れたとは言わせんぞ？　ワシに酒をおごると約束したじゃろ」

「ああ」

そういえばそんな約束をしてたな。

薬草採取を途中で放棄されたので、頭の中から消去していた。

というか、今更対価を求めるなんて――と言いかけたが、その言葉は飲み込むことにした。

これからの時間、酒場は仕事を終えた村人たちで賑わうことになる。

酒をおごるという建前《たてまえ》でヤスミンを連れていけば、村人たちに朝の件を謝罪させつつ、彼らと親睦《しんぼく》を深めることができるかもしれない。

「……親睦？」

と、バイツの脳裏にとあることが浮かんだ。

「どうしたバイツ？　今更、約束は無しとはいかんからの？」

「そんなことは言わない。むしろ、お前を歓迎してやるよ」

「……おお？」

不服そうな顔から一変し、満面の笑みを浮かべるヤスミン。

「ワシを歓迎とな？　一体どういう風の吹き回しなのじゃ？　まさか人間式の婚礼の儀を開くつもりか⁉　いいのう！　そういうの、ウェルカムじゃぞ！」

「違うし、勝手に盛り上がらないでくれる？」

興奮しすぎて、部分人豹化で頭に猫耳が出てきているじゃないか。

「……まぁとにかく、楽しみにしといてくれ」

「うん、しとく」

そう言ってヤスミンは、鼻歌交じりで修繕作業をはじめる。

それを見て、呆れ顔を浮かべるバイツ。

こんなふうに素直だと、すごくいい子なんだけどなぁ。

＋＋＋

仕事を終えたバイツは、酒場の二階に借りている部屋ではなく、フィオの家に向かうことにした。

仕事が完了したことを報告するついでに、フィオに晩餐《ばんさん》を開いてもらえないか交渉するためだ。

その晩餐の主賓《しゅひん》は、他ならぬヤスミンだ。

そこでヤスミンに村人たちと親睦を深めてもらい、「人間の中にも良いやつはいる」と知ってもらいたかった。

——ただ、ヤスミンを主賓として招く晩餐を開いてもらう以上、隠し事はできない。彼女が何者で、自分とどういう関係なのか包み隠さず明かす必要がある。

「……まさか魔王軍の幹部だったなんて」

一通りバイツから事情を聞いたフィオは顔を真っ青にした。

リビングにはフィオ以外、誰もいない。もしソウザがいたら席を外してもらおうと考えていたが、農作業に出ているらしい。

「黙っていてすみませんでした」

「い、いえ。むしろ黙っていてくれて良かったというか。ソウザが知ったらどうなっていたことか……」

間違いなく村を挙げてヤスミンと戦うことになっただろう。

もしそうなっていたら——犠牲者はひとりやふたりでは済まなかったはずだ。

「でも、どうして魔王軍の幹部がここに？」

「俺を魔王軍に連れ戻しに来たようです」

「……えっ」

「でも安心してください。もちろん魔王軍に戻るつもりなどありませんから。ヤスミンにはひとりで戻ってもらうつもりです。ただ……なんというか、彼女は酷く人間を嫌っていまして。人間の中にも獣人に理解がある者がいるということを知ってほしいんです」

「な、なるほど……それで、晩餐を開いて親睦を深めてもらおうというわけですね……」

フィオはしばし考えたのち、バイツに笑顔を向けた。

「わかりました。魔王軍の幹部とはいえ、バイツさんの友人は私たちの友人です。それに、村の仕事を手伝ってもらったわけですし、できる限りおもてなしをしましょう」

「ありがとう。恩に着ます」

バイツは深々と頭を下げる。

それからバイツは晩餐についてフィオと話し合った。

バイツの旧友とはいえ、酒場を破壊するほど暴れまわった相手なので村を挙げて歓迎する……というわけにはいかず、簡単なもてなしの場を設けることになった。

特別な催し事を開くわけではなく、その場にいあわせた人たちと酒を飲み交わす程度のもの。

だが、それで十分だとバイツは思った。

「あ、あの、すみません。ちょっとだけお聞きしたいことがあるんですけど」

フィオの家を出て酒場に向かおうとしたとき、ふと彼女が尋ねてきた。

「バイツさんとヤスミンさんの関係って、上司と部下……という間柄で合ってますか？」

「……？　ええ、そうですけど？」

　何故そんなことを？

「あ、いえ。何ていうか、メノンちゃんも言ってましたけど、すごく親しそうに見えたというかなんというか……」

「親しい、ですか」

　バイツはううむ、と首を捻る。

「俺とヤスミンは魔王軍に入ったときからペアを組まされて色々な任務にあたっていましたからね。ずっと寝食《しんしょく》を共にしていたし、上司と部下というより『戦友』と表現したほうがいいかもしれませんね」

「ずっと寝食を共に」

　ぴくりとフィオの頬が動く。

「そそ、そ、そうですか。へぇ……」

　困惑しているような、怒っているようななんとも微妙な顔になるフィオ。

　それを見てバイツは少しだけ不安になってしまった。

　ひょっとして、今も関係が繋がっていると勘違いされてしまったか？

　村で平穏に暮らすにはフィオの協力が必要だし、変なところで波風を立てるのは避けたいところ。だが、変に否定すると余計に怪しまれてしまうかもしれないし。

しばし思案し、バイツは「関係は切れているが、個人的に特別な相手だ」と説明しようとしたが――先にフィオが口を開いた。

「そ、それでは後ほど、バイツさんのお部屋にお伺いしますね」

「……え？　ああ、はい、お願いします」

何か妙な気迫を感じ、自然と首肯してしまうバイツ。

というわけで、フィオには先に酒場でファルコたちに事情を説明してもらい、自分は一旦部屋に戻ることにした。

部屋にもどるやいなや、ヤスミンに「早く飲みにいかせろ」と詰め寄られたり、メノンに「お腹空いた喉渇いた」と喚かれたりしながら待つこと三十分ほど。

部屋に来たフィオと一緒に、一階の酒場へと向かう。

「よう、いらっしゃい」

早速ヤスミンに声をかけてきたのはファルコだ。

「フィオ様から聞いたが、バイツの旧友らしいな？　俺はここの店主のファルコだ。バイツにゃ色々と世話になってる」

「……あ、そう」

ヤスミンはなんともそっけない態度。

バイツが肘で彼女の背中を突っつく。

「お前が壊した宿の店主だぞ。謝罪くらいしろ」

「わ、わかっておる」

そう言って、ヤスミンはファルコのほうを見ることなく、気まずそうに続けた。

「に、二階を壊して悪かった。少しだけ反省しておる……」

「ハッ、少しだけかい。でも、聞いてた話よりもずっと素直じゃないか」

ニヤリと口角を吊り上げるファルコ。

「ま、修繕費は村から出るし、部屋のことは水に流そうじゃないか。居心地はそこまで良くないが、楽しんでいってくれ」

「いやいや、何言ってるのさ。居心地は最高でしょ？」

アステルが不服そうな顔で横から割って入ってきた。

「良い給仕がいて良い酒がある。それだけで最高じゃないの。ねぇ？　ヤスミンさん？」

「……ま、後者だけは同意じゃな」

ヤスミンがフンと鼻を鳴らす。アステルは楽しそうにケラケラと笑って、バイツたちをカウンター席に案内した。

葡萄酒をふたつと、メノン用のヤギミルク、あとはつまみ用の燻製の盛り合わせと、鴨《かも》肉とベーコンの串焼きを頼んだ。

鴨肉はメノンの夕食用で、ヤスミン用は少々豪勢に子豚の丸焼きを頼む予定。それで機嫌を良くしたヤスミンが村人たちと談笑し始めてくれればいいが。

バイツはそんなことを考えながら、ちらりとヤスミンを見る。

思わずギョッとしてしまったのは、今にも怒りを爆発させそうなくらい、ヤスミンの尻尾がパンパンに膨れ上がっていたからだ。

「ああもうっ！　なんでワシが人間に頭を下げなきゃならんのじゃ！」

「いや、迷惑をかけたら謝罪するのは当たり前だろ」

というか、「やっちゃだめなことをしたら謝るのが筋」だとドヤ顔で言ってなかったか？

「迷惑かけたらごめんなさいをする……メノンもやるよな？」

「あいっ！　メノンもそうする！」

ババッと手を挙げるメノン。

その口の周りは、早速ミルクだらけになっていた。

「それに、あの毛むくじゃらの人間、ワシのことを素直じゃないみたいに言いおって……」

毛むくじゃら。多分、ファルコのことだろう。

「何だ？　淑《しと》やかだって思われたかったのか？」

「はぁ!?　そんなわけないじゃろうが！　ぶち殺すぞ！」

どっちだよ、と心の中で突っ込んでしまった。

面倒なので早く酒を持ってきてくれないかと祈っていると、フィオが村人たちを連れてやってきた。

「あんた、酒は強いのか？」

声をかけてきたのは、フィオの家で見た、彼女の冒険者仲間の男だ。

筋骨隆々で、いかにも酒が強いといった雰囲気だ。

ヤスミンは男を値踏みするように見たあと、興味なさげに言う。

「当たり前じゃろ」

「ほう？　だったら俺と勝負しようぜ」

「勝負？　ワシと酒の飲み比べでもしようというのか？」

「甘ったるい会話のほうが好みだと言うならそうするが？」

「冗談は顔だけにしろ。人間と仲良くおしゃべりなど寒気がするわ」

「気が合うな。実は俺もだ。口下手同士なら、これでわかり合うしかねぇだろ」

男はドン、とカウンターにジョッキを叩きつける。

それに呼応するように、続けてドドンとふたつのジョッキが置かれた。

アステルが注文した酒を運んできてくれたのだ。

「……いいじゃろ。勝負してやろう」

ヤスミンは男を見下すような目で見た後、音もなく立ち上がりジョッキを手に取った。

そして、プロポーションを見せつけるように腰に手を当て、一気に飲み干す。なんとも凄い飲みっぷり。

「……良いか人間？　負けた方がおごりじゃからの？」

「フン、いい度胸じゃねぇか」

男は口の端をキュッと吊り上げると、カウンターからひったくるようにジョッキを取り、豪快に飲み始めた。

ヤスミンに勝るとも劣らない飲みっぷりだ。

ふたりが飲み比べをはじめたことに気づいた客たちが周囲に集まり、次第に応援合戦――という名のヤジ合戦――がはじまる。

隣にいたバイツは、メノンと一緒にアステルの手伝いだ。

空になったジョッキを端に寄せて、新しい酒をふたりの前に置く。

そして、十杯目のジョッキが空になったとき――カウンターに突っ伏したのは、男の方だった。

「わぁ！　ヤスミンかっこいい！」

「フン、当然じゃ！」

メノンの称賛を受けながら、涼しい顔で優雅に足を組むヤスミン。

そんな彼女の周りに、男の仲間たちが集まった。

「良い飲みっぷりじゃねぇかネェちゃん。気に入ったぜ」

「ムフフ、じゃろう？」

「なぁ、あんたしばらく村にいるのか？」

「そんなわけあるか。明日出発する。どうやらワシの目的は果たせそうにないし、こんな人間臭い所にいつまでもおったら、鼻が腐る」

「そうか。そりゃ残念だ。あんたとなら良い飲み仲間になれそうだったんだがな」

「……」

男に心底残念そうな顔をされ、ヤスミンはぐっと息を呑んだ。

どうやら返す言葉と一緒に、表情も飲み込んでしまったらしい。

それから、男たちはカウンターに突っ伏す男を肩に担ぎ、バイツとメノンに挨拶をしてから酒場を後にした。

「ホント、くだらないの」

ヤスミンが吐き捨てるように言った。

それを聞いたバイツは呆れ顔。

「くだらない？　酒を飲むことが？」

「人間のくせに、ワシに酒で勝てると思っているところがじゃ」

ヤスミンが追加でエールを注文した。

どうやら、まだ飲み足りないらしい。

バイツは燻製チーズをかじりながら尋ねる。

「人間が作ったのに、酒は好きなんだな」

「酒に罪はない」

「さいですか」

つい笑ってしまったのは、憎まれ口を叩いているヤスミンの尻尾がくねくねと優雅に動いていたからだ。

なんだかんだ言って、楽しんでもらえているようだ。

「お騒がせしてすみません、ヤスミンさん」

そう声をかけてきたのは、恐る恐るやってきたフィオ。

「無理やり飲み比べなんてさせちゃって……」

「別に。飲み比べは好きじゃからの」

「そ、そうなんですね」

フィオが少しだけ気まずそうに、引きつった笑顔を覗かせる。

もしかして親睦を図《はか》りたいのだろうか。

そう考えたバイツがヤスミンの隣の席を勧めると、フィオは会釈《えしゃく》をしてからチョコンと座った。

ついでにフィオの分の葡萄酒を注文する。

おまけで、空になっているメノンのヤギミルクも。

「あ、あの、薬草集めと橋の修繕、ありがとうございました」

少し声を上ずらせながら、フィオがヤスミンに切り出した。

「バイツさんから色々と聞きました。なんでも、軍に入ったときからペアを組んでいたとか」

「……」

ヤスミンが冷ややかな目でバイツを見る。

「何じゃ？　話したのか？」

「フィオにだけな。この会を催してもらうのに、秘密にはできないだろ」

「……呆れたヤツじゃの。一応、ヌシに気を使って黙っておったのに。秘密にしていないのなら、声高《こわだか》に『ワシが魔王軍第三軍の軍団長だ！』と名乗り出てやろうかの」

「お、おい」

「冗談じゃ」

焦るバイツを見て多少溜飲《りゅういん》が下がったのか、ヤスミンは意気揚々とフィオに尋ねる。

「それで？　村長さんはワシの正体を知ってるのに、何故、歓迎するような真似を？」

「バイツさんのお知り合いですし、ここにいらっしゃったのは『魔王軍幹部』としてではなく、『バイツさんの戦友』としてでしょう？　だとしたらヤスミンさんは、私たちのお客様です」

「ハッ！　ヌシらを滅ぼそうとしておる魔王軍の軍団長を客じゃと？　これは傑作《けっさく》じゃな！」

ヤスミンがケタケタと笑い出す。

一方のフィオは苦笑い。

笑い涙を拭きながら、ヤスミンが続ける。

「……何故バイツを受け入れようと思った？」

「えっ？」

「相手は人間を滅ぼそうとしている魔王軍に所属していた危険な獣人。そんなヤツを住ませるなんて、自殺行為も良いところじゃ」

「バイツさんは損得無しに私たちを助けてくれました。一度だけじゃなく、何度も」

「ヌシを騙してるだけかもしれんぞ？」

「バッ、バイツさんはそんな人じゃないです……っ！」

どうやら、思わず声を荒げてしまったらしい。フィオはハッと我に返ると顔を真っ赤にして俯いてしまった。

「えと……それに、懐いているメノンちゃんを見ていると、バイツさんは悪い人には思えなくて」

「……」

ヤスミンが無言でジョッキに口を付ける。

そして、しばらく静かに何かを考えていたかと思うと、意地の悪そうな笑顔を浮かべた。

「それではヌシに質問じゃ。ワシが部下を連れてきて、『村を焼かれるかバイツを返すか選べ』と選択を迫ったら、どちらを選ぶ？」

「どっちも選びません」

フィオは即答した。

わずかの迷いも感じられない返答に、ヤスミンは目を丸くする。

「どちらも守るためにヤスミンさんと戦います。エスピナ村は私たちの『家』で、バイツさんは私たちの『家族』ですから」

「……家族？」

「私たちとバイツさんは血は繋がっていませんし、種族も違います。けれど、私たちの大切な仲間で、家族なんです」

「……っ⁉」

隣でふたりの会話を静かに聞いていたバイツは、思わず飲んでいた葡萄酒を吹き出しそうになってしまった。

できるだけ傍観しているつもりだったけど、隣でそんなことを言われたら流石に恥ずかしい。

そんなバイツの膝の上に、メノンが乗っかかってくる。

「ねぇねぇ、フィオ？　メノンも家族？」

「そう。メノンちゃんも大切な家族」

「えへへ……」

満面の笑みを浮かべるメノン。

「ねぇ、聞いたバイツ？　メノンも家族だって！」

「ああ聞いた。良かったなメノン。でも、どさくさにまぎれて俺の服で口を拭かないでくれるか？」

シャツが、ヤギミルクと串焼きの油だらけになってるし。

メノンはしたり顔で「わかった！」と返事をして、バイツの膝の上から降りる前にもう一回しっかりとシャツで口を拭っていった。

「……フン。ワシの前で良い度胸《どきょう》じゃのう人間？」

ヤスミンが肉食獣のような鋭い視線をフィオへと向ける。

「ヌシからはなんだかメスのニオイがする！」

「……はい？」

「良いか人間！　バイツとワシは将来、番《つがい》になる約束を交わした関係なのじゃ！　ヌシのような田舎臭い人間が割り込める隙間など存在せぬわ！」

「つ、番《つがい》⁉」

フィオが素っ頓狂な声を上げる。

それを聞いていたバイツは、今度こそ本当に葡萄酒を吹き出してしまった。

「ゲホッ……お、おい、ヤスミン、俺がいつそんな約束を――」

「ヌシは黙っておれ！」

「は、はい」

凄まじい剣幕に、つい尻込みしてしまった。

バディを組んで戦場を駆け回っていたときよりも数倍恐ろしい気がする。

「ワシからバイツを奪おうなんて百年早い！　もし、バイツが欲しければ……今ここでワシと酒で勝負しろ！」

「ほ、ほ、欲しければ⁉」

「そうじゃ！　これはバイツを賭けた決闘じゃ！」

ジョッキを掲げてとんでもないことを口にするヤスミン。

「ケットー⁉」

真っ先に反応したのは、目をキラキラと輝かせているメノンだった。

「そうじゃ！　大事なものを賭けた女の戦い！　負けられない戦いがここにあるのじゃ！」

「……っ⁉　おんなのたたかい⁉　かっこいい！　メノンもケットーやる！」

「いやいやいや、待て待て待て」

慌てて止めに入るバイツ。

何を言い出しているんだこいつらは。

一旦、冷静に状況を整理しようとしたが、思考が全く追いつかない。

とりあえず、ヤスミンが悪酔いしているのだけはわかるが。

「とにかく全員落ち着け。特にメノン、お前は関係ないだろ」

「あ、バイツはだめだよ。だってバイツ、女じゃないもん。ちんちん付いてる」

「人前でちんちん言うな。というか、俺は別に参加したいと言ってるわけじゃなくてだな」

「バイツ、駄々こねるのよくない。大人になれ」

「おまいう」

この場で一番の子供はお前だろメノン。

しかし、そんなバイツの突っ込みを物ともせず、メノンは真剣な眼差しでフィオに尋ねる。

「フィオ！　ヤスミンのケットー受けて立つか？」

「……」

しばしの沈黙。そして――。

「いいでしょう。受けて立ちますよ！」

フィオがジョッキを片手に、勢いよく立ち上がる。

だが、バイツと視線が合った瞬間、耳先まで顔を真っ赤にした。

「あっ……いや、べ、べべ、別にバイツさんを賭けた勝負をしたいというわけではなくですね⁉　こっ、これは……そう！　売られた喧嘩というか！」

「……もう勝手にやってください」

これ以上関わると大やけどしそうだし。

酒とヤギミルクの配膳はアステルに任せて、バイツは近くにいたライオットと酒を飲むことにした。

そして、それから一時間ほど。

最初に潰れたのはヤスミンだった。

先ほどの飲み比べが効いていたらしく、八杯でダウン。

続く九杯目でフィオがギブアップし、メノンがヤギミルクを掲げて「ケットーはメノンだ！」と、わけのわからない勝どきを挙げていた。

そういうわけで、実にくだらない決闘が終わり、後始末を任せられたのはバイツだった。

酔いつぶれたヤスミンを自室に運び、同じく気持ちよさそうに寝ているフィオを彼女の自宅へと運ぶ。

そこで待っていたソウザに「何故お前が一緒にいながらこんなことになっているのだ⁉」と、怒られてしまったのは言うまでもない。

世の中って、本当に世知辛《せちがら》いな。

＋＋＋

正直なところ、ヤスミンが酔いつぶれて良かったとバイツは思っていた。

悪酔いしてウザ絡みされることもなく、はたまた暴れて再び酒場を破壊することもなく無事に朝を迎えることができたのは重畳《ちょうじょう》ではないだろうか。

「……信じられぬ。ワシが酒で人間ごときに後《おく》れをとるなど」

だが、当のヤスミンは不満のようだった。

日が昇って間もない朝。バイツが井戸で顔を洗って部屋に戻ると、目を覚ましたヤスミンがベッドの上で頭を抱えていた。

「それに、朝まで寝てしまうとは……ワシの予定では、バイツとしっぽりやる予定だったのに」

「シラフでもお前としっぽりなんてやるか」

本っ当に酔いつぶれてくれて助かった。

ベッドはひとつしかないのでヤスミンとメノンに引き渡して自分は椅子で寝ることにしたのだが――マジで正解だったな。

腰が痛いが、寝込みを襲われなくて本当に良かった。

「そんなことより、下でアステルにリンゴジュース貰ってきたんだが飲むか？　二日酔いに効くらしいぞ」

「……うん、頂戴《ちょうだい》」

ヤスミンは素直にコップを受け取ると、一気にぐいっとあおった。

それをみて、バイツはつい笑ってしまった。

二日酔いになると素直になるのも、前から変わってない。

「まぁ、酔いつぶれるなんてヤスミンらしくないが、それくらい気が緩んでたってことだろう」

「何じゃ？　ワシが油断していたとでも言いたいのか？」

「言い方が悪かった。フィオと酒を飲むのが楽しくて夢中になってたんだろ」

「それはそれで腹が立つ理由じゃの」

「楽しかったか楽しくなかったか、強《し》いて言うならどっちだ？」

「………………楽しかった」

ヤスミンがコップに口を付けたまま、バツが悪そうに視線を逸した。

うん、やっぱり素直だ。

しかし、とそんな純心モードのヤスミンを見てバイツは思う。

意地っ張りのヤスミンの口から「人間と酒を飲んで楽しかった」なんて正直な感想が聞けるなんて、フィオに晩餐の協力を頼んで良かった。

「ヌシが言ってたこと、少しだけわかった気がする」

ぽつり、と部屋に跳《は》ねたのはヤスミンの声。

「確かにここの連中は、ワシが知ってる人間とは少し違う。上手く言葉では言えぬが……裏表を感じぬというか、悪い臭いがしないというか」

「そうか」

「ま、まぁ、人間どもを滅ぼしたいという思いは変わらないがの！」

ツンと唇を尖らせるヤスミン。

「それでいいさ。ヤスミンが裏切られた事実は変わらないし、お前に『人間を嫌忌するな』とも言えない。だが、理解がある人間もいるんだとわかってもらえたのなら、俺も嬉しいよ」

「……フン」

ヤスミンはベッドからするりと出てくると、窓から差し込む日差しを受けて猫のように大きく伸びをした。

そして、窓から村の景色を臨みながら、そっと囁く。

「ワシもあのクソみたいな連中ではなく、ここに住んでるような人間に出会っていたら――」

「え？」

「……いや、なんでもない。ジュース、ありがと」

「あ、ああ」

それからヤスミンは人豹化して念入りに毛づくろいしたあと、魔王領に帰ることをバイツに告げた。

このまま部屋で別れても良かったが、村の入り口まで見送ることにした。

最後の最後でトラブルになったら困る――という建前《たてまえ》で。

一階ではファルコとアステルが朝食の準備で大忙しだった。

農作業に出る前にここで朝食を取る村人も多いのだ。

ヤスミンに気づいたファルコが、旅の供《とも》にと豚肉のサンドイッチを手渡した。

渋々受け取るヤスミンだったが、尻尾は嬉しそうに動いていた。

「ほんとに良いのか？」

村の入り口に向かう最中、ヤスミンがおもむろに尋ねてきた。

バイツは小さく首を傾げる。

「何がだ？」

「このままワシを帰していいのかと聞いておるのじゃ。ワシが魔王軍に戻ったら、ヌシやこの村のことを魔王様に報告するかもしれんじゃろ」

「好きにしろ。勝手に前線を離れたんだから、報告義務もあるだろうしな」

むしろ、報告せざるを得ないだろう。

旧友に会うために任務を部下に任せて遠出してました――じゃ、魔王に実際に首を切られかねない。

ヤスミンは少し気まずそうに続ける。

「ここを標的にされるかもしれぬぞ？　魔王軍にとってヌシは脅威じゃ」

「そうなるかもな。できれば穏便に済ませたいところだが」

「最後にもう一回聞くが……ワシと魔王軍に戻る気はないか？　それが一番穏便に済ま

せる方法だと思うのじゃが」

「ない。俺がいるべき場所はここだ」

「……そうか」

そう言ったヤスミンの顔に、影が落ちる。

その表情になんだか心苦しさを感じてしまった。

ヤスミンは自由奔放な女だが、簡単に命令違反をするような獣人ではない。

アリシア侵攻作戦を部下に任せてこんな僻地《へきち》にまで足を運んだのは、彼女なりの決意があったからだろう。

魔王軍のためというより自分のためだろうが、それでもリスクを承知でやってきたことに変わりはない。

「だがまぁ……なんだ」

だからバイツは、ヤスミンの思いに少しだけ報《むく》いてやりたくなった。

ヤスミンは面倒な女だが、長きにわたり苦難をともにしてきた仲間で——ある意味、「家族」のようなものだからだ。

「俺は魔王軍には戻るつもりはないが、お前がまた来てくれるというのなら、いつでも歓迎する」

「……え？」

「いつでも遊びに来いってことだ。二度と暴れるような真似はしないと約束できるならな」

バイツがつい目を逸してしまったのは、見ているこっちが恥ずかしくなるくらいにヤスミンが嬉しそうな顔をしていたからだ。

「……あはっ」

ヤスミンはくすぐったそうに肩を竦め、笑う。

「わかったわかった。またすぐに会いにくるからの。寂しいからって、浮気するでないぞ？　ダーリン？」

「そういう誤解を生む表現を使うなら、もう来るな」

失敗した、とバイツは後悔した。

これでは言質《げんち》を取られたようなものではないか。この会話をダシに向こう数年はウザ絡みされてしまう。

「……まぁ、それくらいは許してやるか」

また突然現れて暴れられるよりいくらかマシだ。畑作業を中断してヤスミンと村の公共施設を修繕して回るのは、もうこりごりだからな。

このまま空に飛んでいくのでは、と思ってしまいそうな軽《かろ》やかなスキップをしながら帰っていくヤスミン。

そんな彼女の後ろ姿をみて、バイツは重いため息をひとつつくのだった。

ヤスミンを見送った後、酒場で朝食を頼んでから部屋へと戻った。

嵐のような来訪者が去って一息つきたいバイツだったが、毎日の農作業は待ってはくれない。

休耕期とはいえ、土壌作りの作業はある。

ヤスミンと薬草採取や橋の補修作業に駆り出されてしまったので、予定は一日分遅れてしまっているのだ。

＋＋＋

すぐに畑に繰り出して作業を始めなければ。

「おいメノン、そろそろ起きろ。畑に行く時間だぞ」

ベッドのメノンは、まだ丸まったままだ。

いつもなら起きている時間なのに、目覚める気配はない。

今日の朝食はリンゴと昨日の余り物のウサギ肉の塩焼き。

少々香りが強いウサギ肉があるので、部屋に持ち込むやいなや「バイツお腹すいたおはよう！」と飛び起きるはずなのだが。

「……メノン？」

不審に思ったバイツはメノンの顔を覗き込む。

ギョッとしてしまったのは、メノンがひどく苦しそうな顔をしていたからだ。

「お、おいっ、メノン！　大丈夫か⁉」

「あ……う～……」

額に手を当てると、尋常《じんじょう》ではないほど熱くなっていた。

これは流行《はや》り病か。

どこかで風邪を貰ってきたか、それとも疲れが出てしまったか。

しかし、これが旅の途中でなくて良かった、とバイツは思った。

周囲に何もない荒野で病にかかってしまえば、間違いなく命を落とすことになる。

軍に所属していたときに、獣人の仲間が行軍《こうぐん》中に倒れるのを何度も見てきた。人間よりも身体能力が高い獣人でも、適切な処置をしなければ病に打ち勝つのは難しい。

この世界において、最も恐れるべきものが病。

その証拠に、エスピナ村を立ち上げた伝説の冒険者アルフレッドがこの世を去った原因もそれなのだ。

「とりあえず、施療所にいる医者を連れてくるか」

丁度ヤスミンと薬草を採取したばかりなので、薬の在庫はあるはず。

だが、部屋を出ていこうとしたバイツの足がピタリと止まった。

メノンの小さな手が、バイツのシャツを握っていた。

「……バイツ、行かないで」

かすれるようなメノンの声。

胸をぎゅっと掴まれたような感覚があった。

「大丈夫だ。すぐに戻ってくる」

ひとりになどさせるものか。

心の中で囁きながらメノンの頭を撫でたとき、とある異変に気づいた。

メノンの小さな首。

そのうなじの部分に、奇妙な痣《あざ》が浮かび上がっていたのだ。

「これは、蓮の花？」

それは——メノンのペンダントに刻まれていた紋章と酷似《こくじ》した、蓮の花の痣だった。

第四章　最凶の獣人、家族のピンチを救う

エスピナ村にはふたつの医療施設がある。

ひとつは、村人たちの軽い怪我や病を治療する「施療所」だ。

ここをやっているのは元冒険者の錬金術師のランという女性で、森の薬草で錬成《れんせい》したポーションを使って医療行為を行っている。

バイツとヤスミンが森で採取した薬草も、このポーションの原料になるものだ。

小さな切り傷や打撲、それに流行り病などはこのポーションを使って治療するのだが、大きな怪我などはこの施療所ではなく、もうひとつの医療施設である「教会」で治療を受ける。

教会は生神女ルシアナと聖女クレスタの教えを説く場所だが、白魔法を使った医療を受けることもできるのだ。

英霊鳩首《えいれいきゅうしゅ》のひとつである白魔法は、施療所で受けられる医療とは比べ物にならないほど効果が高い。

ただ、それなりの「お布施」が必要になるため、おいそれと受けることができず、ま

た、医療対象となるのはエレサクソン教の信者に限られている。

故に、バイツがメノンを背負って向かったのは施療所だった。

「……あれっ？　バイツさん？」

訪れた施療所の戸を開いてくれたのは、小柄な女性だった。

亜麻《あま》色の髪のおさげに大きめのメガネ。黒いワンピースに白いエプロンという装いからか、どこかの屋敷に勤めているメイドの雰囲気がある。

彼女がランだ。

エスピナ村随一の錬金術師で、フィオの父親であり伝説の冒険者アルフレッドの仲間のひとりでもある。

彼女が作るポーションは王宮に勤めているエリート錬金術師顔負けの効力を持っていて、特に数十種類の薬草やキノコ、動物の体の一部を使って錬成した神経毒は巨大な熊ですら仕留めることができるという。

そんなランが勤める施療所は、村で生活する上で何かとお世話になる場所なのだが、バイツはここに来るのが少々苦手だった。

現代の子供よろしく注射が嫌い――というわけではなく、亜人たちの天敵たる劇薬ポーション「牙抜き」を錬成できる錬金術師自体が苦手なのだ。

だが、当のランはバイツに苦手意識を持たれているなんて、これっぽっちも知らないのだが。

「あ、ええっと」

バイツを見て、ランがオロオロと慌てだす。

「あ、あの、すみません、もも、もう薬草は必要ないので……おっ、お、お、お手伝いは」

「あ、いえ、今回は採取の手伝いではなく客として来たんですが」

「お、お、お客さん⁉　……はわっ⁉」

驚くあまり、ランは手にしていたすり鉢用のすりこぎを落としてしまった。

彼女もフィオに似てドジっ子な部分がある。

「ごご、ご、ごめんなさい。てっきりまたお手伝いに来てくれたのかと」

「気にしないでください。あと、また薬草が必要になったら声をかけてくださいね。森にラン先生一人で入るのは、危険ですから」

「あ、ありがとうございます。でも……あの、先生は……やめてください」

恐縮するあまり、語尾が小さくかすれていく。

バイツはこれまで農作業が終わった後で、何度かランと薬草採取をすることがあった。

きっかけは農作業中――という名の、ただの鬼ごっこ――にメノンが転んで怪我をして、傷を診てもらおうと施療所に来たときだった。

入り口に「薬草採取に出ています」のプレートが出されていたので探しに森に入ったところ、狼に襲われているランと遭遇《そうぐう》したのだ。

ランは元冒険者だが、戦闘技術を持っていない。

なのでフィオからは「森に入る時は必ず護衛を付けてください」と言われていたのだが、しばらく森で狼を見ていなかったので油断していたらしい。

結局、バイツのおかげで事なきを得たが、それからランは森に入るたびにバイツに声をかけるようになっていた。

そんなランが恐る恐る尋ねてくる。

「あ、あの、お怪我でもされたんですか？」

「実はメノンが熱を出してしまって」

「えっ⁉」

メガネをくいっと上げ直したランは、慌ててバイツに駆け寄ろうとしたが、ふと足を止め、医療用ベッドの上に載っていた薬草を片付け始めた。

「と、とと、とりあえずこのベッドに寝かせてください」

「わかりました」

ベッドの上にそっとメノンを寝かす。メノンは先程まで苦しそうにしていたが、プープーと可愛い寝息を立てていた。

「では、失礼して」

ランは慣れた手付きでメノンの頭や手足を触り、脈を測り始める。

「……ん。確かに少し熱がありますね。でも、シバリングは出てなさそうですし、手足も冷たくないのでこれ以上熱があがることはなさそうです」

ランの空気が、一瞬で変わった。

彼女は錬金術師だが解剖《かいぼう》学や医学にも精通している。そういう知識がポーションや毒薬錬成に役に立つからだ。

さらに診察もできるランは、もはや医者と言っても過言ではない。

なのでバイツは彼女のことを「先生」と呼んでいるのだが、どうにも肌にあわないらしく静かな抗議を受けている。

「これは流行り病――」

ランが神妙《しんみょう》な面持ちで口を開く。

その言葉にバイツの顔がこわばるが――。

「――というわけではなさそうですね」

にこり、とランが微笑んだ。

「多分、疲れが出たんでしょう。ここのところ、ハリケーンとか色々ありましたからね。私が作ったポーションを飲ませて、栄養のあるものを食べさせればすぐに良くなると思います」

「ありがとうございます。やはり先生に診てもらって正解でした」

「だっ、だから先生は……やめて……っ」

顔を真真赤にして、泣き出しそうになるラン。

なんだか小動物みたいで可愛い。

「で、でも、流行り病ではなさそうですが、この首の痣は少し気になりますね」

ランがメノンの髪をかきあげ、うなじの部分にあるあの痣を見せた。

「痣の周囲が赤く腫れているようにも見えます。これはいつから？」

「それがよくわからないんです。昨晩まではそんな痣はなかったと思うのですが……」

「そう、ですか」

ランが腕を組み、う〜んと難しい顔で首を捻る。

そんなランに、バイツが尋ねる。

「もしかして、発熱と関係があるんですかね？」

「ん〜……ちょっとわからないですね。怪我だとしたら破傷風《はしょうふう》という可能性もありますが、打撲というわけでもなさそうですし」

ランが近くでマジマジと痣を見る。

「……あれ？　なんだか蓮の花っぽい？」

「やはり先生もそう思います？」

「はい。なんとなくですけれど」

メノンが熱を出すなんて初めての経験なので、気が動転してそう見えたのかと思ったが、先生もそういうのなら間違いないのかもしれない。

でも、どうしてそんなものが？

「蓮の花の痣が出る病みたいなものを聞いたことはありますか？」

「ないですね。そんな病があったら、人々からありがたがられてすぐ噂になるでしょうし」

「ありがたがられる？　何故です？」

「だって蓮の花といえば、クレスタ様でしょう？」

「クレスタ？」

「え？」

キョトンとした顔をするラン。

しばしの沈黙ののち、ハッと何かに気づく。

「……あっ！　バイツさんって無宗教なんでしたっけ。聖女クレスタ様ですよ。聖なる花と言われている蓮華《れんげ》はクレスタ様の象徴でもあるんです」

「……ああ、エレサクソン教が信仰する聖女クレスタのことですか」

ここにきてまたエレサクソン教か。バイツはため息をつきたくなった。

司祭がメノンのペンダントの紋章に見覚えがあると言っていたし、やはり教会に関係しているのだろうか。

「司祭様にお話を聞きに行ってみてはどうです？　私より医学に精通していらっしゃいますし、この痣の原因がわかるかもしれません」

「……そう、ですね」

しかし、バイツの返答は渋かった。

面と向かって教会の人間と会うのは避けたかったからだ。

エレサクソン教は亜人……特に獣人を排除すべき「呪われた種族」だと忌避《きひ》している。

今やバイツは村民たちから家族として迎え入れられているが、未だにバイツの入植を拒否している先鋒が、教会の司祭なのだ。

「私が一緒に行きましょうか？」

ランがそう切り出した。

「教会はすぐそこなので『外出中』の看板を出していれば問題ないですし」

「いいのですか？　他に患者さんが来るんじゃ？」

「大丈夫ですよ。だって、元々お客様なんてそんなに来ないですもん」

えへへ、と恥ずかしそうにランが笑う。

苦笑いを返したが、正直、その申し出はとてもありがたかった。

流石に司祭も第三者の目があれば、変な言いがかりをつけてくることはないだろう。

「ありがとうございます。教会は苦手なので、そうしてもらえると助かります」

「はい。それでは……ええっと、メノンちゃんは寝ているようですし、このまま行きましょうか。施療所には鍵をかけていくのでご安心を」

そうしてバイツたちは、村の教会へと向かった。

＋＋＋

エレサクソン教の教会は村の北西部、施療所から少し歩いた所にあった。

周囲を柵で囲まれた小さな教会の裏手には墓地もあって、エスピナ村を立ち上げた伝説的冒険者アルフレッドもここで眠っている。

教会は医療施設としての顔もあるが、生神女ルシアナと聖女クレスタの教えを説《と》く場所でもあり、毎週末はここで礼拝が行われている。

バイツは参加していないが、村人の半数ほどは教会に足を運んでいる。

ランが装飾の施された教会の扉を開く。

天井に陽の光が差し込む美しいステンドグラスが見えた。

きらびやかなステンドグラスは、権威と富の象徴だ。

それは地方の農村であるエスピナ村でも変わりはない。

信者からの寄附や、白魔法による医療行為を受けた対価として支払われる「お布施」が集まる教会は、エスピナ村の中で最も財貨が集まる場所なのだ。

そんな教会の祭壇に見えるのは生神女ルシアナと、その御子である聖女クレスタの像。

そして、その前で祈りを捧げるひとりの男性。

歳は三十代くらいだろうか。

短く切った黒い頭髪に黒メガネ。

立襟の黒い祭服を着て、首元には細かな刺繍《ししゅう》が入ったストールを掛けている。

いかにも敬虔《けいけん》なエレサクソン教の信者っぽい身なりだ。

「司祭さま」

ランが声をかけると、男がおもむろに振り向いた。

そして、ランの姿を見るなり、優しげな微笑みを浮かべる。

「……おや、ランさんではありませんか」

「お祈り中にすみません」

「丁度終わったところなので大丈夫ですよ」

司祭は優雅な足取りでランたちの元へと歩いてくる。

「先日は教会の補修作業に協力いただき、ありがとうございました」

「い、いえ」

「きっとルシアナ様もお喜びになっているでしょう」

補修作業というのは、先日のハリケーンで崩れてしまった教会の補修作業のことだ。

バイツが村の橋を修繕したように、教会も信者たちの手によって修繕工事が行われていたらしい。

「それで、今回はどのようなご用事で？」

「あ、ええっと、司祭さまに用事があるのは私ではなく、この方で」

ランに促され、バイツが司祭の前に出る。

瞬間、司祭の視線が鋭くなった。

「ああ、バイツさん……でしたか。以前に一度、酒場でお会いしましたね」

司祭がにこやかに会釈するが、その目は笑っていない。

「あなたのお噂は耳にしておりますよ。なんでも、保護した小さなお子さんを連れて戦火から逃れてきたとか」

「そうですね」

「なんとも痛ましい。文字通りの悲劇ですね」

司祭は鎮痛《ちんつう》の面持《おもも》ちで胸をギュッと握りしめる。

魔王との戦争が始まって、戦争孤児が増えてきていると耳にしたことがある。引き取り手がいればまだいいが、身寄りのない子供は孤児院に連れていかれるか、葡萄酒一杯ほどの金で奴隷商に売られるかのどちらかだ。

その現実に、司祭も心を痛めているのだろう。

そう思ったバイツだったが――司祭の口から出てきた言葉は、意外なものだった。

「まさか忌まわしき獣人のあなたに懐くなんて、なんと哀れな子供なのでしょう。これを悲劇と言わず、なんと言えばよいのか……」

皮肉や冗談を言っているのではないというのは、司祭の表情が雄弁《ゆうべん》に語っていた。

この男は、心の底からバイツに拾われたメノンのことを哀れ悲しんでいる。

獣人は呪われた種族であり人類の敵。

それはエレサクソン教における「正義」なのだ。

「あ、あの……」

重苦しい沈黙を押しのけるように、ランがそっと口を開く。

「じ、じ、実はその子供の件で司祭さまにご相談というか、お伺いしたいことがありまして」

「子供の件？」

「は、はい。昨晩から熱を出して寝込んでいるのですが、首に妙な痣が出ているんです」

「妙な痣ですか」

「蓮の花のような痣です。蓮の花と言えばクレスタ様の象徴なので、何かご存知ではないかと思って――」

「……っ⁉　それは真《まこと》ですか⁉」

「うひゃあ⁉」

司祭に突然肩を摑まれたランが悲鳴のような声をあげた。

「しっ、しっ、司祭様、なな、何ごとですか⁉」

「本当にその子供に、蓮の花の痣が現れたのですか⁉」

「えっ？　は、はい、私も見たので、間違いない……と思うのですが……」

ランがバイツに視線を送る。

そんな目で見ないでほしい、とバイツは思った。

どんな罵詈雑言《ばりぞうごん》を投げつけられるかわかったものではないので、できればランに話を続けてほしいのだが――まぁ、仕方がないか。

「あれは間違いなく蓮の花の痣でした。何かご存知なのですか？」

「もちろんです！　それは――聖痕《せいこん》ですよ！」

「聖痕？」

聖痕という言葉は、バイツも転生前に耳にしたことがあった。

確かスティグマとも呼ばれていて、キリストが磔刑《たっけい》の際に受けた傷が外的要因を伴《ともな》わずに現れる超自然現象のことだ。

嫌な予感が脳裏をよぎる。

「ああ、なんということでしょう！」

司祭は興奮の眼差しで続けた。

「聖痕は聖女クレスタ様が顕現《けんげん》された証《あかし》ですよ！　すぐに私をその方の元へ案内してください！」

＋＋＋

生神女ルシアナの御子、聖女クレスタ。

彼女はルシアナの代弁者として悩める人々の前に現れ、奇跡を以《も》って道を示すとされている、エレサクソン教の使徒だ。

これまでのことを鑑《かんが》みるに、メノンがエレサクソン教に関係しているとは思っていた。

だが——まさか聖女本人の名前が出てくるなんて。

「……素晴らしい！」

施療所でメノンの痣を見た司祭は、目に涙を浮かべながら天を仰いだ。

「これはまさしく聖痕ですよ！　ああ！　実際に聖痕をお目にかかれる日がくるとは！」

「……」

興奮する司祭とは裏腹に、バイツは胡乱な視線を送る。

「あの、説明してくれませんか？　この痣はどういうことなんですか？」

「生神女ルシアナ様のご息女であらせられる聖女クレスタ様は、その奇跡を示すために人の体に藉身《せきしん》されると言われています。この痣はクレスタ様が藉身されたという証拠ですよ」

藉身。つまり、身を借りる。

神の娘であるクレスタが人界に降りるためにメノンの体を借りた、ということだろうか。

何の冗談だとバイツは笑いそうになってしまった。

魔王による侵略戦争がはじまり、人々が聖女クレスタの降臨を求めていたのは知っていた。

その人々の願いを聞いて受肉した存在が、メノンだとでも言うのだろうか。

「この御方は『蓮の花と鷹の紋章』のペンダントをお持ちで？」

「ええ、持っています。フィオさんを通じて司祭さんにもお話がいったと思いますが」

「……おお、あの件！　あれはこの御方のペンダントだったのですね！」

こいつ、忘れていたのか。

でもまぁ、無理もない話なのかもしれない。この驚きようを見る限り、聖痕が現れるのは奇跡に近い出来事のようだし。

「蓮の花はクレスタ様、鷹は再生の象徴なのです。その紋章が刻まれたペンダントはクレスタ様が藉身される御身にもたらされると言われています。てっきりフィオさんはその言い伝えのことを尋ねてきたのかと思っていましたが……」

司祭がそっとメノンの額に触れる。

「とにかく、この御方を教会にお連れください」

「ちょっと待ってください。メノンをどうするつもりなんですか？」

「どうもこうもありません。総本山からクレスタ様の守護者《インペリアラー》たちが来るまで、私が責任を持って彼女を保護しなければいけません」

「守護者？　保護？」

バイツの眉間に深いシワが走る。

なんだかキナ臭い話になってきた。

こいつら、本当にメノンを聖女として祀《まつ》り上げるつもりか。

「司祭さんには悪いですが、あなたたちの世話になるつもりはありません」

「しかしこの御方は――」

「エレサクソン教の信者でもない俺たちには関係のない話です。それに、メノンとは故郷に連れていくという約束をしていますので」

「あ、の、バイツさん」

恐る恐るランが声をかけてきた。

状況に頭が追いついていないのか、顔面が蒼白になっている。

仲介をしてくれたランには悪いが、これ以上ここにいるのは危険な気がする。

そう判断したバイツは「すみません」と頭を下げて、ベッドで眠るメノンに手を伸ばした。

そのときだった。

「お待ちなさい」

司祭がバイツの腕を摑んだ。

「獣人のあなたに、メノン様を任せるわけにはいきません」

「……メノン『様』？」

バイツは思わず吹き出しそうになってしまった。

「ついさっきまでメノンのことを『哀れな子供』と呼んでいた人間の言葉とは思えませんね。この数分の間でメノンも随分と出世《しゅっせ》したもんだ」

相手次第で態度をころころと変えてくる。華麗な手のひら返しも、おかまいなし。だから教会の人間は嫌いなんだ。

「……口を慎《つつし》みなさい」

司祭が憎悪の籠《こ》もった瞳でこちらを睨みつける。

「メノン様は我々人類の希望です。この世界を呪われた種族から救う救世主なのですから」

「……だからどうした」

怒気を孕んだ声で、バイツが司祭に詰め寄る。

「もう一度言うぞ、司祭さん。あんたら教会の都合など知ったことではない。メノンを守るのは俺の役目だ。怪我をしたくなければ、今すぐこの手を離せ」

司祭に摑まれていたバイツの腕がぞわぞわと蠢き出し、漆黒の体毛に覆われていく。

そして、瞬く間にバイツの体が黒い狼の姿へと変わる。

両手に煌めく鋭い爪。

血を浴びたかのように赤く輝く双眼《そうがん》。

「……っ」

声にならない悲鳴が司祭の口から漏れ出した。

小さな施療所の中に、緊迫した空気が充満する。

その押しつぶされそうな重圧に耐えられる人間など、この場にはいなかった。

「く、くそっ」

不本意といった表情で、司祭がバイツの腕を離す。

「忌まわしき汚れた種族め……」

司祭は小さく囁くように吐き捨てる。

ようやく本性を現したな。バイツは半ば呆れながらそう思った。

だが、そっちのほうがやりやすい。変に好意的な感情を向けられるより対応がしやすいからな。

「バ、バイツさん」

駆け寄ってきたのは、ラン。

彼女もまた人狼化したバイツに慄《おのの》き、一歩も動けずにいた。

「……すみませんランさん。ご迷惑をおかけしました」

バイツはランに小さく頭を下げ、ベッドで眠るメノンを抱きかかえる。

そして振り返ることなく、施療所を後にした。

＋＋＋

何かが体の上に乗っている感じがした。

それを振りほどくように寝返りを打とうとしたけれど、がっちりとホールドされているようで、全く動くことができない。

もしかして、久しく経験していない金縛りにでもなったか？

「バイツ、バイツ」

「……」

目を開けると、しかめっ面で馬乗りになっているメノンの顔があった。

バイツはしばし黙考する。

何なんだろう、この状況。

「……ちょっと聞きたいんだが、なんで朝っぱらから俺の腹の上で顔をしかめてるんだ？」

「ウインクしてるの」

「……」

なるほど、そうか。ウインクか。

色々と突っ込むべき箇所はあるが、とりあえずウインクと呼ぶための指標をはっきりさせておいたほうがいいかもしれない。

どう見ても両方の目を閉じてるし。

「俺が知ってるウインクは、こう……片方の目を閉じるやつなんだが？」

「え？　あ、う～ん……こう？」

必死に片方の目を閉じようとするメノンだったが、何度やっても反対の目も一緒に閉じてしまう。ここまでウインクが下手なやつを見たのははじめてだ。

「どう？」

「……あ～、うん。もうそれでいいや。というか、何で俺に馬乗りになってウインクしているんだ？」

「これをすると、男はイチコロだって」

「イチコロ」

「そう。ヤスミンが言ってた」

「そうか。とりあえず俺をイチコロにさせようとするな」

しかもイチコロにして、何をしようと企んでいるんだ。

あれか？　尻尾をモフるだけでは飽き足らず、全身人狼化を求めるとか？

尻尾だけでもアステルの掃除が大変そうなのに、そんなことしたら殺されそうだから絶対やらないぞ。

「……とにかく、俺にそういうことをする必要はない」

「あるよ。だってバイツ、ヤスミンといちゃいちゃしてたもん。イチコロにしとかないと心配」

「だから心配する必要はない。そもそも、いちゃいちゃなんてしてないからな」

軽い殺し合いはしていたが。

「してた」

「いや、してない」

「してたよ！　だって子作りするって言ってたもん！」

「い、言ってない！」

というか、声高に子作りとか叫ぶな。

「バイツ、ヤスミン追いかけていなくなっちゃう？」

「……は？」

「ヤスミンのこと大事なら、メノン置いていなくなっちゃうでしょ？　ヤスミンがバイツのことを追いかけて来たみたいに……」

なるほど、とバイツはようやく合点《がてん》がいった。

メノンはひとり置いていかれやしないかと不安になっているのだ。

旧知の仲であるヤスミンが突然現れ、魔王軍に戻って来いと誘ってきたところを見れば、不安になって当然だろう。

「大丈夫だ。俺はいなくならない」

頭を優しく撫でるが、メノンの表情は晴れない。

「うそ」

「本当だ。今の生活は気に入っている。畑をやるのもメノンと酒場でヤギミルクを飲むのも、こうして一緒に寝るのもだ」

「……」

しばし困ったような顔をしたあと、メノンは小さく首をかしげた。

「……ホントに？」

「ああ、本当だ。お前をひとりにしたりしない」

──お前を故郷につれて行くまでは、とは心の中だけで付け足す。

我ながら卑怯《ひきょう》な大人だと思う。

きっとその日が来た時、メノンは激しく怒るだろう。怒って泣いて……もしかすると「顔も見たくない！」と嫌われるかもしれない。

だが、それでも良い。

別れの日が来るまで笑って過ごせるのなら、それに越したことはない。

「……えへへ」

ようやく安心したのか、メノンの表情が太陽のような輝きを取り戻した。

その笑顔につられて、バイツも頬を緩めてしまう。

可愛いやつだ。ちょっとほっぺたをぐりぐりさせてくれ。

「バイツ、もかもかしたい」

「はいはい」

部分人狼化した尻尾をメノンの前に差し出した。

メノンは言葉にならない喜びの声を上げて、ボフッと尻尾に顔を埋める。

くんかくんかとしばらく尻尾の毛を堪能していたが、ふと気づけばスースーと寝息を立てていた。

鮮やかな二度寝。

もしかして、不安に駆られて、ずっと眠れていなかったのだろうか。

畑に出る時間なのだが、今日はそっとしておくか。メノンの熱は風邪ではなかったが、無理をさせると本当に風邪を引きそうだし。

と、メノンの小さなうなじに、例の聖痕が見えた。

聖女クレスタを身に宿した、生まれ代わりの証――。

そう言われたときは心底驚いてしまった。

だが、あれから数日が経って改めて思うが、現実味がないというのが正直なところだ。

聖女だなんだと言われても、メノンはメノンなのだ。

尻尾がないと夜も寝られないし、朝は弱いし、気がつけば二度寝をする。

蜂蜜菓子やヤギミルクに目がないし、畑を手伝わずにダンゴムシ探しをしたり、使い魔の狼たちと遊び回る。

そこに聖女らしさなんて、これっぽっちもない。

だが、いつか聖女クレスタの意識が芽生えることになるのだろうか。

メノンは教会の司祭顔負けの強力な白魔法を使えるし、司祭が認めるくらい、はっきりと聖痕が出ているのも事実なのだ。

聖女の白魔法は傷を癒やすだけではなく、病や毒から人々を癒やし、死からも救い出すと言われている。そんな力に目覚めたら、間違いなく世界を救う存在だと祀り上げられるだろう。

世界を救う。

正確に言えば、人間を滅ぼそうとしている魔王から世界を救う。

その過程でメノンはヤスミンとも剣を交えることになるかもしれない。逆に魔王軍から命を狙われることになるかも。

「俺もメノンに殺されるのか?」

笑えない冗談だ。

こんなふうに腹の上でプープー寝息を立てているメノンに「忌まわしき血族は滅ぶべし」なんて言われるのだろうか。

ショックで寝込む自信がある。

瓦礫の中からメノンを助けたときから、いつか必ず別れは来ると覚悟していた。だけど、そんな最後を迎えるのだけは勘弁してほしい。

「……考えるのはよそう」

不確定なものをあれこれ悩むだけ無駄なのだ。

今悩むべきは——この状態からどうやってメノンを起こさずに畑に行くかだ。

＋＋＋

秋も深くなり、温かいものが恋しくなる季節がやってきた。

暖房なんてない冷え切った部屋の中、バイツはいつものように夜明けと同時に目を覚ました。

窓の外に見える薄明《はくめい》の空は、まどろみから目覚めるように少しずつ色を取り戻しつつある。

ベッドの中ではメノンが尻尾を抱いて猫のように丸まっていた。

それを見る度に、本当にメノンは羨《うらや》ましいと思う。

天然の毛むくじゃらの懐炉《かいろ》を独り占めできて、さぞかしいい夢を見ているに違いない。

メノンと会う前は自分の尻尾で暖《だん》を取ることがあったが、最近はもっぱら自分よりもメノンを優先させている。

本当ならメノンから奪い取りたいところなのだが、この幸せそうな寝顔を見ているとつい譲ってしまう。

そういうところも本当にずるいと思う。

「……しかし、そろそろ雪が降る季節か」

現代の暦《こよみ》で言えば、立冬《りっとう》あたりだろうか。

冬の始まり。北国から雪の便りが届く頃。

生前は冬が大の苦手だったが、転生して人狼化できるようになってからは苦手意識は無くなった。むしろ、冬の旬の食材は大好物なものが多いので好きな季節のひとつになったくらいだ。

この時期の旬の食材といえば——ホタテ貝。

現代でも食べていたが、この世界でも人の姿で港町に繰り出すことがあった。

新鮮なものは殻つきのまま火にのせて焼くのがうまいが、貝柱を練り海胆《うに》と一緒に焼く「海胆焼き」も実に美味い。

他に旬のものと言えばネギだ。

底冷えする寒い冬に野菜を中心とした鍋料理にネギは欠かせないが、ネギを牛肉で巻いて甘辛く煮た「ネギの牛肉巻き」は酒が止まらなくなる一品だ。

それをファルコに頼んで作ってもらうために畑でこっそりネギを育てているのだが、意外と難しくて神経を使う。

ネギは病気や害虫には比較的強いが、雑草に負けやすいという特徴があるのだ。

「雑草処理、しないとなぁ」

バイツの口元から重たい白い息がもわっと湧き上がる。

冬といえど、雑草は生える。

冬の雑草は秋に芽が出て冬を越し、春夏にかけて花を咲かせる「越年生雑草」と呼ばれるものだ。

なので放置しておくと畑は雑草だらけになる。雑草は疫病の基《もと》になるので、薬剤がないこの世界では死活問題なのだ。

「……ん？」

部屋の戸が叩かれた。

もしかしてアステルが朝食を持ってきてくれたのだろうか。

そんな期待を胸にメノンにがっちりとホールドされている尻尾をどうにか抜き取って部屋の入り口へと向かう。

寒さに震えながら開けたドアの向こうに立っていたのはアステル——ではなく、フィオだった。

「朝早くすみません」

開口一番、謝罪の言葉を口にしたフィオ。その表情はすごく沈んでいるように見える。

「どうしたんです？」

「え、と……バイツさんに、お客様が」

「客？」

って、一体誰だろう。

首をかしげていると、フィオが廊下の先にある階段のほうを見た。

黒い祭服を着た、数人の男が立っている。

彼らが着ているのは、教会の司祭のものと似ているが、トレードマークのストールを着ていない。

その代わりに目元を隠すマスクと――物騒な剣を携《たずさ》えている。

嫌な予感が脳裏をよぎる。

「『死の宣教師』です」

そっとフィオが耳打ちしてきた。

死の宣教師。その名前に聞き覚えがあった。

エレサクソン教が抱える、「異端審問官《いたんしんもんかん》」の名前だ。

彼らが現れる場所には教会の教えに背《そむ》く「異端者」や、教会に弓引く仇敵《きゅうてき》たちの死体が重なると言われている。

だが、彼らがどのような戦い方をするのかは、あまり知られていない。

彼らに狙われた者は、必ず闇に葬《ほうむ》られてしまうからだ。

審問官のひとりがこちらにやってくる。

そして、フィオを押しのけて部屋の中へと入ってきた。

「入室を許可した覚えはないぞ」

「黙っていろ獣人」

「……ひっ」

フィオの口から、小さな悲鳴があがった。

噂通りに血の気が多い危険な連中だ。

エレサクソンの狂犬とも揶揄《やゆ》されている彼らに殺された獣人は多い。

「まぁまぁ、落ち着いてください」

と、部屋の中に一触即発の空気が立ち込めはじめたとき、甲《かん》高い男の声が部屋の外から聞こえてきた。

「その獣人は、私の代わりにメノン様を守ってくれていた功労者なのですから」

審問官たちに続いて悠然と部屋に現れたのは、金髪の男性。

他の審問官とは違い、目が覚めるような真紅のマントを羽織《はお》っている。

マントには辺境の農村には似つかわしくない豪華な刺繍《ししゅう》が施されていて、地位が高い人間であることが窺い知れる。

しかし、「気品」という言葉より「狡猾《こうかつ》」という言葉が似合う雰囲気だ。

「お初にお目にかかります、バイツさん」

男はバイツにうやうやしく頭を下げる。

「私の名はダイール・フォン・アブソリュート。キンダーハイム宮廷魔導師にして、誉《ほま》れ高き聖女クレスタ様の守護者《インペリアラー》を拝命した者です」

宮廷魔導師――。

キンダーハイム王室を守護する魔導師のエリート集団だ。

彼らは生神女ルシアナの祝福により、司祭よりも高位の「白魔法」を行使できるという。

「それで？　魔導師のエリート様がどうしてこんなところに？」

バイツは努めて冷静に、ダイールと名乗った男に尋ねる。

彼はまるで獲物を狙う蛇のように目を細め、意気揚々と言い放った。

「教皇様の命《めい》により、聖女クレスタ様が藉身されたメノン様を王都にお連れに上がりました」

＋＋＋

奇妙だな、とバイツは思った。

キンダーハイム王宮からの使者であるダイールと、エレサクソン教の異端審問官である死の宣教師たちがなぜ一緒にいるのか。

生神女ルシアナの祝福を受けている以上、宮廷魔導師はエレサクソン教の信者であることに間違いはない。

だが、教会の司祭ならまだしも、異教徒を闇に葬る死の宣教師と行動を共にするのはおかしい。

「……王室と教会が総出で保護せねばならないほど、メノン様の存在が偉大だということですよ」

ようやく落ち着きを取り戻した部屋に、バイツたちの姿があった。

彼らはひとつのテーブルを囲んでいたが、そこに和気あいあいとした雰囲気はない。

ダイールと死の宣教師たちを睨むバイツ。

その膝の上で、半分白目を剥《む》いてうつらうつらと船を漕《こ》いでいるメノン。

そして、状況が全く把握できずに、顔を真っ青にしているフィオ。

「いだい？」

寝ぼけ眼をこすりながらメノンがぽつりと言う。

ダイールがにこやかに頷いた。

「素晴らしい存在だという意味ですよ、メノン様」

「メノン、いだいなの？　いだいだと、蜂蜜菓子たくさん食べられる？」

「え？　ま、まぁ……お望みとあらば……」

ダイールが答えた瞬間、メノンの目にカッと力がみなぎった。

「本当か⁉　聞いたかバイツ！　げんち取ったぞ！」

「……現地？」

何のことを言ってるんだと首を捻ってしまったが、あれか。言質のことか。

「まぁ、とりあえず蜂蜜菓子は置いといてだな」

「がーん！」

ショックのあまり、膝から落ちそうになってしまうメノン。

バイツはすかさず肩を摑んで姿勢を戻し、話を続ける。

「メノンを王都に連れていくとはどういう了見《りょうけん》ですか？」

「少し前に、この村にいらっしゃる敬虔な信者より信書が届きました。『パシフィカにて聖女降誕の兆《きざ》しあり』と……」

敬虔な信者。

その言葉にバイツはひとりの男の顔が浮かんだ。

村の教会の司祭だ。

あれほどメノンを欲していたのに、あれから全く接触が無いと思っていたが、教会の総本山に連絡を取っていたのか。

「聖痕が確認された場合、王都にお連れしてキンダーハイム国王スピネル様とエレサクソン教の教皇様立ち会いの元で聖女降誕を宣言します。そして、メノン様には救世の英雄として世界に蔓延《はびこ》る忌まわしい血族を祓《はら》ってもらいます」

「つまり、人あらざる者と魔王を討伐してもらうってわけですか」

「はい。バイツさんが仰る通りです」

にこやかにダイールが言う。

これは落語か漫才か。その人あらざる者の前で堂々と「討伐してもらう」など、よく言えたものだ。

「しかし……まさか滅ぼすべき人あらざる者のあなたがメノン様を守っていたとは驚きですね」

ダイールはひどく感銘《かんめい》を受けたような表情で続ける。

「本来なら聖女様の守護者たる私があなたを排除して、メノン様を王都にお連れしたいところですが、これまでの功労を讃えてそれだけは免じてあげましょう」

「それはありがたいですね」

バイツが答える。

「いや、それだけではなく謝礼金も差し上げましょう。それを使って余生を楽しんでください」

「そうですか。実は近々新居が完成する予定でして、まとまったお金が必要なんです。正直、助かります」

「そうでしょう。あなたのような劣等種が稼げるお金など、たかが知れているでしょうからね」

「いや、本当に仰るとおりで」

バイツがにこやかに頷く。

それに呼応するように、ダイールも笑顔を覗かせる。

「いやしかし、あなたが物分かりが良い方で助かりました。それではバイツさん。メノン様をこちらに」

「断ります」

バイツは即答した。

瞬間、部屋の空気がピンと張り詰める。

フィオの口から「ひっ」という悲鳴のような声が漏れ出した。

ダイールはしばらく顔に笑顔を貼り付けたまま、じっとバイツの顔を睨む。

「……すみません。今、なんと仰いました？」

「あんたらにメノンは渡さないと言ったんだ」

はっきりと敵意が籠もった声でバイツが言い放つ。

ダイールの頬がピクリと動いたが、変わらずにこやかな表情のままだった。

「どうやらバイツさんは勘違いをしているようですね」

ダイールがそっと顔を近づけてくる。

笑っている瞳の奥は、冬空よりも冷え切っていた。

「あなたの意見など聞いていませんよ。メノン様の正式な守護者たる私が、身柄を引き渡すよう命令しているのです。あなたが口にしていい言葉は『はい』か『イエス』のどちらかです」

「穏やかではない物言いだな」

「穏便に済ませたいとは思っていますよ」

再び部屋に静寂が降りる。

ダイールの背後に控えている審問官たちが、腰の剣に手を添えた。

返答を間違えれば、即座に飛びかかってきそうな雰囲気。

だが、これまで魔王軍で死線をくぐり抜けてきたバイツの心に動揺は微塵《みじん》もない。

「メノン、お前はどうしたい？」

バイツは膝の上にいるメノンの頭をポンと叩く。

「この男と一緒に王都に行くか？」

「やだ。バイツと一緒にいる」

そう言って、メノンはビシッとダイールを指さす。

「メノン、このちんちくりんのおっさん、拒否する」

「ち、ちんちく……⁉」

ダイールの表情からはじめて笑顔が消えた。

うん、よく言ったメノン。

後でヤギミルクと蜂蜜菓子、腹いっぱい食べさせてやるからな。

「メノン様！」

ダイールが真剣な眼差しで身を乗り出してきた。

「あなたの隣に立つべきは唾棄《だき》すべき劣等種であるそこの獣人などではなく、教皇様より守護者を拝命したこの私です。さぁ、私と共に王都に参りましょう！」

「絶対やだ！　おうとになんて行かない！　だって、メノンの家はバイツがいるここだもん。ここが良いの！」

メノンがハシっと抱きついてきた。

「それにお前、意地悪そうな顔してる！　性格は顔にでる！　メノンにはわかる！」

「……うひっ⁉」

部屋に跳ねたのは、ダイールではなくフィオの悲鳴。

ジロリとダイールに睨まれ、フィオは慌てて「ごめんなさい」と両手で口元を押さえる。

「……まぁ、というわけです、ダイールさん」

バイツが飄々《ひょうひょう》とした口調で言う。

「申し訳ありませんが、お引取りください。メノンは聖女としてではなく、この村の人間として生きていきます。彼女が大人になるまでは、劣等種の俺が守っていきますよ」

「……っ」

ダイールのこめかみに筋が走る。その手は怒りでプルプルと震えているし、今にも殴りかかってきそうな雰囲気だ。

それならそれで構わない。

そのときは全力でメノンとフィオを守るまでだ。

「……わかりました」

ダイールは深く深呼吸をしたあと、おもむろに立ち上がった。

「それでは一旦引き上げることにしましょうか」

「よろしいのですか？」

背後の審問官が、そっとダイールに耳打ちする。

「獣人に下手に出る必要などありません。ご命令とあらば私たちがすぐに――」

「いえ、野蛮な手段を取るのはまだやめておきましょう」

ダイールが手で制する。

そして、キュッと口角を釣り上げ、バイツを見やった。

「……それではバイツさん、またお会いしましょう。それまでメノン様をよろしくお願いしますよ」

＋＋＋

ダイールたちが去った後、バイツは椅子から動けずにいた。

といっても、ダイールたちに怖気《おじけ》づいていたというわけではなく、膝の上のメノンが一向に降りようとしなかったからだ。

お前はコアラかと突っ込みをしてしまいそうなくらいにがっしり抱きついたまま、なぜかニコニコ上機嫌。

「……なぁメノン。そろそろ降りてくれないか？」

「だめ。だってメノン、バイツに守ってもらってるんだもん」

ああ、そういうこと。

大人になるまで守ってやるというセリフは言葉の綾みたいなものだったのだが、そんなに嬉しかったのか。

これはしばらく動きそうにないな。

バイツがふと窓の外を見ると、すっかり日が昇っていた。

望んでいない来訪者のせいで、畑作業が遅れてしまった。

これは急いで準備をして畑に出ないとな。

そんなことを考えるバイツの目に、魂が抜けたような顔をしてぼんやりと天井を見上げているフィオの姿が映った。

「……あれ？　フィオさん？」

「……」

返事がない。ただの抜け殻のようだ。

「大丈夫ですか？」

「……あ、ふぁっ⁉」

ようやくハッと我に返った。

「だっ、だっ、大丈夫です」

「本当に？」

「お、お、王室の方と異端審問官の方たちがいらっしゃって、め、め、めちゃくちゃ驚いただけというか……」

フィオは「はぁ」と重い溜息を漏らす。

確かに魂が抜け落ちても仕方がない状況だったとバイツも思った。

他国ではあるが王室の関係者が来るというだけで一騒動なのに、教会の異端審問官まで来たのだ。

彼らに異端認定を受けてしまえば、間違いなく村は焼かれてしまう。

村を守る長として、気が気でなかっただろう。

こんなことになるのなら、聖痕の件をフィオに相談しておくべきだったか――。

聖痕の件は、誰にも話していなかった。

メノンはクレスタの生まれ変わりの可能性がある――なんて広まったら、世界中から信者たちが大挙してくることになるからだ。

念の為ランにも「できれば口外しないでほしい」と伝えていたのだが、逆効果だったかもしれない。

「すみませんでした。俺たちのせいで色々と迷惑をかけてしまって」

「い、いえいえ、迷惑だなんて。むしろ腹ただしいというか」

「そうじゃないですか！　だって、いきなり来てメノンちゃんを渡せだなんて、横暴《おうぼう》にも程があります！」

「……あ、そっちでしたか」

「えっ？」

「てっきりメノンの聖痕を秘密にしていたことに怒ったのかと」

「いや、まぁ……それも個人的に不服といえば不服なのですが」

少々いじけたように唇を尖らせるフィオ。

「でも、バイツさんが秘密にしていた理由もわかります。噂が広まったら騒ぎになるってレベルじゃなさそうですし」

「すみません」

「いえ！　何にしても安心してください！　次また来たら、水をぶっかけて追い返してやりますから！」

ふんすと鼻を鳴らすフィオ。

その気合の入りように、バイツは笑ってしまった。

「ありがとうございます。でも、教会に歯向かう異教徒だと難癖をつけられて、村を焼かれることになるかもしれませんから程々にしてくださいね」

「……っ」

ひゅっと息を飲んだのは、膝の上にいたメノンだった。

「や、焼かれる……？」

「ん？　どうした？」

「ここ、メノンがいた町みたいに、燃やされちゃうの？」

「……あ」

メノンを保護した町、キンダーハイム大公国の都市ロイエンシュタット。

あの町を破壊したのは、バイツたち魔王軍第三軍だったが、町は一夜にして焼かれて瓦礫になった。

普段はそのことをおくびにもださないメノンだが、あの記憶が少なからず心の傷として残っているのかもしれない。

「メノンいると、フィオやバイツに迷惑かかる？」

「そ、そんなことないですよメノンちゃん。村は大丈夫ですから」

慌てて笑顔を取り繕《つくろ》うフィオだったが、メノンは暗い表情のままだった。

その目には、うっすらと涙が浮かんでいる。

「バイツも痛い目見る？　メノンいると迷惑？」

「何を言ってる。痛い目なんか見ないし迷惑じゃない」

「あのちんちくりんと行ったほうが良いかな？　バイツも引き取り手が見つかったらお別れって言ってたよね？」

「……そ、それは」

何も返せなくなってしまった。

一緒に暮らすのは、引き取り手が見つかるまで。

結論は出ていなかったが、そういう話は何度もしていた。

将来のことを考えると、メノンは人間と暮らすほうが絶対に良い。

だが、あのダイールという男にだけはメノンを引き渡したくない。あの男と歩む先に、メノンの幸せがあるとは到底思えないからだ。

「メノンちゃんは王都には行きませんよ」

助け舟を出してくれたのは、フィオだった。

彼女は笑顔で続ける。

「メノンちゃんとバイツさんはずっと一緒です。だって家族なんですから」

「……家族？」

「そう。この前お話ししましたよね？　家族に血の繋がりとか種族は関係ないって。そんなふうに、私たちとバイツさんたちが家族になれるんですから、メノンちゃんとバイツさんも当然、家族になれます」

フィオはメノンを諭《さと》すようにゆっくりと説明したあと、こちらを見た。

「ですよね、バイツさん？」

「え？　あ、はい……そう、ですね」

「メノンちゃんにはバイツさんが必要ですし、バイツさんにもメノンちゃんが必要です。だから王都に行く必要なんてありません。もちろん世界平和は大切ですけど、メノンちゃんの幸せがあってこそ、ですから」

「フィオ……くすん」

すんすんと鼻を鳴らしはじめたメノンが、小さくサムズアップした。

「なに言ってるのかよくわからないけど、いいこと言うね……」

「……え？　あ〜、うん。ありがとう。あはは」

どうやらメノンには少し難しかったらしい。

というか、意味がわからないのにいいことかどうかはわかるんだな。

何だか気まずい空気が流れ始め、フィオが慌てて「そうだ！」と手を叩いた。

「そ、そういえば、バイツさんたちのご自宅のことなんですけど！」

「え？　家？」

「そう、家！　今週やっと完成するみたいですね！」

「あ〜……は、はい、そうですね。ようやく」

しかし、凄い話が飛んだな。

「長らくお待たせしてすみませんでした」

「こちらこそ、色々配慮してくれてありがとうございます」

皆の了解を得たとはいえ、不足している資材を優先的に回してくれたり、人員を多めに出してくれたり、かなりの融通を受けている。

感謝してもしきれないくらいだ。

「……自宅、か」

しかし、と鼻水をバイツのシャツで拭いているメノンを見て思う。

これでようやく宿暮らしから解放されるが、メノンの部屋の家具をどうするかが保留になったままだった。

出費を抑えるためにも部屋の件には触れないでおきたいが——ここはメノンの機嫌を戻すために、少々無理をするか。

「メノン」

「……うん？」

「お前の部屋の家具、買いに行くか」

「え？」

目をパチクリと瞬かせるメノン。

「ああ、そうだ。テーブルとかベッドとか、必要だろ？」

「メノンの……お部屋？」

メノンはしばし呆然としていたが、やがて眩しいほどの笑顔を覗かせる。

「……うんっ！　いるっ！」

「木工所に頼んで作ってもらうこともできるが、子供用となるとオーダーメイドらしいからな。だったら、ちょっと足を延ばして町に買い出しに行こうか」

前回、この話をフィオにしたときは土壌作りの作業があったが、それはもう終わっている。

現在、畑に植えている作物も納税義務があるものではなく、半分趣味のようなもの。なので、使い魔に頼めば一日くらいは大丈夫だ。

「ええっ⁉　お出かけなの⁉」

「そうだ。馬車に乗って行こう」

「お馬さん、お出かけ……うわぁあああっ！」

ついにバイツの膝の上でぴょんぴょんと跳ね始める。

うん、すごく痛い。

だが、いつものメノンが戻ってきて一安心だ。少々出費がかさむがメノンの不安は消えたようだし、まぁ良しとするか。

「ついでにおふたりで三、四日のんびりとしてきたらどうです？　ハリケーンの件とかヤスミンさんの件とか色々とありましたし」

「あ～……そうしたいところですが、畑がありますからね」

一日くらいなら使い魔でもなんとかなるが、長期間となると少々不安が出てくる。

町でのんびりして帰ってきたら、畑が全滅していましたでは目も当てられない。

「安心してください。私が見ておきますから」

フィオが自信満々に言う。バイツは一瞬たじろいでしまった。

「……え、フィオさんが？　いいんですか？」

「もちろんですよ。バイツさんには色々とお世話になっていますからね。ほら、こういうときこそ、持ちつ持たれつってやつですよ」

むんっ、と力こぶをつくるフィオ。

「……あ、でも、できれば犬さんたちをお貸しいただけるとありがたいです」

「犬？　ああ、使い魔のことですか。もちろんですよ。四、五匹ほどお貸しします」

「えっ、五匹もっ⁉」

フィオの声のトーンが何段か高くなった。

「あ、すみません。多かったですか？　流石に五匹もいたら恐いですよね」

「いえ！　決して添い寝とか一緒にくつろいでもらったりとか、農作業以外のことを手伝ってもらおうなんて、これっぽっちも思ってませんから！」

「いや、そんなこと言ってませんけど」

「……」

口元に笑顔を張り付けたまま固まるフィオ。

まぁ、何を手伝ってもらっても別にいいんですけど。

「ここ最近は冷えますからね。一緒に寝て暖《だん》を取るといいかもしれません」

「あ、それ、いいですね。えへへ……」

にへら、とフィオが顔を緩ませる。

フィオさん。気をつけないと、表情に性癖が漏れ出してきてますよ。

「……フィオ」

それに気づいたのか、膝の上のメノンが胡散《うさん》臭いものを見るように目を細めていた。

「軽くどんびきするくらい、筋金入りのもかもか好きなんだな……少しはじちょうしたほうがいいぞ？」

「……」

バイツは「お前が言うな」と心の中で突っ込みを入れるのだった。

＋＋＋

ロンフォールはエスピナ村から馬車で一日ほどの場所にある、近隣では最大規模の町だ。

その歴史は古く、グラスデン国王がパシフィカ辺境伯にこの土地の管理を命じる前から存在している。

市壁に囲まれた町の中に広場が多いのは、物々交換の市が盛んだった名残で、現在も周辺の農村から運ばれてきた農産物の取引が行われている。

「……わぁ、すごい人！」

町の通りをゆっくりと進む馬車の荷台から、メノンが興奮気味に身を乗り出した。

「おいメノン。危ないから体を外に出すな」

「見て見てバイツ！　人がたくさんいる！　ダンゴムシみたい！」

「言い方」

もっと可愛げのある表現にしろ。

言いたいことはわかるけどさ。

「ふふっ」

馬車の御者台に座っている夫婦が、同時にこちらを振り向いた。

エスピナ村に入植するきっかけを作ってくれたカインズ夫妻だ。

「相変わらず仲がいいんですね」

カインズが頬をほころばせる。

行商人をやっているカインズ夫妻は、エスピナ村をはじめとするパシフィカの町や村を回って一年中農作物を売買している。

先日、丁度エスピナ村にやってきたところで声をかけ、ロンフォールまで乗せてもらえることになった。

以前に魔獣から救ってくれたお礼として、無料で。

本当に頭が下がります。

「バイツさんとメノンちゃんは、ロンフォールははじめてなんですか？」

カインズの隣に座っている、妻のベネッサが尋ねてきた。

「そうですね。町の近くを通ったときに立ち寄ろうと思ったのですが、宿も割高だし、事あるごとに税金を取られるのでやめました」

「賢明です。今は市壁《しへき》をくぐるのにもお金がかかりますからね」

つい先程、立派な門をくぐったときに通行税として銅貨数枚を徴収されたが、大商人や聖職者たちが住む町の北側エリアにも門があって、そこを通るときも通行税を取られてしまう。

一昔前まで貨幣は商人か教会が溜め込むものというのが常識だった。

だが、農業技術の発展や鉄製農具の改良などで生産性が高まり、余剰作物を換金するようになってからは農民も貨幣を持つようになった。

なので、その貨幣を集めるために領主パシフィカが、過剰とも言える税金をかけたのだ。

町に入る際に税金を取り、領主の布告を公示人から聞く際にも税金を取り、さらにはパンを買うのにも税金を取る。

おかげで町にある全てのものが割高になり、今やエスピナ村で一泊する料金とロンフォールで買うパン一個の値段がほぼ同じ。

それでもこうして多くの人が町を訪れるのは、支払う税金以上の「うまみ」がこの町にあるからだ。

「でも、気をつけてくださいね」

　ベネッサが少々不安げに続ける。

「訪れる人が多いということは、獣人を嫌っている人間も多くいるということですから」

「……そうですね」

　それはバイツも重々承知していた。

　獣人に理解があるエスピナ村にいることで忘れてしまいがちになるが、獣人は人間から忌み嫌われている存在なのだ。

　特に警戒しないといけないのが冒険者たちだ。

　冒険者には獣人の特徴を理解している者が多く、人狼化しなくても獣人だとバレてしまう可能性がある。

　どこに冒険者がいるかわからないので、細心《さいしん》の注意を払って町の人々と接しなければいけない。

「バイツさんたちは、まず買い出しですよね？」

　カインズが尋ねてきた。

「はい。新居用の家具の注文をしてから、演劇でも観てロンフォールを満喫《まんきつ》しようかと」

「おお、演劇ですか！　いいですね！」

ロンフォールには町の代名詞とも言える大きな劇場がある。

行われている演目は教会の布教活動のための「聖史劇」や「神秘劇」といったものだが、現実世界のものとは違い娯楽性《ごらくせい》が高く子供や大人でも楽しめる。

なので、買い物が終わったらメノンと一緒に行く予定だった。

「演劇の後で中央広場に行くといいですよ。今の時期は市をやっていて露店がたくさん出ていますから」

「ろてん？」

聞き慣れない言葉だったのか、メノンが首をかしげた。

「美味しい食べものとかが出ている小さなお店だよ、メノンちゃん」

「えっ⁉　食べ物⁉」

メノンがぐるんっと首を捻ってバイツの顔を凝視する。

その目はバイツを射抜くように、ランランと輝いていた。

「……行ってみるか？」

「うあいっ！」

ここ最近で一番いい返事。

バイツは少々頭が痛くなった。

予定になかったメノンの部屋の家具を買うだけで財布が痛いのに、市を回ったら制限なく金が出ていきそうだ。

メノンには「贅沢《ぜいたく》はできないからな」と言い聞かせ、カインズとは宿で合流することにして別れた。彼らは商談の後で宿に行くらしいのだが、ついでにバイツたちの部屋も借りてくれるのだという。

何から何まで本当にありがたすぎる。

心の中でカインズ夫妻に手を合わせながら、家具工房に向かった。

村の木工所の数倍は大きい家具工房では、メノンの身長を採寸した上で最適な大きさのベッドと机を注文した。

だが、念願のマイ部屋用の家具を買ったのに、メノンは少々上の空。多分、気持ちが広場の露店に向かってるせいだろう。

こいつは本当に花より団子なんだな。

家具の支払いを済ませ、ウキウキのメノンと一緒に中央広場へと向かう。

広場に向かう最中、メノンがそっと手を繋いできた。

「……ん？　どうした？」

「あ、いや、これはその……えと」

メノンがもじもじと言葉を濁す。

「これは……バイツが迷子になるかもしれないから……」

「……？　迷子の心配をするなら俺じゃなくてお前のほうだと思うが？」

「……っ⁉　メノンお姉ちゃんだから、迷子になんてならないもん！」

ぷりぷりと怒り出すメノン。

迷子にならないなら、手を繋ぐ必要はないんじゃないか——などと不思議に思うバイツだったが、そのままにしておくことにした。

到着した町の中央広場には、多種多様な露店が並んでいた。

地域の農産物が並び、身なりの良い商人と商談をしている店が目につくが、その商人を相手に食べ物を売っている店も多かった。

パンに燻製肉を挟んだホットドックのようなものを売っている店や、大きな酒樽を持ってきてワインやエールを売っている店——。

他にも服飾工房が出しているのか、帽子や古着を売っていたり、中にはいかにも子供が喜びそうなぬいぐるみを売っている店もあった。

「……くまさん」

ぬいぐるみが売られている露店の前で、メノンの足がピタリと止まった。

「……もかもか」

ブツブツと呪詛《じゅそ》のような言葉を連呼するメノン。

「欲しいのか？」

「だいじょぶ。メノン、お姉ちゃんだから我慢できる」

だがメノンは、地面に杭《くい》が刺さったかのように動こうとはしない。

余剰作物を売った金があるので、ぬいぐるみのひとつくらい買える。

だが、先程「贅沢はできないからな」と言い聞かせた手前、理由がないとメノンも受け取ってくれないかもしれない。

何か理由はないか。

そう考えたバイツの頭に、とあることが浮かんだ。

「そういえば、お前の誕生日っていつだっけ？」

「……え？」

「お前が産まれた日だ。両親に祝ってもらったり、プレゼント貰ったりしなかったか？」

「え……と、わからない」

「わからない？」

「うん。祝ってもらったことないから」

そう言ったメノンは、あっけらかんとした表情だった。

メノンは出会う前のことをあまり語ろうとしない。

まだ子供なので良く覚えていないのかと思ったが、もしかすると他人に話せるような経験をしていなかっただけなのかもしれない。

メノンをロイエンシュタットに連れてきたのは、間違いなく教会の人間だろう。もしかすると、敬虔なエルサクソン教の信者だった彼女の両親が、子供ながらクレスタ並みの白魔法が使えるのを見て教会に引き渡したのかもしれない。

もちろん、すべて想像の域を越えることはできない。

だが、ひとつ確実なことは——誕生日すら祝ってもらえなかったメノンは、両親から愛情を向けられていなかったということだ。

「よし。だったら、俺と出会った日が誕生日ってことにするか」

メノンの頭をがしがしと撫でる。

「というわけで、だ。まだ祝ってなかったし、今日はなんでも好きなものを買ってやろう」

「……えっ⁉」

メノンが目をまん丸く見開いた。

「ほ、ほ、本当なのバイツ⁉　なんでも買っていいの⁉」

「いいぞ。ただし、ひとつだけな」

「あ、あの！　あれ……う～ん……えっと」

メノンがあちこちに視線を送る。

「あの、くまのおっきなもかもかなやつ……でも良い？」

「もちろんだ」

「あはっ」

メノンは頬を紅潮させ、こぼれんばかりの笑顔を浮かべる。

「あははは！　バイツ大好き！」

「……っ⁉」

そして、足に抱きついてくる。

それを見た周囲の人たちが、頬をほころばせた。

少しだけ恥ずかしかったが、ここまで喜んでもらえるとこっちも嬉しい。何だかもっと喜ばせたくなってきた。

「……おいメノン。あっちのチョコバナナも食うか？」

「うんっ！　食べる！　バイツ好き！」

「あっちで可愛いワンピースが売ってるが、着てみるか？」

「あいっ！　バイツ最高！」

まるで合いの手のように褒め称えてくるメノン。

なんだろう。メノンに褒められたり、喜ばれたりするとウキウキしてしまう。

もしかしてこれが「推しに貢《みつ》ぐ」という行為なのだろうか。

転生前は冷めた目でそういう人間を見ていたが、今なら彼らの気持ちを理解できる気がする。

それからバイツは財布の紐をゆるゆるにして、メノンに求められるがまま露店をはしごすることになった。

結局、劇場に着いたときにはバイツの両手はメノンのプレゼントで一杯になっていた。

くまのぬいぐるみに、子供用の丸いシルエットのクロッシェ帽子、それに、ふりふりのレースがついた可愛らしいワンピース。

流石に少々買いすぎたか。

そう反省するバイツだったが、楽しそうなメノンを見ると「まぁ、いいか」と肯定的に考えてしまう。

うん。完全に貢いでるな、これ。

訪れた劇場では、聖女クレスタの「聖史劇」をやっていた。

疫病で苦しむ村に現れたクレスタが、奇跡によって村人たちを救うという物語で、なかなか面白い内容だったが、メノンは白目を剝いて寝ていた。

演目が終わり、メノンを背負って劇場を後にする。

外に出ると、すっかりロンフォールの町は茜色に染まっていた。

道行く人々はまばらになり、立ち並んでいた露店も店じまいしている。

こういった大きな町では日暮れ前に鐘が鳴らされ、それ以降は店の営業は禁止されている。

町を統治する貴族が集まる評議会が開催される日や教会の祭りがある日は営業を許可されているが、それ以外で営業をしていると罰せられてしまうのだ。

「……宿に戻るか」

メノンは寝ているし、露店で買い食いをしたおかげで腹は減っていない。

酒場で酒でも買って、宿で晩酌しながら寝るのが吉だろう。

メノンが一緒のときは部屋で酒を飲まないようにしているけど、今日くらいはハメを外してもいいよな？

そうしてバイツは宿に戻る前に酒場へと向かうことにしたのだが——。

「ちょっと待ちなよ、兄ちゃん」

広場を通り抜け、酒場がある裏通りに向かおうと路地に入ったとき、ふと誰かに呼び止められた。

声の方を見ると、五人ほどの男たちがニヤけ顔でこちらを見ていた。

「あ～、やっぱり臭ぇな」

一人の男がバイツに詰め寄ってくる。

「何だかあんたから臭ぇニオイがプンプンするんだが、気のせいかぁ？」

その手に握られているのは、薪割りに使う手斧。

他の男たちも各々《おのおの》、剣やナイフを持っている。

彼らが着ているのはボロボロのチュニックや使い古されたレザーアーマーと、見た目はこれと言って共通点はない。だが、全員が一様に黒くくすんだ小さなプレートのようなものを首から下げていた。

冒険者の認識票。それも登録したての最低ランク「鉄星級」だ。

冒険者くずれのごろつきか。

もしかすると市を回っていたときから目を付けられていたのかもしれない。調子に乗って買い物をしすぎて目立ってしまったか。

メノンも一緒だし、できれば穏便に済ませたいが、簡単に見逃してくれそうもない。

「目的は金か？」

念の為、尋ねた。

いつでも人狼化できるように気を張ったまま。

「いいや」

手斧を持った男が、首を横に振る。

そして、予想だにしてなかった言葉を口にした。

「俺たちの目的はあんたの命だよ――獣人バイツ」

＋＋＋

獣人が人間から忌み嫌われているのは、バイツが生まれるよりもずっと前からエレサクソン教が「呪われた種族」と名指しで非難しているからだ。

獣人は人と獣の血が混ざった汚れた種族で、淘汰《とうた》するべき存在――。

それが教会の主張なのだが、なぜ亜人の中でも獣人だけが非難されているのかは今となってはわからない。

当時、世界的に流行していた疫病のせいで多くの人が亡くなり、人々の怒りの矛先《ほこさき》を国から逸らすためにスケープゴートにされたのか。

それとも、布教のためにわかりやすい敵を作る必要があったのか。

何にしても、エレサクソン教のせいで獣人たちは白い目で見られるだけではなく、人々から誹謗中傷を受け、後ろ指をさされ、住処《すみか》を焼かれた。

魔王が亜人たちを引き連れて侵略戦争を始めてから、その風当たりはさらに強くなっている。

だからバイツは最大級の警戒をしているつもりだった。

人前では人狼化した姿を見せないのはもちろんのこと、町の人間と話すときは獣人の特徴である瞳を見られないようにしていた。

そのおかげか、市で買い物をしていたときも疑われていなかったし、劇場でも正体がばれることはなかった。

なのに、突然現れたこの冒険者たちは獣人であることを知っていた。

彼らは「匂いがする」と言っていた。確かに人間と比べると違いはあるが、人間に判別できるようなものではない。

となれば、考えられるのはひとつ。

「……誰に雇われた？」

バイツが手斧を持った男に尋ねた。

「あん？　なんだって？」

「あんたらを雇った人間だ」

「バカかお前。教えるわけねぇだろ」

男が片頬を吊り上げる。

それを見て、バイツはフンと鼻を鳴らした。

「なるほど。『いない』ではなく『教えない』ってことは、誰かしらの依頼主はいるってことだな」

「……あっ」

しばしの沈黙を挟んで、男が顔をこわばらせる。

自分の正体を知っていて、命を狙ってくる人間といえば一人しかいない。

宮廷魔導師ダイール・フォン・アブソリュート。

ここまであからさまだと、怒りよりも先に笑いが出てくる。

しかし、刺客《しかく》が冒険者崩れのごろつきなんて相当舐められているな。

手を出すと痛い目を見るとわからせるために返り討ちにしてやってもいいが、今、無駄に騒ぎを起こすのは得策ではない。

背中にはメノンもいるし、ここは穏便に済ませるべきか。

「一応言っておくぞ、ごろつきども」

バイツが男たちに言い放つ。

「命が惜しければ、武器を置いて回れ右して帰れ」

「……は？」

男たちは一瞬ポカンとしたあと、ゲラゲラと笑い始めた。

「なんだそりゃ？　獣人流の冗談か？　劣等種族のくせに、ギャグセンスだけは一流なんだな」

「穏便に済ませるつもりはないか？」

努めて冷静に、バイツが尋ねる。

「もちろんあるぜ。あんたが大人しく俺たちに殺されれば面倒がなくて済む」

「俺が獣人と知っていて、喧嘩をふっかけるのか？」

「こっちには手練が五人もいるんだぜ？　たかが獣人一匹にビビるわけねぇだろ」

「……」

バイツはため息をつきたくなった。

冒険者たちが首から下げているプレートを見る限り、こいつらは最下位ランクの鉄星級。

ソウザと同じ銀星級クラスならまだしも、駆け出しの鉄星級が何を偉そうに言っているのか。こいつらは手練という言葉の意味を知っているのだろうか。

「本当に、良いんだな？」

「くどいぞクソ獣人！　俺らの心配をする前にてめぇの心配をしろ！」

手斧を持った男が飛びかかってきた。

手斧を大きく掲げ、バイツめがけて振り下ろしてくる。

脇はがら空きだし、攻撃動作もわかりやすすぎる。

こいつは素人《しろうと》に毛が生えた程度の練度。

人狼化する必要はない。

一瞬でそれを判別したバイツは、半身を反らして男の攻撃を躱す。

「う、お？」

大きく斧を空振ってしまった男は、つんのめるように体勢を崩した。

そこに強烈な膝蹴りを放つ。

前かがみになった男の顎に、バイツの膝がめり込む。

「……アギャッ⁉」

カエルの鳴き声のような悲鳴があがった。

男は白目を剝き、糸が切れた人形のようにその場に膝から崩れ落ちた。

「て、てめぇ！」

「獣人が調子に乗りやがって！　おい！　全員で一気にヤるぞっ！」

残りの四人がいきり立ち、一斉に動き出した。

バイツは両足を部分人狼化させ、素早い身のこなしで男たちの波状攻撃を躱していく。

最初に襲いかかってきたのは小太りの男。

その男の右から斬撃をギリギリで躱し、みぞおちに鋭い蹴りを放つ。

「あ、ぐっ……⁉」

男が腹を抱えて悶絶する。

同時にスキンヘッドの男が左から剣を突いてきた。

タイミングとしては最高だったが、動きが最低だった。

腰が入っていないし、剣筋がブレまくっている。

バイツは突いてきた剣を蹴りで弾き、半身を捻って逆の足で男の横腹を蹴り抜いた。

「ギャッ⁉」

悲鳴と共に男の体がくの字に折り曲がり、路地の壁に吹っ飛んでいく。

男は壁面に激突した後、白目を剝いて地面とキスをした。

しんと静まり返る路地。

残された冒険者はふたり。

ナイフを持った背の高い男と、鍛冶で使う金槌《かなづち》を持った背の低い男。

「く、くそっ……何なんだコイツは⁉」

金槌を持った男が、震える声で続ける。

「い、い、いくらなんでも強すぎるだろ⁉　話が違ぇぞ！　相手は雑魚《ざこ》の田舎獣人じゃなかったのかよ⁉」

「お、俺が知るかよぉ！」

そう言い返したナイフの男の膝は、ガクガクと笑っていた。

完全に戦意を喪失《そうしつ》している。

仕方なく対処したが、やる気がないのなら終わりにしたい。

「逃げるつもりなら追わんが？」

「……っ⁉」

だが、それがプライドを傷つけてしまったらしい。

金槌を持った男がぷるぷると肩を震わせる。

「な、舐めるなよ劣等種が！　獣人ひとりに尻尾巻いて逃げたなんて噂が広まったら、表を歩けなくなるだろうがよぉおおおおっ！」

金槌の男が雄叫びを挙げて襲いかかってきた。

力任せに振り下ろした金槌がバイツの頭を捉えた――ように思えたが、簡単に受け止められていた。

「あ、う……くっ」

男は慌てて手を引こうとするが、がっしりと握られている金槌はびくともしない。

「悪いが少し静かにしてもらえるか？　メノンが起きてしまう」

金槌を引き寄せて男が前かがみになったところに、膝蹴りを放つ。腹部に膝が入った瞬間、衝撃でふわりと男の体が浮いた。

「……っ⁉」

男の体は放物線を描くように宙を舞い、ナイフを持つ男の背後に頭からドサリと落ちた。

　辺りに再び静寂が訪れる。

「ひ、ひぃいいいっ！」

沈黙を破ったのは、地面にへたり込んでいたナイフの男の悲鳴だった
脱兎《だっと》のごとく、地面をはいずりながら逃げていく。

その場に残されたのは、ピクリとも動かなくなった四人の冒険者たち。

本気で蹴ったわけではないので命に別状はないだろうが、しばらくは施療所の世話になるだろう。

「……バイツ、左手怪我してる」

と、背中から声。

寝息を立てていたメノンが、背中からひょっこり顔を覗かせていた。

「お前、起きていたのか」

「お手々痛い？」

メノンが気にしていたのは、先程金槌を受け止めたバイツの左手だった。

どうやら受け止めたときに軽く痣になったらしい。

「大丈夫だ。こんなもの怪我とは言えん」

「メノンのせいで、バイツ怪我した……」

「お前のせいじゃない。こいつらの目的は俺だし、メノンがいなくても襲われていた」

「……」

メノンは無言のまま、そっとバイツの背中から降りてくる。

そして、襲って来た冒険者たちを呆然と見る。

その背中は、ひどく落ち込んでいるように思えた。

「最近、メノンの頭の中で変な女の人の声がするの」

ぽつり、とメノンの声。

バイツは首をかしげる。

「……女の声？　母親か？」

「ううん、知らない人の声。その人が世界を救う使命があるとか、命を狙われる危険があるとか……恐いことばっかり言うの」

世界を救う使命——。

バイツの頭に浮かんだのはエレサクソン教の使徒、聖女クレスタだった。

メノンの体に藉身したという聖女クレスタ。

彼女の意識がメノンに語りかけているのだろうか。

何にしても、はた迷惑なことに変わりはない。

いきなり現れ、勝手に「使命」などという大層な責任を押し付けてくる。

生前にそういう人間をたくさん見てきた。

君のためにに言っているんだとか、君の将来を考えてなんて綺麗事で言葉を着飾って自分の欲求を通そうとする連中だ。

この世界にも、似たような奴らはたくさんいる。

一般人から貴族、さらには神まで。

世界を救ったから聖女だというわけではなく、聖女だから世界を救えだなんて、呪いに近いクソみたいな理屈だ。

「メノン変になったんだと思う。だからバイツやフィオをおかしなことに巻き込んじゃうんだ」

「関係ない。おかしいのはメノンじゃなくて、お前を担《かつ》ぎ上げようとしている教会の連中だ」

バイツはそっとメノンの肩を摑み、振り向かせる。

「いいかメノン、お前が気に病《や》む必要はない。聞こえるその女の声も、メノンをどうにかしようとする教会の連中も、全部俺がなんとかする」

「……バイツが？」

「ああ。そうだ。俺が全部まとめて解決してやる」

「……」

メノンは無言のまま、そっと体を寄せてきた。

一瞬たじろぐバイツだったが、恐る恐るメノンの体を抱きしめる。

メノンの不安を払拭《ふっしょく》してやりたいと思う。

だが、何をやればそれが叶うのか、全くわからなかった。

メノンの聖痕のことを知っている教会の人間を皆殺しにすれば不安が解消されるというのなら迷わずそうする。だが、それで解決するとは思えなかった。

ダイールがいなくなっても、また別の守護者がメノンの前に現れるだけだ。

メノンはシャツに顔をぐりぐりと押し付けて満足したのか、背中によじよじと上ってくる。

「……宿に戻るか」

「あい」

逃した冒険者が仲間を連れて戻ってくるかもしれない。ひとまずはここから離れたほうが良い。

そう思って立ち去ろうとしたバイツの目に、昏倒しているひとりの冒険者の姿が止まった。

最初に倒した手斧を持った冒険者だ。

彼の懐から、小さな麻袋が見えている。

あれは財布か。もしかすると雇い主の情報を持っているかもしれない。

十中八九、ダイールの依頼だろうが、何か証拠をつかめば交渉が楽に運べるだろう。

「バ、バ、バ、バイツ⁉」

男の懐に手を伸ばした瞬間、背中のメノンが素っ頓狂な声をあげた。

「まさか、金を盗もうとしてるのかっ!? どぼろーするのか!?」

「してない」

人聞きの悪いことをいうな。

あと、「どぼろー」じゃなくて「泥棒」な。

「こいつらの雇い主を調べようとしているんだ」

「ヤト……犬?」

「雇い主。俺たちを襲うよう頼んだ人間のことだ。誰が俺の命を狙っているのか知っておいたほうがいいだろう?」

「おお、なるほど! バイツ頭いいな。天才か?」

「……ど、どうも」

手放しで褒められて、少々照れてしまった。

男の懐から取り出した麻袋を振ってみると硬貨の音がした。

麻袋の中には銅貨が数枚……それに、駆け出し冒険者には似つかわしくない、キラキラと輝く金貨が一枚あった。

この世界の貨幣は国によって違っていて、バイツたちがいるパシフィカで使われているのはグラスデン国王、スピネルの顔が彫られた「スピネル貨」だ。

だが、その金貨に彫られていたのは——生神女ルシアナ。

これは「メンゼル貨」という貨幣で、使われているのはエレサクソン教を国教としているキンダーハイムだけ。

こちらでは流通していないので手にいれるのはほぼ不可能だが、キンダーハイムで王宮魔導師をやっているダイールなら、入手は容易《ようい》だろう。

「やはりダイールか」

実際に目の当たりにすると、反吐《へど》が出そうになる。

わざわざ冒険者を雇って襲ってきたのは、メノンの保護者が「不慮の事故」でいなくなれば、彼女を引き取る大義名分が生まれるからだろう。

あの男、「野蛮な真似はしない」と言っておきながら――。

「いや、違うな」

バイツは去り際にダイールが言った言葉を思い出す。

あの男は「野蛮な手段は『まだ』やめておく」と言ったのだ。

つまり、準備が整えばいかなる方法を使ってでも、メノンを奪いにくるということ。

嫌な予感がバイツの脳裏をよぎる。

この冒険者たちに襲わせることがヤツの言う「野蛮な手段」だというのなら心配する必要はない。

だが、襲撃《しゅうげき》が失敗した時のことを考え、別のプランを考えていたなら話は変わる。

力まかせでメノンを奪えないのなら、次に取るのは姑息《こそく》な方法。

例えば、人質。

となれば——狙うはエスピナ村の人間だ。

「メノン、悪いが町での宿泊はキャンセルする」

「……きゃん？　やめるってこと？」

「ああ。使い魔を呼んで、急いでエスピナ村に戻る」

バイツは宿とは逆の、市壁門の方へと走り出した。

メノンをこれ以上不安にさせないように「フィオたちが危ない」と、心の中で続けて。

＋＋＋

宿で待っていたカインズたちに平謝りしてから、バイツは呼んだ狼の使い魔の背中に乗って、一路、エスピナ村へと急いだ。

ロンフォールからエスピナ村までは馬車で一日の距離だが、野山を突っ切ったおかげで、半日足らずでたどり着くことができた。

事情を知らないメノンは、突然のアトラクションに楽しそうにはしゃいでいた。またロンフォールに行くときに「もかもかに乗って行きたい」とか言われそうで恐いが、背に腹は代えられない。

村から少し離れた場所で狼から降りて村の様子を窺う。

エスピナ村は中央部にある酒場や地下貯蔵庫などの重要な施設を、丸太を杭のように地面に打ち付けて作った防壁と見張り台によって守っている。

いつもならその見張り台に武装した衛兵が立っているはずだが、彼らの姿は無く、代わりに見慣れない旗が掲げられていた。

両手を広げ、慈しみの光を放っている生神女ルシアナの紋章——。

「……やはりエレサクソン教か」

吐き捨てるようにバイツが囁いた。

彼らが教会以外でこれみよがしに教会旗を掲げる理由はひとつしかない。その土地に根付いていた異教徒を排除し、信者たちを救ったという証明だ。

どういう理由をこじつけたのかはわからないが、ダイールと死の宣教師たちが村を掌《しょう》握《あく》したのだろう。

しかし、面倒なことになってきた。

酒場に行って状況を把握したいところだが、彼らに見つかれば問答無用で捕まってしまうかもしれない。

メノンを連れていくのは危険すぎる。

だが、獣や魔獣が現れる可能性があるこの森も、安全とも言いづらい。

とするなら、見つからないように連れて行くのが得策か。

変に不安を煽らないように、教会の連中のことは伏せたままで。

「メノン、今から『かくれんぼ』をやるぞ」

「えっ……⁉」

狼を撫で回していたメノンの目がキラッと輝いた。

「かくれんぼ⁉　やるやる！　鬼は⁉　鬼は誰なの⁉」

「教会に司祭さんがいただろ？　あいつと同じ服を来た連中だ」

「……わかった！」

メノンがフンスと鼻を鳴らす。やる気満々の様子だ。

「ゴールは酒場だ。絶対に見つかるなよ？　見つかったらアウトだからな。俺の背中にしっかりついてこい」

「あいっ！」

メノンの元気な返事を聞いて、早速行動に移る。

門がある正面は避け、ぐるっと迂回《うかい》して村の北側から入ることにした。

中心部を守る丸太柵には東西に門があるが、非常時を考慮《こうりょ》して北と南に抜け道が用意されているのだ。

茂みを出たバイツたちは、低い姿勢を保ったまま家屋を伝って村の中心部にある酒場を目指す。

村は怖いくらいに静まり返っていた。

いつもなら農作業を終えて酒場に向かう村人や、見回りをしている衛兵を見かけるのに誰もいない。

「バイツ、鬼いないね」

こそっと後からメノンが声をかけてきた。

「見当たらないが、どこかに隠れているかもしれない。気を抜くなよ」

「……あい」

メノンがぎゅっとシャツを握りしめてきた。

彼女なりに村の雰囲気に違和感を覚えたのかもしれない。

安心させるようにそっと手を差し伸べたら、すがりつくように手を繋いできた。

しばらく歩いていると、丸太柵とその傍にある人がひとり通れるくらいの隙間を見つけた。

これが抜け道だ。

周囲を警戒して誰もいないことを確認して、まずはバイツが通り抜け、それからメノンが付いてくる。

侵入した村の中央部にも人影はなかったが、あちらこちらに教会の旗があった。

「……む」

と、酒場の入り口に見えたのは、見慣れた男の姿。

先日、ハリケーンに襲われたときにバイツが助けたライオットだ。

彼は周りを警戒するように見渡したあと、酒場の中へと消えていく。

「行くぞメノン。酒場の入り口までかけっこだ」

「え？　かけっこ⁉　わ、わかった！」

メノンの手を引いて走り出す。

途中でメノンが転びそうになったので、抱きかかえて酒場の中へと駆け込んだ。

「やたっ！　ゴールだ！」

お姫様抱っこされたメノンが、嬉しそうに両手を挙げた。

「バイツ！　これってメノンの勝ちだよね⁉　鬼に見つかってないもんね⁉　ご褒美《ほうび》は何⁉」

「え？　あ〜、蜂蜜菓子と、ヤギミルクだな」

「わ〜い！」

キャッキャと喜ぶメノン。

そんなふたりに気づいたライオットが駆け寄ってきた。

「バ、バイツさん、いつの間に戻ってきていたんですか⁉」

「つい先程、使い魔を使って戻ってきたところです」

「使い魔？　って、あの狼ですか？　でも、どうして？」

「実はロンフォールで教会に雇われた冒険者に襲われまして。それで、村にも危険が迫っているかもしれないと思って、急いで戻ってきたんです」

「……そういうことでしたか。とりあえず、こちらに」

神妙な面持ちで、ライオットがバイツたちを二階へと案内する。

二階の部屋にはファルコやアステル、ラン、それに数人の村人が集まっていた。

ざっと見たところ、フィオやソウザの姿はない。

それに、ソウザといつも一緒にいる元冒険者の男たちも。

「村のあちこちに教会の旗がありましたが、どんな状況なんです？」

「控えめに言って最悪ってやつですよ。キンダーハイム王宮の人間が、エレサクソン教の異端審問官を連れて来やがったんです」

ライオットの説明に、バイツは顔をしかめる。

王宮に異端審問官。やはりダイールたちだ。

「彼らは何をしにここに？」

「宗教裁判ですよ。なんでも村の司祭のタレコミで、フィオ様の自宅に異教の経典《きょうてん》があったとか」

「異教の経典？」

「笑えるでしょう？　フィオ様は週末はかかさず教会で祈りを捧げている敬虔なエレサクソン教の信者だってのに。完全な言いがかりですよ」

一足遅かったか。バイツは奥歯を噛みしめる。

彼らはフィオの異端取り消しを条件に、メノンを要求するつもりなのかもしれない。

メノンのためなら捏造《ねつぞう》だろうと人殺しだろうと何でもするというわけだ。

いい加減、堪忍袋《かんにんぶくろ》の緒が切れそうだ。

やつらは越えてはいけない一線というものを、知らないらしい。

「……すみませんが、メノンを頼めますか？」

バイツがライオットに抱きかかえていたメノンを渡す。

「え？　もちろん構わないですけど……どこに行くんです？」

「フィオさんの家です」

そう言った瞬間、ライオットの腕の中でメノンが手を挙げた。

「メノンも行く！」

「だめだ。お前はここで待っていろ」

「……」

バイツがいつもと少し違う空気なのを感じたのか、メノンの顔が瞬時に曇《くも》った。

「そんな顔するな。危険なことをしに行くわけじゃない」

「そう、なの？」

「ああ、どうやらフィオさんの家に、不躾《ぶしつけ》な客が来てるみたいだからな」

バイツはメノンの頭を撫でながら、続ける。

「あのちんちくりん共に、お前らが欲しがっている『お宝』は絶対に手に入らないってことを教えてやるんだ」

＋＋＋

酒場を出たバイツは丘の上にあるフィオの家へと急いだ。

誰ひとり農作業をしていない畑を臨みながら向かったフィオの家の前に、ふたつの人影があった。

黒い祭服を着た教会の司祭――いや、あれは異端審問官、死の宣教師だ。

ハーフマクスで顔を隠しているところを見るに、間違いない。

死の宣教師たちは、こちらの姿をみるやいなや警戒の色を強めた。

「……聖女様はどこだ」

死の宣教師のひとりが剣を抜く代わりに尋ねてきた。

「メノンならいないぞ」

「どこに置いてきた？」

「さぁな。村の近くにいるかもしれないし、遠くにいるかもしれない。もしかすると、あんたらが金で雇った冒険者が襲ってきたロンフォールにいるかもな。今から探しに行ってみたらどうだ？」

「……」

無反応。

メノンを探しに総出でロンフォールに向かってくれれば御《おん》の字なのだが、そう簡単にはいかないだろう。

死の宣教師たちが何やらポツポツと言葉を交わす。

「付いてこい」

そして、おもむろにフィオの家の中へと入っていった。

フィオの許可なく勝手に入っているところを見る限り、家の中は完全に掌握されているらしい。

つまり、家の中は敵地。

バイツはいつでも人狼化できるように気を張って、彼らの後を追っていく。

フィオの家にはこれまでに何度か訪れたことがあった。

畑を手伝った後に休憩したり、メノンに蜂蜜菓子をねだられたりしたときなど。

そういう特別な用事があるときにしか来たことはなかったが、それでもフィオの家は見慣れた場所だった。

だからこそバイツは、そこに広がっている光景に息を呑んでしまった。

食器が置かれていた棚は倒され、割れた皿がそこら中に散らばっている。

テーブルは粉々に砕かれ、壁にかけられていた冒険者ギルドのタペストリーも破かれていた。

そして何より目を引いたのは、部屋の至る所にある血痕と、倒れてぴくりとも動かない男たちの姿。

「バ、バイツ……」

「ソウザ⁉」

壁にもたれかかっていたのは、血まみれのソウザだった。

他の男たちと違って意識はあるようだが、服はボロボロで至る所に裂傷《れっしょう》が見られる。早く治療しないと危険な状態であることがひと目でわかる。

「……おや、バイツさんがいらっしゃいましたか」

奥の部屋から声がした。死の宣教師たちと共に現れたのは、背の高いブロンドヘアの男。

「……ダイール」

ダイールの姿を見て、ふつふつと体の奥底から怒りがこみ上げてきた。

縄で括《くく》られ、気を失っているフィオを連れていたからだ。

怪我はないようだが、フィオの目は涙で腫《は》れている。きっと目の前で気を失ってしまうくらいのことが起きたのだろう。

バイツは爆発しそうになった怒りをぐっと抑え、ダイールに尋ねる。

「これは、どういうことだ？」

「どうもこうもありませんよ。どうやらこの村の住人たちは異教の神にご熱心な様子でしてね。生神女ルシアナ様の使徒たる我らが蒙《もう》を啓《ひら》いてあげたのです」

「教えを説いているようには見えないが」

「耳で聞いてくれないのであれば、体に教えてあげるしかないでしょう?」

「……」

バイツは深呼吸をして心を落ち着かせ、続ける。

「残念だが、お前が雇った冒険者たちは戻って来ないぞ」

「そうですか。あなたからメノン様を取り戻してくれれば面倒がなくてよかったのですが、まぁ仕方がないでしょう」

ダイールの表情に驚きの色はなかった。

想定内ということなのだろう。

「しかし、実に嘆かわしいですね。魔王という脅威が迫っている中で異教の神などに熱を上げるなんて」

ダイールはわざとらしくため息をつく。

「非常に胸が痛むのですが、異教は一掃《いっそう》しなければなりません」

「村を焼くつもりか」

「はい。必要とあらば」

ダイールは気を失っているフィオを、死の宣教師に預ける。

「ですが、ここの住人の方たちが『異教の神を信仰していない』と証明できるものがあれば、私たちもそんなことをせずに済みます」

「そうですね。例えばメノン様を我らに引き渡してくれれば、ルシアナ様への信仰心があるという証明にはなるでしょうね」

「証明？　どうやって？」

「なるほどな」

バイツは片頰を吊り上げる。

「つまり、『村人たちを殺されたくなければメノンを渡せ』ということか。人に教えを説く神の使徒が、実に下衆《げす》なやり方をするものだな。まるで野盗だ」

「言葉を慎みなさい。全ては引き渡しを拒《こば》んだあなたの責任なのですよ？」

言いがかりも良いところだ。

正義の対義語は「悪」ではなく「別の正義」とはよく言ったものだ。なまじ「正しい行い」という大義名分があるからこそ、たちが悪い。

「何にしても、メノンはあんたらと一緒に行きたくないとさ」

「彼女はまだ幼い。使命の重大さを理解していないだけですよ」

「大人になれば理解すると？」

「しますよ。聖女クレスタ様の意識が覚醒《かくせい》すれば、理解せざるを得ない」

メノンは「知らない女性の声が聞こえる」と言っていた。

聖痕からはじまり、頭の中の声。

次は意識の覚醒というわけか。

本当にくそったれな聖女様だ。余計な干渉ばかりしてくる。

「さぁ、バイツさん。選択してください。異端の罪で村を焼かれるか、信仰心を証明するために私たちにメノン様を渡すか」

ダイールが勝ちを確信したように、ほくそ笑む。

提示された二つの道。

だが、バイツには「第三の道」があった。

目の前にいるこいつらを皆殺しにするという道だ。

教会の人間に手を出せばどうなるかは、火を見るより明らかだ。

一生、異端審問官たちに命を狙われ続けることになる。

エレサクソン教は世界中に信者を持ち、キンダーハイム大公国の中枢《ちゅうすう》にまで入り込んでいる一大勢力だ。

彼らを敵に回せば、平穏な生活は今後一生手に入らなくなる。

逆に平穏を望むならば、メノンを渡せばいい。

メノンは世界を救う聖女クレスタの生まれ変わりだ。

平穏が手に入るだけではなく、世界も魔王の脅威から救われることになる。

皆がハッピーな結末を迎えられる、最善の選択。

――ただ、メノンひとりを除いて。

バイツの瞼《まぶた》の裏に、孤独に泣き続けるメノンの姿がありありと浮かんだ。

聖女に祀り上げられ、救世を強いられるメノン。

彼女は尻尾がないと寝られないくらいの寂しがりやなのだ。きっと、夜な夜なひとり涙で目を腫らすに違いない。

バイツの心の奥底にふつふつと湧いてきたのは、底しれぬ怒り。

神すらも呪う、憤怒《ふんぬ》の炎。

メノンをひとりで泣かせるくらいなら——平穏なんて捨ててやる。

ダイールの周囲に立つ死の宣教師たちが、一斉に抜刀した。

そこでバイツは、無意識のうちに人狼化していたことに気づく。

「下等《かとう》な獣人らしい、実にシンプルで愚かな考えですね」

ダイールが呆れたようにため息を吐く。

「私には理解できませんよ。どうしてそこまでしてメノン様の引き渡しを拒むのですか？　彼女は、あなたの何なんです？」

「メノンは……俺の家族だ」

「家族？　獣人のあなたと人間の彼女が？　冗談でしょう？」

ダイールが嘲笑《ちょうしょう》する。

「人と獣人は相容《あいい》れない関係……いわば水と油です。決してあなたが望むような関係にはなれません。獣人のあなたなら痛いほどわかっているはずですが？」

「ああ、わかってるさ。俺たちのやっていることは、ただの茶番だ」

「だが、いつか終わるとわかっていても全力で守りたいと思うくらい、魅力的な茶番なんだよ」

「だったら――」

いつかメノンと別れることになるなんて、重々承知だ。

彼女の親族が見つかったときか、彼女が別れを求めてきたときか。

いつ、どんな状況でそれが訪れるかわからないが、そうなったときは潔《いさぎよ》くメノンの前から姿を消すつもりだった。

だが、今回は違う。

姑息で脅迫じみた手段で強引に奪おうとしてくる連中に、メノンを渡せるものか。

「まぁ、いいでしょう」

渋々と言いたげな表情でダイールが続ける。

「私には到底理解できない理由ですが、それがあなたの役割だというのなら、私も自分の役割を演じることにしましょうか」

そしてダイールは、手のひらをバイツに向けて声高に叫ぶ。

「聖女メノン様を人質に取るとは、愚かな獣人よ！　守護者たる私があなたの手から聖女様を救ってみせましょう！」

死の宣教師たちが、身構える。

「正義は我らにあり！　生神女ルシアナ様の御心《みこころ》のままに、異教徒たちに――天罰を！」


刹那、彼らが一斉にバイツに襲いかかった。

彼らは構える剣の先から、かまいたちのような突風を放ってくる。

これは英霊鳩首《えいれいきゅうしゅ》、風の黒魔法「ウインドブレイク」――。

どんな冗談だとバイツは笑いたくなった。

エレサクソンの信者であり異端審問官であるはずの死の宣教師が、異教……それも人類に仇成《あだな》す破壊神の祝福を受けているなんて。

彼らに命を狙われて生還した者はいないと言われているが、それはそうだろう。この事実が広まれば教会の威厳に関わる。必死で口封じをするわけだ。

ウインドブレイクが次々とバイツに襲いかかる。

テーブルや棚の残骸が舞い、家の外壁が吹き飛んでいく。

だが、彼らの攻撃がバイツの体を捉えることはできなかった。

キャスパリーグと呼ばれるヤスミンほどではないが、バイツも普通の獣人とは比べ物にならないほどに速いのだ。魔王軍の兵士から畏怖《いふ》を込めて呼ばれていたウルブヘジンの名前は伊達ではない。

ウインドブレイクの波状《はじょう》攻撃をくぐりぬけ、バイツがひとりの死の宣教師に肉薄《にくはく》する。

咄嗟に剣を構えるが、反応が一瞬遅れてしまった。

それは致命傷となる一瞬だった。

バイツの拳が男の胸部に突き刺さる。

祭服の下に鎖帷子《くさりかたびら》のようなものを身にまとっていたのだろう。

鎖状の残骸を巻き上げながら、舞い上がった男の体が天井に叩きつけられる。

「……っ⁉」

声にならない悲鳴が上がった。

その衝撃の凄まじさを物語るように、男の体は数秒間天井に張り付き、やがて地上に落下してくる。

目を疑うような光景に、他の死の宣教師たちの動きが止まった。

遅れてやってくる、つかの間の静寂。

「な、何……だと？」

驚愕したダイールの声が浮かぶ。

それを皮切りに、バイツの一方的な蹂躙《じゅうりん》が始まった。

バイツは狭い空間を利用して、上下左右から死の宣教師たちに襲いかかる。

右から襲われたと思ったら、左から。

正面から来たと思ったら、天井から。

死の宣教師たちは必死にバイツの動きを制しようと試みるが――その体に触れることすら許されない。

「な、な、何なんだ貴様は……っ⁉」

次々とやられていく死の宣教師たちを見て、ダイールの顔が青ざめていく。

「ええい、何をやっている！　相手は獣人ひとりだぞ⁉　捻り潰さんか！」

だが、その声は虚《むな》しく響くだけだった。

何とか反撃に転じようとする死の宣教師たちだったが、状況を覆《くつがえ》すことは叶わず、ひとり、またひとりと倒れていく。

「……ひっ」

ダイールの顔が恐怖に歪む。

その目に映っていたのは、バイツの指先に光る鋭い爪。

そして、こちらに向けられた獲物を狙う捕食者の瞳。

「ひ、ひやあああぁぁぁあああっ⁉」

自然とダイールの口から悲鳴が上がる。

ダイールを守ろうと死の宣教師がバイツの前に出るが、即座に鋭い爪で切り裂かれてしまう。

鮮血をかいくぐり、バイツがダイールに迫る。

「わわわ、わ、わかったっ！」

地面にへたりこんだダイールが、青い顔で叫んだ。

「もうわかったっ！　メっ、メメメ、メノン様は諦める！　だから……だから命だけは助けてくれ！」

バイツの足がピタリと止まる。鮮血に濡れるその爪は、ダイールの首元数センチの所で固まっていた。

バイツが咄嗟に手を止めてしまったのは、その優しさゆえだった。命乞いをする相手を殺《あや》める非情さを、バイツは持ち合わせていなかった。

だが――その甘さを、ダイールは逃さない。

彼は腰に下げていたポーチから小瓶を取り出すと、バイツへ投げつけた。

反射的に爪で瓶を切り裂く。

瞬間、妙な液体がバイツの体に降りかかった。

――まずい。

バイツが焦燥感《しょうそうかん》に苛まれたとき、勝利を確信したようなダイールの笑い声が響き渡った。

「……くくっ……ぶわっはっはっはっはっ！　馬鹿めっ！　私が何も準備をせずに貴様を待っているとでも思ったかっ！」

「……くっ」

バイツは全身から力が抜けていく感覚があった。

それを証明するように、バイツの全身を覆っていた漆黒の体毛が霧散《むさん》するように消えていく。

「これは、牙抜きか」

対亜人用の劇薬ポーション。

これをかけられた亜人は、力や能力が制限されてしまう。

牙抜きは希少価値が高く一般には出回っていないが、金が集まる教会の人間なら、常備していても不思議ではない。

それはわかっていたはずなのに——完全に油断していた。

「私を舐めるなよ！　この、下等種族めっ！」

ダイールが腰に下げていた剣を抜く。

バイツの右腕に激痛が走った。

＋＋＋

状況は控えめに言って最悪なのに、バイツの頭は至って冷静だった。

魔王軍で培ってきた経験がそうさせているのか。

それともダイールに対する怒りがそうさせているのか。

不幸中の幸いだったのは、牙抜きを使われる前に、死の宣教師たちを無力化していたことだろう。

「……とはいえ、ダイールひとりを相手するのも骨が折れそうだが」

一足飛びで部屋の壁際まで退いたバイツの右腕から一筋の血が滴り落ちる。

最後の力を振り絞って距離を取ったバイツは、人間の姿に戻っていた。

さて、とバイツは冷静に状況を分析する。

どうやってダイールと戦うか。

部分人狼化もできない以上、身体能力は人間と同等。

こうなった獣人が取るべき選択肢は「逃走」の一択なのだが、状況が状況なだけにそういうわけにもいかない。

救いなのは、相手が魔導師であること。

身体能力の勝負でいけば、多少こちらに分がある。

「今、魔導師ひとりくらいなら獣人化せずともどうにかなる……と思っただろう？」

ダイールが歪んだ笑みを浮かべる。

バイツの背中にスッと寒いものが走った。

「癒やしの風《リフレクション・ヒール》！」

ダイールが叫ぶと同時に、半壊した部屋の中に一陣の風が吹いた。

肌寒くなったこの時期に恋しくなる、温かくて心地よい薫風《くんぷう》――。

その風がぶわりと吹き上がった瞬間、倒れていたふたりほどの死の宣教師がゆっくりと立ち上がった。

「……白魔法か」

「驚いたか獣人？　私は王都の魔導学院を主席で卒業した魔導師のエリートだ。これくらいのことは造作《ぞうさ》もない」

外傷治癒――それも、広範囲の治癒魔法。

王宮の親衛隊たる宮廷魔導師は、国中から厳選された一握りのエリートだけがなれることを許される。

流石はエリートだと感心するバイツだったが、それほど驚きはなかった。

白魔法は魔王軍でも何度も見てきたし、ダイールの魔法は先日メノンが使った白魔法よりも数段劣っている。

メノンなら、この場の全員を即座に回復させることができるだろう。

――とはいえ、ふたりだけでも相当マズい状況なのだが。

「さぁ、死の宣教師たちよ！　その獣人を殺せっ！」

ダイールの声が轟く。

そして、死の宣教師がバイツに襲いかかろうとした――そのときだ。

「だめっ！」

部屋の中に、子供の声が跳ねた。

「バイツを、いじめるなっ！」

半壊した玄関。そこに立っていたのは、メノンだった。

バイツは唖然としてしまった。

なぜメノンがここにいる？

彼女のことを頼んだはずのライオットは何をやっているんだ？

いや、そんなことよりも——。

「何をするつもりだ、メノン⁉」

メノンの両手が、まばゆいほどの黄金色に輝いていた。

その光は次第に巨大な渦を作り始め——一気に弾ける。

「……っ⁉」

メノンを中心に、黄金色の光が部屋中に広がっていく。

その光は、バイツの体を蝕《むしば》んでいた牙抜きの毒素だけではなく、ソウザや元冒険者の仲間たち、それに、倒れていた死の宣教師たちの傷も癒やしていった。

「こ、これは……」

バイツの頭の中に浮かんだのは「奇跡」の二文字。

白魔法の英霊鳩首《えいれいきゅうしゅ》の中には傷を癒やすだけではなく、失った命すら蘇らせるものがあるという。

半信半疑でその話を聞いていたが、信じざるを得ない。

今、目の前で起こっていることこそが、その奇跡なのだから。

「こっ、これは、クレスタ様のお力っ⁉」

感涙《かんるい》に咽《むせ》んでいたのは、ダイールだ。

「すばらしい……すばらしいですメノン様！　ついにクレスタ様の意識が顕現されたの

ですね⁉　ああ、この時をどれほど待っていたことか！」

まるで神に祈るように、その場で膝を折る。

「メノン様、今すぐ私と王都へ向かいましょう！　魔王に苦しめられている人々が、あなたの降誕《こうたん》を今か今かと待ちわびております！」

「……」

だが、感動に咽び泣くダイールとは対照的に、メノンの目は胡散臭いものを見るように冷めていた。

「頭の中の声、やめろと言ってる」

「……え？」

「ちんちくりんと一緒に、おうとに行かなくていいって言ってる」

「……はぁっ⁉　どど、どういうことですか⁉」

そのとき、メノンの瞳の色が変わった。

いつもの深い翡翠《ひすい》色から、神々《こうごう》しい黄金色に。

「──これは天啓《てんけい》だ。子らよ」

そして、声色までもメノンのものと一変する。

「私が籍身したこの宿主は、その獣人の庇護を求めている。故に、宿主を連れていくことも、その獣人を殺めることも禁ずる」

「まっ、まさか……貴女はクレスタ様⁉」

「そうだ。私はクレスタ。生神女ルシアナの子にして、蒙を啓く者――」

真っ先に反応したのは、死の宣教師たちだった。

メノンに向かって、一斉に恭しく片膝をつく。

だが、ダイールだけは困惑した表情のまま、立ち竦んでいた。

「ま、待ってくださいクレスタ様！　な、なぜです!?　なぜ教皇様より守護の任を与えられた私ではなく、その薄汚い獣人に――」

「もかもかがしたいから」

瞬間、ダイールが固まる。

沈黙。静寂。

「……え？　も、もか？」

「宿主が言っている。『もかもかがしたいから、バイツが良い』と……」

「はい？」

ダイールの気が抜けた声が響く。

その理由に納得していたのは、バイツだけだった。

ああ、なるほど。

なるほどなるほど。

もかもかがしたいから、か。

うん。実にメノンらしい理由だな。

「……クレスタ様の仰せのままに」

死の宣教師たちが一斉に頭《こうべ》を垂れた。

敬虔なエレサクソンの信者である彼らにとって、聖女クレスタの言葉は絶対。真意や意図など、どうでもいいのだ。

唖然とするダイールを横目に、彼らは一斉に立ち上がると、一糸乱れぬ動きでフィオの家から立ち去り始める。

「お、おい、ちょっと待て！」

慌ててダイールが彼らを引き留めようとするも、誰ひとり足を止めようとはしなかった。

残されたのは、ポカンと呆《ほう》けた表情のダイールだけ。

「な、な、何かの間違いだ……私は、聖女様の守護者なのだぞ……」

「話を聞いていなかったのか？」

バイツがダイールににじり寄る。

「聖女様が選んだのはあんたじゃない。獣人の俺だ」

「……う、ぐっ」

ダイールの表情が苦悶に歪む。

助けを求めるようにメノンを見たが、返されたのは壁を感じる沈黙のみ。

「く、くそっ……くそ、くそっ！」

頼るべき仲間からも、信じるべき神からも見捨てられたダイールにできるのは、身を引くことだけだった。

「お、覚えていろよ獣人。このままでは終わらんからな……っ」

これぞ捨て台詞という言葉を吐いて、ダイールは死の宣教師たちを追いかけて立ち去っていった。

できればもう二度と会いたくないんだけどな。

ドッと疲れてしまったバイツは、その場にペタンと腰を下ろす。

「……バイツ？」

名を呼んだのは、聞き慣れたメノンの声。

ふとそちらを見ると、瞳の色がいつもの翡翠色に戻ったメノンが目をぱちくりと瞬かせていた。

「アレ？　ちんちくりんは？」

「帰っていったよ。というか、もう平気なのか？」

「……うん。だいじょぶ。頭の声、聞こえなくなった」

良かった。ほっと安堵するバイツ。

だが、すぐにその目に怒気が浮かんだ。

「俺はお前に、酒場で待っていろと言ったはずだが？」

「……ご、ごめんなさい。バイツが心配で」

「心配だからって」

聖女の力でなんとかなったが、一歩間違えればダイールに連れていかれていたかもしれない。戦いに巻き込まれていた可能性だってある。

「あのね、声がしたの！　バイツが危ないって。だから、バイツを助けるために、あのちんちくりんと一緒に行かなきゃって……」

「まさか、王都に行こうと思ってたのか？」

「うん。そうしたらバイツもフィオも助かるって、頭の中の声が」

聖女め、余計なことを。

バイツは心底メノンの中に居座っているクレスタを呪った。

聖女が結果的にメノンの意向を汲む形になったのは、気まぐれか気の迷いか。

何か理由があるにしても――聖女様の機嫌は、山の天気より変わりやすいのかもしれない。

「それなのに、フィオたちが倒れてるの見て、キラキラ使っちゃった……」

メノンが悲しそうに続ける。

「ごめんねバイツ。メノンがはじめから、ちんちくりんとおうとに行ってれば、バイツもフィオもソウザもみんな怪我しなくてよかったのに」

「だから何度も言ってるだろう。村のためとか誰かのためとか、そんな理由でお前が悩む必要はない」

「で、でも……」

「いいかメノン」

バイツはメノンの前に膝をつき、真剣な眼差しで言う。

「俺はお前が悲しんだり、苦しんだりしてる姿は見たくないんだ。ひとりで抱えるくらいだったら全部俺に押し付けろ。自分の部屋を俺にねだったときみたいに、わがままを言いまくればいい」

「……わがまま？」

「そうだ。お前は俺にどうしてほしい？　お前自身は、どうしたい？」

「メノンは……メノン……」

メノンはしばし視線を泳がせる。

そして、顔をクシャッと歪め、うるうると涙を溜め始めた。

「ふ、ふえええええ……ひとりは嫌だよう……使命とか、まわりのことなんて知らない。ひとりぼっちになって、寂《さび》しいのはもう嫌だ。ずっと……ずっとバイツと一緒がいいよお……うぇえぇえぇん」

ボロボロと大粒の涙を零すメノン。

そんなメノンを、バイツはそっと抱きしめた。

「わかった。全部、俺がなんとかする」

——だから。

そう付け加えて、バイツは笑顔で続けた。

「何があっても、俺たちはずっと一緒だ」

＋＋＋

大根は白いものだとバイツは思っていた。

市民農園をやっていたときも中がピンク色の「紅芯《こうしん》大根」はあったけど、外見はキレイな真っ白の大根ばかりだった。

だが、この世界の一般的な大根は黒。

黒大根はバイツが知っているものよりも固くて水分が少なく、大根おろしを作ろうとしたときはパサパサで結構辛いものがあった。

大根はほぼ一年中採れるが、本来は涼しい季節に作る野菜で、晩夏から秋にかけて種を撒き、秋の終わりから冬にかけて収穫するのがいいとされている。

気温が上がると辛みが増して、下がると甘みが増すからだ。

冬場の大根は煮物や鍋にして食べると美味い。

「……今度、鍋でも作ってみるか」

土を耕していたバイツが、ふとそんなことを言った。

彼がいるのは自分の畑ではなく、丘の上にあるフィオが管理する畑だった。

ここには小麦やライ麦を植えているのだが、先日のダイールの一件で作付けの時期がずれてしまい、バイツに協力要請があったのだ。

芽の間引き作業や、茎と葉の間から出てくる新芽を取り除く芽かき作業などの細かい作業は人数が必要だが、土を耕す作業はバイツひとりでも十分できる。

——まぁ、今回はもうひとり協力者がいるのだが。

「鍋がどうかしたか？」

傍《かたわ》らでバイツのぼやきを聞いていたソウザが首を傾げた。

「あ、いや。もうすぐ家が完成するから鍋でもやってみようと思ってな」

「……⁉︎　鍋をやるとはどういう意味だ？」

「……ああ、そうか」

しばし考えてようやく気づく。

何気なしに口にしてしまったが、この世界に鍋料理はないんだったな。

「惣菜を鍋に入れたままの状態で用意して、皆で囲んで食べる鍋料理という俺の故郷の料理だ。冬の季節にピッタリなんだ」

「ほう……そんなものがあるのか。冒険者時代に世界を回っていたが、はじめて聞く料理だな」

それはそうだろう。

なにせ鍋料理は日本料理だからな。

多分、フィオも知らないと思う。

「やるときは声をかける。フィオたちと食べにくるといい」

「……ふん。何を偉そうに」

プイッとそっぽを向き、鍬をふるい始めるソウザ。

「まぁ、楽しみにしといてやる」

「……」

それを聞いて、バイツは呆れたような笑みを浮かべる。

素直なのか頑固なのかわからんヤツだ。

そんなバイツの目に、足場が組み立てられているフィオの家が映った。

ダイールたちによって破壊されたフィオの家は絶賛修繕中。

異端騒動から一週間が経ち、村はようやく落ち着きを取り戻しはじめている。

ダイールたちが去ったあと、教会の司祭によって「フィオの家に見つかったという異教の経典は誤報だった」ということが村人たちに伝えられた。

ちなみに、村人から「誤報でフィオを捕まえたのか」と怒りの声があがったため、あの司祭は左遷《させん》されることになり、近々別の司祭が村にやってくるとか。

トカゲの尻尾切りではないが、教会も今回の騒動の責任をあの司祭にすべて押し付けて終わりにしたいという思惑《おもわく》があるのかもしれない。

メノンの白魔法で死の淵《ふち》から生還した元冒険者の男たちは後遺症もなく元気だ。あれ以降メノンの頭の中の声もしなくなったというし、すべて元通り――というわけにはいかないが、一件落着と考えていいだろう。

「しかし、騒がれるかもしれんな」

ソウザがひとりごちるように言った。

「ん？　鍋がか？」

「……そんなわけがあるか。メノンの話だ」

「ああ、そっちか」

「あの宮廷魔導師がメノンは聖女クレスタの生まれ変わりだと広めれば大騒ぎになる。すでに吹聴《ふいちょう》して回っているかもしれん」

「かもしれないな」

事件が沈静化して、教会からの接触は今のところない。

状況を見ればメノンの件は秘匿《ひとく》されたまま、と考えるのが妥当だが、楽観視はできない。

今すぐメノン奪還《だっかん》のために動きたいが動くことができないというジレンマに陥っている可能性もある。

なにせ、彼らは聖女本人から面と向かって「身を引け」と言われたのだ。また気まぐれで聖女の考えが変わるときを待っているのかもしれない。

「噂が流れてくる前に、俺の口から皆に聖女の件を説明してもいいが」

バイツはそう切り出したが、ソウザは小さく首を横に振った。

「いや、やめておこう。この村にもエレサクソン教の信者は多いし、変なトラブルが起きても困る。噂が流れてきたら私とフィオ様で『噂は偽《いつわ》りだ』と広めることにする。いつものメノンを知っている人間だったらそれだけで納得するだろうしな」

「まぁ、確かに」

村人たちが知っているのは、使い魔たちと泥まみれになりながら遊んだり、酒場で口の周りをミルクまみれにしてケラケラと笑っているメノンなのだ。

あんな子供を聖女だと信じる人間は、この村にはいないだろう。

しかし、とソウザを見てバイツは思う。

この前まで激しい敵意を向けてきていたのに、メノンを助けてくれるなんてこの男も随分と変わったもんだ。

「……ん？」

バイツの視線に気づいたソウザが怪訝な表情を浮かべる。

「なんだ？」

「いや、あんたも変わったなって」

「……っ⁉」

ソウザが振り上げた鍬が手からスポッと抜けてどこかに飛んでいった。

流石ソウザ。わかりやすい驚き方をするなぁ。

ソウザはブツブツと文句を吐きながら、いそいそと鍬を取りに行く。

「……そんなことよりもだな。前々から疑問だったのだが、お前にとってメノンは一体何なのだ？」

戻ってきたソウザがそんなことを尋ねてきた。

「何だ、というと？」

「実の娘というわけでもないだろう？　なのにお前たちを見ていると――」

「パパ！」

畑に子供の声が跳ねた。

バイツがギョッとして声のほうを見ると、同じく驚いた顔をしたメノンがフィオと一緒に立っていた。

今、パパって言ったか？

「……えへへ、間違えてパパって呼んじゃった」

テケテケと走ってきたメノンが恥ずかしそうに笑う。

一緒にやってきたフィオも、何故か嬉しそうにしていた。

「ふふ、もうパパでいいんじゃないですか？」

「ダメだよフィオ。バイツはパパじゃない。バイツはバイツだもん」

「バイツさんは、バイツさん？」

「そ。バイツはバイ……あ、キレイなお花！」

メノンが会話を放り投げてどこかに走っていく。

本当に自由だな、あいつは。

「あ、あの、バイツさん？　今のはどういう意味なんですかね？」

「そのままの意味だと思います。メノンはメノン。俺は俺です」

「……わけがわからん」

そう返したのは、渋い顔をしているソウザだ。

「──が、何故か妙にしっくりとくるのが、腹ただしい」

「ふふふ、そうですね。意味はよくわかりませんが、なんとなくバイツさんとメノンちゃんの関係を的確に表しているような気もします」

エスピナ村に冷たく乾いた風が抜けていく。

もうすぐ冬も本格化し、やがてここにも雪が降りるだろう。

──だが、そんな季節を感じさせないくらいの温かいメノンの笑い声が、広大な畑に響き渡っていた。

エピローグ

かつて人間たちから「百年王国」と呼ばれていたガイゼンブルグにそびえ立つ魔王城は、危険な魔獣や人あらざる者たちが跋扈《ばっこ》する魔境とも言える場所だ。

そんな魔王城の一角。

城の中央に位置する中庭に、似つかわしくない色とりどりの花が咲いていた。

バラにダリア、菊にワスレナグサ——。

所狭しと花が咲き乱れているその光景は、ここが魔王の居城《きょじょう》だということを忘れてしまうくらいとても穏やかな時間が流れている。

その美しい庭園の片隅に、五つの小さな「畝」があった。

植えられているのは、何とも美味しそうな野菜たち。

ホウレンソウにナス、大根。それに、大きな白菜。

手入れが行き届いているのか畝は水分を程よく蓄えていて、雑草のひとつも生えていない。

「……野菜を育てるのって、思ってるよりすごく難しいんだ」

畝に水を撒いている少女の姿があった。

年齢は十歳ほどだろうか。

目が覚めるような白い肌と対象的な黒く煌めく髪は腰ほどまであり、細かい刺繍が施された黒いドレスと相まって、どこか神々《こうごう》しさすらある。

だが、彼女が神聖な存在でないことは、頭から伸びるふたつの角が雄弁《ゆうべん》に語っている。

彼女の名はレティシア。

レティシア・レジノアライト・エスピノーザ。

人あらざる物たちの王――すなわち「魔王」である。

「ボクも最初は簡単に思っていたんだけど、種を植えて水と肥料をやればいいってわけじゃないんだ。植える前に土の有機物の比率や土壌酸度を計算しないといけないし、芽が出てきたら育ちの悪いものを間引いたりしないといけない」

「……」

魔王の隣にもうひとつ人影があった。

頭に羊のような角を携え、漆黒の鎧に身を包んだ屈強な男。

魔王近衛軍団長を務めるドリオドールだ。

魔王はドリオドールに視線を送ることなく、ナスの茎に剪定鋏《せんていばさみ》を入れる。

「それに、こんなふうに茎の根っこから出てくる脇芽も取る必要がある。そのままにしておくと養分が全体にいかなくなっちゃうからね」

——でも。

魔王はそう付け足す。

「間違って育ちが良い芽を摘んじゃったり、本枝を切ったりしちゃったら全部がダメになってしまうんだ。——キミがボクの軍にやったみたいに、ね」

「……っ」

ドリオドールが息を呑む声がした。

「な、何のことでしょうか？」

「最近、全然顔を見せに来てくれないから不思議に思ってたんだよね。だから、ヤスミンに聞いてみたんだ。『バイツは元気にしてるのか』って」

ようやく魔王の視線が、ドリオドールに向けられた。

「そうしたら『アホのドリオドールが、ワシに相談も無しに追放しおった』だって。びっくりしちゃった」

「ま、魔王様、それは——あぐっ」

ドリオドールの視線が魔王の燃えるような赤い瞳と交差した瞬間、彼の首に激しい痛みが走った。

凄まじい力で圧迫されているような鈍い痛み。

次第にその力が強まっていき、ドリオドールの首がミシミシと嫌な音を立てはじめる。

「……う、ぐ」

「ボクはキミに『亜人たちに軍の規律を守らせろ』と命令したはずだよ？　『優秀な兵士を捨てろ』なんて、一言も言ってない」

「バ、バイツは軍の規律に違反していました……」

「規律、違反？」

「はい……なので追放を……ぐっ」

「キミ、やっぱりボクの話を全然聞いてないでしょ」

魔王の目に冷酷な殺意が揺れる。

「もう一度だけ言うよ？　最後だからよく聞いてね。いいかいドリオドール。ボクはキミに『亜人たちに軍の規律を守らせろ』と命令したんだよ？」

「……あ、う……」

ドリオドールは、絞り出すようにその言葉を口にする。

「も、申し訳ありません魔王様……私の……失態です」

「うん。そうだよね」

「げほっ……がはっ」

魔王が視線を外した瞬間、ドリオドールが崩れるようにその場に手をついた。

「アリシア侵攻が頓挫《とんざ》しているのは、バイツがいなくなったからだ。第三軍の副官は、バイツ以外に務まらない。侵攻作戦が遅延《ちえん》している原因の一端《いったん》を担っているのはキミなんだよ、ドリオドール」

「も、申し訳……ありません」

「それに、バイツがいないと万が一のことがあったら、この大切な野菜たちが枯れてしまうじゃないか」

魔王は愛おしそうに青々と生い茂る葉を撫でながら続ける。

「キミがバイツを呼び戻して。良い？」

「……承知いたしました」

ドリオドールに拒否する権利はなかった。

――いや、たとえその権利があったとしても、彼は首肯しただろう。

それがこの魔王という存在なのだ。

ドリオドールは立ち上がると深々と頭を下げ、日が差し込む中庭を後にした。

「……クソ」

足早に歩きながらドリオドールは「忌々しい」と胸中で吐き捨てる。

何故、魔王様はあの獣人のことをここまで特別扱いするのだろうか。

多少、腕が立っていることは認める。

だが、あの程度の獣人など、探せば掃いて捨てるほどいるはず。

まさか魔王様が趣味でやられている野菜づくりに精通しているからだろうか。

だとしたら、公私混同も甚《はなは》だしいところだ。

自分には魔王様と軍のためを思ってバイツを追放したという自負《じふ》がある。

軍規を乱す者は毒だ。

腐ったリンゴなのだ。

そんなやつを再び軍に戻すなど――絶対にあってはならない。

魔王様を思えばこそ。

「ローズ」

「ここに」

大理石で埋め尽くされた廊下の影に、ひとりの女性が現れた。

ドリオドールと同じく、ふたつの角を持つ妖艶《ようえん》な女性。彼女はドリオドールの目とも言える使い魔《サキュバス》だった。

「バイツの所在はわかるか？」

「パシフィカの辺境にいらっしゃるようでございます」

「パシフィカ？　なぜヤツはそんなところに？」

「ロイエンシュタットで保護された人間の子供と暮らしているようです」

「……ああ、あの娘か」

確か名前をメノンと言ったか。

「しかしあの男は何故、人間の娘を保護など」

「情報によるとその娘、聖女クレスタの生まれ変わりらしく」

「……なんだと？」

聖女クレスタ。厄災から救うとされる人間どもの救世主。

「まさかあの男、それを知っていて保護を？」

「いいえ。聖女の生まれ変わりだと判明したのは最近のようです。その件で聖女クレスタを信仰する教団と、ひと悶着《もんちゃく》があったようで」

「……」

しばし薄暗い魔王城の廊下に沈黙が流れる。

窓の外に広がる壮麗なガイゼンブルグの景色を眺めながら、ドリオドールはほくそ笑んだ。

「その情報はバイツを追い詰めるのに使えるかもしれんな」

「……追い詰める？　呼び戻すのでは？」

ローズがそう返した瞬間、ドリオドールの視線が鋭く尖る。

「ローズ。お前はただ私の命令に従っていればよい」

「申し訳ありません。不要な詮索《せんさく》でした」

使い魔たるローズに必要なものは命令であり、その裏にある真意ではない。

ローズは恭しく片膝をつき、続ける。

「情報を集めますか？」

「そうしてくれ。バイツの周辺、それと……その聖女を崇《あが》める教団の情報だ。人間界で動くには、人間を使うのが一番良いからな」

無駄に自分たちが動く必要はない。

最悪、人間どもを利用すればいいのだ。

人間は獣《けもの》と変わらない。

金をちらつかせれば、あいつらはすぐ尻尾を振る。

――あの生意気な人狼は、頑《かたく》なに尻尾を振らなかったが。

再び影の中にローズが消え、静まり返った廊下にドリオドールひとりが残る。

「……忌々しい獣人め」

ドリオドールは、怒気を孕んだ声で唸るように囁く。

「覚悟しておけ。あの人間の娘共々、豚のエサにしてくれる」

＋＋＋

「は〜い」

バイツが部屋のドアをノックすると、少し気の抜けた声が返ってきた。

「はい！　みなさん、いらさ〜い！」

出迎えてくれたのは、部屋の主たるメノン本人。

待ちに待っていたといいたげに、上機嫌に満面の笑みを浮かべている。

「お邪魔しますね、メノンちゃん」

「あいあい！　いらさいいらさい！　バイツにフィオ！　おっ、ソウザもよくきたな！」

「……」

フィオはすごく嬉しそうな顔をしているが、ソウザは「不服」の二文字を額に貼り付けている。

ようやく完成した、バイツの新居《しんきょ》の二階。

約束通り、自分の部屋を用意してもらったメノンは、完成祝のお披露目《ひろめ》会と称した「部屋の自慢会」に、こうしてフィオとソウザを招待したのだ。

「それでは、メノンのお部屋を紹介します！」

えっへんと胸を張り、鼻息荒くメノンが自慢の部屋を案内しはじめる。

最初に紹介したのが、蝶《ちょう》の図柄が入った彼女自慢のステンドグラスだ。カインズがわざわざロンフォールのガラス職人に頼んで作ってくれた一品物らしい。

続けて紹介したのは、棚に並ぶ大小様々なぬいぐるみたち。これは、先日ローフォールの市でバイツにおねだりしたものだ。

窓際には可愛らしい白い机と椅子が置かれていて、何冊か絵本が並んでいる。

お世辞にも広いとは言い難《がた》いが、実にメノンらしさが溢れている可愛らしい部屋だ。

「……どう？　メノンのお部屋、かわいい？」

メノンが目を輝かせてフィオに尋ねる。

可愛いと答えないといけないと思わせる凄い圧だ。

「はい！　すごく良いですね！　可愛いですし、すごくおしゃれ！」

「えへへ～」

フィオに褒められ、まんざらでもなさそうに顔をほころばせるメノン。

今度は標的を隣のソウザに移す。

「ほれ。ソウザも、もっと褒めていいよ？」

「フン。ただの子供の部屋ではないか」

「あがっ！」

「ちょ、ちょょっとソウザ！」

慌ててフィオが割って入る。

傍観していたバイツも「そこは空気読めよ」と思ったが、大人気ないソウザにはすぐに天罰が落ちることになった。

「メノンの説明が未熟だったたか。よし。もっかい説明するから、こっちこい」

「え？　い、いや、私はもう」

「遠慮するな。わかるまで説明してやる」

しどろもどろになったソウザの手を引いて、メノンはふたたび説明し始める。

そんな彼らをにこやかに見守っているフィオがそっとバイツに声をかけた。

「メノンちゃん、本当に嬉しそうですね」

「ですね。おかげで毎日、部屋自慢されてますけど」

「フフ、それは大変だ」

新居が完成したのは三日前なのだが、バイツは毎日朝と夜にメノンから部屋自慢を聞かされていた。

一度や二度ならほほえましく聞いていられるが、三度、四度になるといい加減うんざりしてくる。

なので、こうして身代わりをしてもらうべく「フィオとソウザを招いてみてはどうだ」と提案したというわけだ。

ちなみに、次はアステルとファルコ、それにランを呼ぶ予定。

そこまでしたら多分、満足するだろう。

してもらわなければ困る。

「そういえばバイツさんたちが来て、もうすぐ半年ですね」

一足先に一階のリビングに戻ったとき、フィオがそんなことを口にした。

「え？　もうそんなに経つんですか？」

意外だ、とバイツは思った。この世界にはカレンダーが無いので数えていなかったが、もうそんなになるのか。

「驚きですよね。バイツさんに『入植させてくれ』ってお願いされたの、つい先日のように思えます」

「色々ありましたからね。時間経過が速く感じて当然かもしれない」

エスピナ村にやってきて、本当に色々とあった。

魔王軍の襲撃に、ハリケーン。

呼んでもいない、面倒な来訪者《ヤスミン》。

そして、メノンの聖痕——。

「そういえば、エレサクソン教について、何か情報は入っていませんか？」

「……特にはないな」

そう答えたのは、妙に疲れた顔をしているソウザだ。その横にちょこんと立っているメノンは、正反対にすご〜く満足気な顔をしている。

うん。お疲れソウザ。

教会の動きに関しては、そのソウザが色々と調べてくれている。

なんでも、ロンフォールの冒険者ギルドのマスターと顔見知りらしく、知人の冒険者を通じて情報を貰っているのだとか。

冒険者を引退して久しいが、そういう繋がりは未だにあるのだという。

バイツはフィオとソウザをテーブルに案内して、挽《ひ》きたてのコーヒーを出すことにした。

ファルコに依頼して、豆を仕入れてもらうことにしたコーヒー豆。少々値が張るのが痛いが、やはり味は折り紙付きだ。

「やっぱり今は傍観しているのかもしれませんね」

フィオがコーヒーに口を付けながらそう切り出した。

「村の教会に新しくいらっしゃった司祭様も、メノンちゃんのことは特に言及していませんでしたし。でも、それが逆に怖いっていうか」

「そうですね」

バイツも同感だった。

再びメノンを奪うために動いてくるのであれば対策のしようもあるが、ここまで何も動きがないと対策のしようがない。

「……ん？」

コーヒーを啜《すす》っているバイツが、変な視線に気づいた。

不安げにこちらを見ているのはメノンだった。

教会の話が出てきて心配になったのだろう。

なので笑顔で頭を撫でてやった。

「まぁ、あれこれ考えるのはやめましょう。俺たちが気にするべきことは……領主に納める次期の農作物のことですよ」

年二回の納税義務。

前回はバイツの奮闘《ふんとう》のおかげで規定量を納めることができたが、今回は聖女騒動のせいでバイツの畑を含め、村全体の作業に遅延が発生しているのだ。

「そ、そうですね。色々とあったせいでスケジュールが遅れていますから、頑張って巻き返さないと」

「忙しいときに呼び出してすみません」

「いえいえ！　メノンちゃんのお部屋、楽しみにしていたので！」

「ソウザも、色々な意味で悪いことをしたな」

「……全くだ。余計なことに時間を取らせて」

と、悪態をつくソウザだったが、何だか変な顔をしていた。

恥ずかしさと嬉しさが混ざりあったような、ちょっと困ったような顔というか。

なんだろう、その顔。

バイツが不思議に思っていると、フィオが楽しそうにクスクスと肩を震わせはじめた。

「憎まれ口を叩いていますけど、彼、結構楽しみにしていたみたいで」

「……っ⁉」

ソウザが危うくコーヒーを吹き出しかける。

「フ、フィオ様、それは内密にと……！」

「楽しみって、何をです？」

「メノンちゃんのお部屋ですよ」

「……」

沈黙。

メノンがニヤけ顔でソウザの顔を見る。

「……ソウザ。もっかい案内したげよっか？」

「い、いや」

「遠慮するな。特別にバイツも知らないメノンの秘密のお宝を見せてやるぞ」

「……お、お宝？」

「そう。誰も知らない、メノンのお宝……フッフッフ」

その言葉に少しだけ心を惹《ひ》かれたのかもしれない。

ソウザはゴクリと息を呑んだが——それを否定するように、慌てて頭を振った。

「おい、バイツ！　私は貴様が思っているような男ではないからな！」

「何も言ってないが」

「言いたそうな顔をしている！」

あ、顔に出てしまっていたか。

「よし行くぞソウザ。メノンに付いてこい」

「クソ、なんで私が……農作業で忙しいのに……」

ブツクサ文句を言いながらも、しっかりとメノンに付いていくソウザ。

そんなふたりを、バイツとフィオは笑いながら見送るのであった。

＋＋＋

フィオたちが帰った午後。

次第に暖かくなったタイミングを見計《みはか》らって、バイツは畑に出ることにした。

「メノン、行くぞ。今日ものんびり畑作業だ」

「あいっ！　メノン畑でおやつ食べる！」

「いや、お前も作業を手伝え」

速攻でサボる気満々じゃないか。

遅れを取り戻すために時短で作付けをしなきゃならんのに。

部屋を用意したのだから、その分くらい働いてくれ。

――などと心の中で吐き捨てながらも、棚からお菓子が入った麻袋を一生懸命引っ張り出しているメノンを見てバイツは思う。

正直なところ、作業をサボっていても許してしまう自分がいる。

不思議なことに、メノンが楽しそうに遊んだり笑ったりしてくれているだけで疲れが取れてしまうのだ。

ふと、メノンと出会ったときのことが脳裏に浮かぶ。

キンダーハイムの都市、ロイエンシュタット。

そこでメノンは倒壊しかけた家屋の中、ひとり寂しそうに泣いていた。

そのとき手を差し伸べたのは、転生前の記憶があったからだ。

スーパーマーケットやデパートでたまに迷子の子供を見かけることがあったが、その度に声をかけて一緒に親を探していた。

そのせいでチケットを買っていた映画が観《み》られなかったり、予約していた店に間に合わなかったりしたが、親と再会できて嬉しそうにする子供の顔を見られたら、そんなものどうでも良くなっていた。

しかし、そんな彼らともここまで深く関わることはなかった。

親を見つけられたら、そこでさようなら。

見つけられなくても、店員に引き渡して終わりだった。

だから、メノンとも同じだと思っていた。

どこかにいるはずの彼女の親族に渡せば、それで関係は終わり。

メノンと別れ、またひとりで平穏な生活を求めて放浪する旅がはじまる。

そうなると思っていたし、そのつもりでいた。

だが――。

「……これこそ、俺が求めていた平穏ってやつなのかもしれないな」

転生前に謳歌《おうか》していた平穏とは少し違うが、ずっと追い求めていたのは、こういう生活なのではないのだろうか。

――人生、何が起きるかわからないもんだな。

玄関で早速、使い魔の狼のお腹に顔面を埋めているメノンを見て、バイツは呆れながらも、そう思うのだった。

あとがき

こんにちは。親子モノの映画やアニメを観ると、九割方涙してしまう邑上です。

昔は感動モノを観ても泣くことなんてなかったので、「いやぁ、僕も大人になったもんだなぁ〜（しみじみ）」なんて思ってたら、どうやら涙もろくなるのは老化が原因のようです。

そうですか、老化ですか。

この前、眼精疲労が酷いので眼科に行ったら老眼（初期）を診断され、危うく「ろうガーン！」とかクっっっソ寒いことを言いかけたので、老化には気をつけようと思います。


この度は本書を手に取っていただき、本当にありがとうございます！

異種族子育てスローライフ、いかがでしたでしょうか⁉

魔王軍で恐れられていた「最凶」の人狼が、人間の娘と田舎に引っ込んでスローライフをする――という物語を書こうとペンをとったのですが、いざ原稿が完成してみたらメノンちゃんの可愛さが八割くらいを占めていました。

摩訶不思議。だけど、メノンちゃん可愛いから許してくださいね！

そんな可愛いメノンちゃんですが、近々、とても嬉しい告知ができそうなので是非お楽しみに！

ちなみに、メノンちゃん等身大抱き枕じゃないです。はい。

最後に謝辞を！

イラストを担当いただきました西E田先生。メノンちゃんのイラストを見たとき、思わず「え？　可愛すぎませんかこれ？」と声が出てしまいました。最高のイラスト、ありがとうございます！

さらに、担当のN様、編集のY様。初稿からめちゃくちゃ修正入れてしまって申し訳有りません！　ですが、かなり良い感じになったのではないかと思います！　いや、絶対良くなったはず！

そして、こうして本書を手にとってくださった皆様！

本当にありがとうございます！

それでは、またお会いしましょう！

本作品はフィクションです。実在の人物・団体・事件等とは一切関係ありません。

Jノベルライト文庫

◆加速する面白さ！　次の試練は学園対抗戦!!
Fクラスの最強魔王は勝利できるのか!?

転生魔王の勇者学園無双 2

〔著〕岸本和葉　〔イラスト〕桑島黎音

人間に転生した魔王アルドノアは、世界の在り方を変えようと配下のゼナ、ベルフェとともにエルレイン王立勇者学園で学生生活を送っていた。

そんな中、各国の勇者学園との試合「学園対抗戦」の情報が飛び込む。優勝すれば世界中で実績として認められると知り、Fクラスの立場をはねのけて学園対抗戦への切符を得たアルは、試合会場で探していた人物と出会い――!?

ますます緊迫！　元魔王の成り上がり学園ファンタジー！

発行 / 実業之日本社　定価 /770円（本体700円）⑩　ISBN978-4-408-55795-3

Jノベルライト文庫

◆幼馴染やクラスメイトをテイムして
やりたい放題!? テイマー×ラブコメ

異世界でテイムした最強の使い魔は、幼馴染の美少女でした

〔著〕すかいふぁーむ〔イラスト〕片桐

地味な男子生徒・筒井遥人は、クラスメイトたちと一緒に突然異世界に召喚される。

流されるまま召喚地である王国の姫・フィリアの【鑑定】の能力で全員の能力を調べていたところ、疎遠になっていた遥人の幼馴染・望月美衣奈の能力【魔法強化】が暴走してしまう。

そんな美衣奈を助けられる唯一の方法は遥人が美衣奈を【テイム】すること!?

学園一の美少女である美衣奈に気を遣い遥人は距離を置こうとするが、どうやら美衣奈は違うようで……。

一方裏では遥人に嫉妬するクラスメイトたちが暗躍していて――?

発行/実業之日本社　定価/770円(本体700円)⑩　ISBN978-4-408-55740-3

Jノベルライト文庫

Reincarnated Dragon Knight Hero Tan
転生竜騎の英雄譚
〜趣味全振りの装備と職業ですが、異世界で伝説の竜騎士始めました〜
八茶橋らっく
Yasahashi Rakku
illust ひげ猫

◆最高の仲間と最強を目指す物語、ここに開幕！！

転生竜騎の英雄譚

〜趣味全振りの装備と職業ですが、異世界で伝説の竜騎士始めました〜

〔著〕八茶橋らっく〔イラスト〕ひげ猫

大学生の照日翔は、ゲーム「Infinite World」のもととなった異世界で竜騎士カケルとして転生。相棒の爆炎竜アイナリアと冒険者として生きていこうと決意した。

そんな矢先、ゲームと違い自身が冒険者ギルドに所属していないことが発覚。カケルはアイナリアや、道中で救った王の隠し子ラナと共に、再び最低のFランクから上位の冒険者を目指す。

力を付けるなか、カケルは神様から最強の人造魔導竜ハーデン・ベルーギアの討伐を依頼された。

はたしてカケルは難敵に勝ち、最上位冒険者となれるか…！

蒼穹の世界で最強の竜騎士の伝説が今、始まる——。

発行／実業之日本社　定価／770円（本体700円）⑩　ISBN978-4-408-55729-8

Jノベルライト文庫

転生《てんせい》した最凶獣人《さいきょうじゅうじん》の異世界《いせかい》子育《こそだ》てスローライフ
〜魔王軍最凶《まおうぐんさいきょう》の獣人《じゅうじん》だったけど、可愛《かわい》い愛娘《まなむすめ》ができたので農園《のうえん》でのんびり暮《く》らそうと思《おも》います〜

2023年6月8日　初版第1刷発行

著　　者　邑上主水《むらかみもんど》
イラスト　西《にし》E田《だ》
発 行 者　岩野裕一
発 行 所　株式会社実業之日本社
〒107-0062　東京都港区南青山6-6-22 emergence2
電話（編集）03-6809-0473
　　（販売）03-6809-0495
実業之日本社ホームページ　https://www.j-n.co.jp/
印刷・製本　大日本印刷株式会社
装　　丁　AFTERGLOW
D T P　ラッシュ

ISBN978-4-408-55796-0（第二漫画）